天山刀客
천산도객

오채지 新무협 판타지 소설
FANTASTIC ORIENTAL HEROES

천산도객래

오채지 新무협 판타지 소설

초판 1쇄 찍은 날 § 2009년 4월 7일
초판 1쇄 펴낸 날 § 2009년 4월 15일

지은이 § 오채지
펴낸이 § 서경석

편집장 § 문혜영
편집책임 § 이재권
편집 § 정서진

펴낸곳 § 도서출판 청어람
등록번호 § 제1081-1-89호
등록일자 § 1999. 5. 31
어람번호 § 제2-1718호

주소 § 경기도 부천시 원미구 심곡2동 163-2 서경B/D 3F (우) 420-822
전화 § 032-656-4452 팩스 § 032-656-4453
http://www.chungeoram.com
E-mail § eoram99@chollian.net

ISBN 978-89-251-1761-4 04810
ISBN 978-89-251-1759-1 (세트)

천산도객

천비끄녹

2 오채지 新무협 판타지 소설
FANTASTIC ORIENTAL HEROES

금룡문의 탄생

도서출판
청람

제1장. 춘보, 날다! 7

제2장. 마도의 배신자들 29

제3장. 개파를 한다고요? 57

제4장. 저게 사람이야? 짐승이야? 81

제5장. 금룡관을 봉쇄하라 117

제6장. 항주를 움직이는 세 개의 손 143

제7장. 신비한 여자 서문홍주(西門紅蛛) 177

제8장. 북망동의 은거고수들 201

제9장. 북천방의 방문 231

제10장. 미친 늙은이 뇌신통(雷神通) 251

제11장. 교룡방(蛟龍幇)의 비사 279

제12장. 금룡문의 탄생 313

第一章

춘보, 날다!

天山刀客

"공 사형은 사천의 소문난 도곤(賭棍:노름꾼)이었습니다. 부모님이 죽고 난 후 어린 동생들의 끼니를 책임지게 되었을 때도 그는 도박에 미쳐 있었습니다. 결국 동생들은 집을 나갔고 그 이후로는 생사를 알 수가 없죠. 빚과 술에 찌들려 폐인이 되어가던 공 사형을 거둬준 분이 사부님이셨습니다. 공 사형은 누렁이의 새끼들에게서 잃어버린 동생들을 본 겁니다."

용무관으로 달려가는 와중에 하풍달이 용악산에게 해준 말이었다.

옆에서 함께 달리고 있는 사람들은 겨우 스물에 불과했다.

관주 은도천과 적전제자들을 제외하면 겨우 열다섯이었다.

용무관과 사생결단을 낸다는 얘길 듣고 평제자들 대부분이
줄행랑을 놓은 탓이었다. 그나마 남은 사람들도 한심해 보일
정도로 약골들이었다.

용무관의 전력이 이미 무관의 수준을 훌쩍 뛰어넘어 중소문
파 정도는 하루아침에 멸문시킬 정도라는 소문이 떠도는 마당
에 적지 않은 모험이었다.

하지만 정작 용악산의 마음 한구석을 찜찜하게 만드는 것은
따로 있었다.

"용무관의 뒷조사를 하던 중 이상한 점을 발견해 지금 추적 중
입니다. 당분간 뵙지 못할 것 같습니다. 그때까지 자중하시는 게
좋을 듯……."

열흘 전 용악산의 거처에 수하가 몰래 두고 간 밀서였다.

*   *   *

그건 다분히 돌발적으로 일어난 사고였다.

저잣거리에서 개망신을 당한 구반룡은 씩씩거리며 서동으
로 돌아왔다.

그리고 우연히 공춘보가 젖동냥을 다니는 걸 멀리서 보았
다.

대체 무슨 짓인가 싶어 미행을 해보니 공춘보는 동냥으로 얻

은 젖을 금룡관으로 가져가 개구멍 속 강아지들에게 먹였다.

어미 개가 워낙 비루한데 비해 새끼는 일곱 마리나 돼서 젖을 모두 감당하지 못하자 젖동냥을 하러 다닌 것이었다.

공춘보가 안으로 들어가고 나자 구반룡은 한 가지 떠오른 생각이 있었다. 마침 개구멍은 장원의 담벼락을 관통하고 있어 고개만 숙이면 바깥에서도 환히 보였다.

그때 당분간 금룡관과 시비를 일으키지 말라는 아버지의 엄명이 생각났다. 하지만 망설임은 잠깐 뿐이었다.

구반룡은 근처 어물전에서 비린내가 물씬 풍기는 생선을 사다가 개구멍 앞에서 개를 꼬드겼다. 회가 동한 개가 슬렁슬렁 기어나왔고 일장에 쳐 죽였다.

공춘보를 때려죽인 것처럼 속이 시원했다.

천산도객인지 뭔지 하는 인간에게 죽도록 얻어터진 후 금룡관 놈들이라면 이가 갈리는 구반룡이었다.

그때까지만 해도 일이 이렇게까지 커질 줄은 몰랐다.

콧노래까지 흥얼거리며 용무관으로 돌아가는데 공춘보 저 빌어먹을 놈이 어떻게 알고 무관 앞까지 따라온 것이다.

"구반룡, 거기 서라! 이 후레자식아!"

얼마나 급했는지 공춘보는 제대로 된 무기도 없이 몽둥이 하나만 들고 선불 맞은 멧돼지처럼 돌진해 왔다.

"뭣들 하는 거야! 저 새끼 막아!"

구반룡이 소리치자 호위무사 세 명이 앞을 막아섰다. 지난 번 일이 있고 난 후 아버지가 특별히 붙여준 고수들이었다.

그런데.

빠각! 퍼억! 처퍽!

"크악."

"허억!"

"으악!"

놈은 그 옛날의 공춘보가 아니었다.

갑자기 강해진 완력은 둘째 치고서라도 시뻘게진 얼굴로 무작정 휘둘러 대는 몽둥이질은 미친놈이 따로 없었다.

'쉭쉭' 하는 바람 소리가 간담을 서늘하게 했다.

공춘보는 순식간에 호위무사 셋을 때려눕히고는 곧장 구반룡을 향해 덤벼들었다.

"저… 저 미친 새끼가!"

구반룡은 기겁을 해서 용무관 안으로 도망쳤다.

"문 닫아. 어서!"

구반룡이 외치자 문지기 두 명이 얼른 정문을 걸어 잠갔다.

그러나.

콰앙! 콰앙! 콰앙!

미친 공춘보는 몽둥이로 육중한 대문을 무자비하게 부수고 들어왔다.

"구반룡, 죽여 버릴 테다!"

"뭣들 하는 거야. 저 미친놈을 말려! 어서!"

구반룡은 기겁을 해서 뒷걸음질치며 소리 질렀다.

마침 연무장에서 권각법을 수련하던 몇몇 제자들이 소리를 듣고 달려왔다. 그들은 몽둥이를 들고 난동을 부리는 공춘보를 향해 냅다 달려갔다.

공춘보가 제아무리 사납다고는 하나 십여 명이나 되는 사람들의 합공을 막아낼 수는 없었다.

"이 자식. 금룡관의 꼴통 아냐?"

"여기가 감히 어디라고!"

"어디 죽어봐라!"

퍽! 퍽! 퍽!

무수한 주먹질과 발길질이 공춘보에게로 가해졌지만 그는 일일이 반격하거나 피하지 않았다. 오직 구반룡을 죽이겠다는 일념 하나로 미친 듯이 몽둥이를 휘두르며 달려왔다.

눈에서는 광기가 돌았고 꽉 다문 입술에선 피가 나왔다. 경이적인 맷집이었다. 아무리 평제자들이라고는 하나 십여 명의 발길질을 견디다니.

"하아. 뭐, 뭐 저런 게 다 있어!"

하지만 공춘보는 결국 사람의 장벽을 뚫지 못하고 몽둥이를 빼앗겼다. 그제야 구반룡이 안심을 하는데.

"으아아아아악!"

공춘보가 갑자기 괴성을 지르더니 어깨로 사람들을 몰아붙였다. 미치면 힘이 세진다더니 그 무지막지한 힘에 십여 명이 순식간에 뒤엉켜 쓰러졌다.

공춘보는 그 틈을 타서 허공으로 떠올랐다. 순간 구반룡의 두 눈에 집채만 한 발바닥이 보였다.

빠악!

안면에 정통으로 일각을 맞은 구반룡이 휘청하며 뒷걸음질을 쳤다. 하늘이 노래지고 앞이 보이질 않았다.

그게 끝이 아니었다. 공춘보가 타닥탁 달려오더니 두 손으로 구반룡의 머리통을 잡아당기며 무르팍을 올려쳤다.

빠악! 빠악! 빠악! 처퍽! 처퍽!

뒤로 물러나는 구반룡을 따라오며 공춘보는 연달아 다섯 번이나 무르팍으로 안면을 가격했다.

나중에는 흥건한 피 때문에 가격하는 소리까지 달라졌다.

공춘보의 무릎도 붉은 피로 축축해졌다.

놀란 평제자들이 서둘러 일어나 공춘보를 덮쳤다.

이젠 무공이고 뭐고 없었다. 그냥 몸을 던져 필사적으로 공춘보를 저지했다.

하지만 공춘보의 괴력은 엄청났다. 몇 사람을 등에 달고도 쓰러진 구반룡의 가슴에 올라타서는 얼굴에 돌주먹을 퍼부었다.

퍽! 퍽! 퍽!

"더러운 자식! 죽어라! 죽어! 너 같은 놈은 죽는 게 나아!"

주먹 하나하나엔 엄청난 힘이 실렸고 구반룡은 이미 정신을 잃어버렸다. 그 순간 어디선가 그림자 하나가 날아와 공춘보의 등에 일격을 가했다.

파앙!

공춘보는 척추를 타고 오르는 육중한 충격을 느끼며 저만치 나가떨어졌다. 그건 다른 놈들의 발길질과는 차원이 달랐다.

범상치 않은 공력이 실린 일격.

갑자기 나타난 사내는 재빨리 쓰러진 구반룡의 얼굴을 살폈다. 홍건한 피를 닦자 겨우 얼굴의 형체가 보였다.

코는 주저앉은 지 오래였고 입술은 걸레가 되었으며 이빨은 어디로 갔는지 보이질 않았다. 단순한 경고가 아닌 진짜로 죽일 생각이었던 것이다.

"서둘러 의원을 부르고 관주님께 알려라. 어서!"

사내의 명령에 평제자들이 우르르 달려나갔다.

제자들이 사라지자 사내는 몸을 쓰윽 일으키더니 저만치 나가떨어진 공춘보를 향해 터벅터벅 다가갔다.

청천수(淸泉手) 도일명. 용무관의 적전제자들 중 셋째이나 현란한 권각 만큼은 용무관 제일이라 불리는 사내.

"네놈은……!"

도일명이 공춘보를 알아봤다.

"네놈이 미쳐도 단단히 미쳤구나."

공춘보는 내장이 진탕당한 것 같은 고통 속에서도 몸을 일으켰다.

공춘보가 몸을 일으키는 순간 도일명이 그대로 몸을 날렸다.

공춘보도 놈을 향해 주먹을 뻗었다.

'한 방, 한 방만 제대로 맞히면 된다.'

하지만 공춘보의 주먹은 놈이 펼치는 각법의 속도를 따라잡지 못했다.

눈부신 궤적을 그린 도일명의 발이 정확히 공춘보의 측두부를 강타했다.

퍼억!

"끄흡!"

공춘보는 단말마의 비명을 지르며 또다시 나가떨어졌다.

그러나 곧 피를 쓰윽 닦으며 일어섰다. 도일명이 괴이한 눈으로 공춘보를 보았다.

"이런… 도대체 뭘 처먹은 거냐?"

"큭큭큭. 바로 네놈들이 이렇게 만들었다. 이 처 죽일 놈들아!"

공춘보는 정체 모를 극독에 중독된 것이 아직도 용무관의 짓이라고 생각했다.

공춘보가 또다시 도일명을 향해 돌진했다.

도일명도 공춘보를 향해 마주 달려왔다.

"네놈이 금강불괴가 아닌 이상 언젠간 죽겠지."

도일명의 권각법은 소문대로 현란했다.

상하좌우를 비롯한 사방에서 날아오는 주먹과 발길질에 공춘보도 결국은 무릎을 꿇고 말았다.

"대용무관주의 적자를 그렇게 만들어놨으니 각오는 했을 터!"

바닥에 쓰러져 꺽꺽거리는 공춘보를 향해 도일명이 품속에서 비수를 뽑아 들었다. 어지간해선 죽지 않으니 단숨에 명줄을 끊어놓으려는 것이었다.

그가 공춘보의 머리채를 잡아 들고 목을 그으려는데 가공할 살기가 엄습해 왔다. 도일명은 섬뜩한 공포를 느끼고 비수를 곧장 옆으로 뻗었다. 공춘보의 목이 아니라 옆쪽의 허공이었다.

그 순간 무언가 자신의 가슴을 가로질러 갔다.

도일명은 화끈한 불 맛을 느끼며 뒤로 물러났다.

아래를 보니 가슴에서부터 뜨거운 피가 옷을 적시고 있었다.

그렇게 만든 범인은 자신의 바로 앞에서 낮은 자세로 검을 쥐고 있었다.

"공 사형을 건드리는 놈은 내가 용서치 않는다."

섬뜩한 살기를 풍기는 검수.

그는 표자룡이었다.

표자룡의 뒤에는 문제의 천산도객을 비롯한 이십여 명의 금룡관 제자들이 서 있었다.

*   *   *

하풍달이 공춘보의 상처를 돌보는 사이 용무관주 구천서가 백여 명의 제자들을 이끌고 달려왔다.

그들 중에는 정체불명의 고수들도 십여 명이 섞여 있었다.

중년인에서부터 초로인까지 다양했다.

자유로운 복색과 병장기들로 미루어 최근 용무관에서 개파를 앞두고 대거 초빙했다는 고수들이 틀림없었다.

구천서는 피떡이 되어 쓰러진 구반룡을 보더니 얼굴이 썩은 똥빛으로 일그러졌다.

그가 어금니를 꽉 깨물며 말했다.

"금.룡.관.주……! 이만한 일을 벌려놓았을 때는 필시 이유가 있었을 터! 나를 납득시키지 못한다면 일전을 각오해야 할 것이오!"

"남의 잘못을 탓하기 전에 자신의 허물을 먼저 보시오!"

"그 무슨……!"

구천서가 볼을 씰룩거렸다.

구반룡의 호위무사 중 하나가 구천서에게 달려가 아침부터 지금까지 있었던 일을 모두 설명했다.

구반룡이 누렁이를 죽인 것부터 시작해 공춘보가 뒤를 따라와 피떡으로 만든 것까지.

이야기를 모두 들은 구천서는 더욱 분노해 소리쳤다.

"고작… 개새끼 한 마리 때문에 내 자식 놈을 저렇게 만들어났단 말인가!"

웅혼한 공력이 실린 사자후에 장원이 쩌렁쩌렁 울렸다.

사람들은 세간에 알려진 것보다 훨씬 높은 구천서의 공력에 잔뜩 놀랐다.

"이것이 당신들이 원한 바가 아니었던가?"

은도천이 지지 않고 말했다.

"무엇이?"

"나 금룡관주 은도천은 용무관에 정식으로 비무를 청하는 바이오."

"홍, 이제 와서 비무첩을 받아들겠다? 일을 이렇게까지 벌려놓고 비무행이라는 말로 발을 뺄 빌미를 만들어놓는 것인가! 내 금룡관을 통째로 씹어 먹어도 개운치 않거늘!"

구천서는 여전히 노기 띤 음성을 가라앉히지 않았다.

"비무행이든 파무행이든 상관없소."

말을 하고 나선 사람은 용악산이었다.

"뭐라?"

"용무관주, 조심하시오. 그동안 당신들이 칼잡이들을 고용해 내 사매를 두 번씩이나 납치하려 했다는 걸 알고 있소. 난 오늘 그 죄를 무겁게 물을 참이오!"

용악산의 한마디는 비무든 파무든 여기서 끝장을 보자는 것이었다.

"후훗, 천산에서 왔다는 도객이 네놈이구나. 서푼 재주가 있다는 소리는 들었다만 상대를 잘못 골랐다!"

구천서는 옆에 시립해 있는 누군가를 향해 다시 말을 이었다.

"네 동생을 사경을 헤매게 만든 작자들이다. 받은 만큼 돌려주어라!"

강철 같은 인상의 사내 하나가 단을 훌쩍 뛰어 연무장에 내려섰다.

겨우 두어 걸음을 옮긴 것 같은데 순식간에 십여 장이나 다가와 있었다.

　　사내의 표표한 신법에 좌중에서는 감탄성이 파도처럼 번져 갔다.

　　"헉, 구, 구문룡이다!"

　　"구문룡이 돌아왔어!"

　　금룡관의 평제자들이 호들갑을 떨었다.

　　"무시무시한 놈입니다. 쾌검을 펼칠 때 보이는 열 개의 자줏빛 검영 때문에 십자검(十紫劍)이라는 별호까지 얻었죠. 정마대전에서 돌아오자마자 산중에 들어가 폐관수련을 한다더니 드디어 탈관을 한 모양이군요. 정마대전 당시보다 한 단계는 발전했을 겁니다."

　　하풍달이 용악산에게 귀띔으로 전해준 말이었다. 그때 구문룡이 검끝으로 조용히 용악산을 지목하며 말했다.

　　"너!"

　　"……?"

　　"검을 들어라!"

　　검끝에 어리는 강기가 눈빛만큼이나 매서웠다.

　　작은 동작 하나로도 절정고수의 위엄을 물씬 풍겼다.

　　좌중이 다시 술렁거렸다.

　　사사로이는 관주의 장자이나 대외적으로는 용무관의 장제자이기도 한 구문룡이 금룡관의 장제자를 지목했으니 두 무관의 자존심을 건 격돌이 벌어질 찰나였다.

그리고 그 격돌의 결과에 따라 각자 무관의 운명이 바뀔 수도 있었다.

"절강오룡이라 불린다기에 사리분별은 하는 줄 알았더니 헛소문이었군."

"혈육의 복수는 어떤 것보다 앞선다. 거기에 굳이 다른 명분을 붙일 필요는 없겠지!"

"개꼬리 삼 년 묵혀도 호랑이 꼬리 되지 않는다더니……."

"건방진……!"

구문룡이 눈썹을 꿈틀거리는 사이 용악산은 여전히 뒷짐을 진 채로 표자룡에게 말했다.

"너에게 양보할까 하는데……."

그 말에 놀란 하풍달과 공춘보가 연거푸 말을 쏟아냈다.

"대사형!"

"안 돼요!"

하지만 용악산은 한 번 뱉은 말을 물리지 않았다.

그냥 해본 말이 아니었다. 그는 정말로 표자룡에게 구문룡을 상대하라고 말하고 있었다. 사람들의 얼굴이 새파랗게 변하는 사이 표자룡이 앞으로 나섰다.

"해보겠습니다."

"아직 네겐 벅찬 상대다. 그래도 해볼 테냐?"

"놈과는 오래전부터 자웅을 겨뤄보고 싶었습니다."

상황이 급박하게 돌아가자 은도천이 용악산을 보았다.

정말 이대로 표자룡을 보낼 의향인지를 묻는 것이었다.

용악산은 조용히 고개를 끄덕여 주었다.

'알겠네, 자네를 믿어보겠네.'

은도천이 고개를 돌려 표자룡에게 말했다.

"조심하거라."

"그럼."

표자룡은 은도천에게 어쩌면 마지막이 될지도 모르는 인사를 하고 연무장 가운데로 걸어나갔다.

자신이 지목했던 천산도객이 나오지 않고 표자룡이 나오자 구문룡의 얼굴이 일그러졌다. 그가 몸을 비스듬히 하며 말했다.

"표자룡, 많이 컸구나. 감히 나와 맞설 생각을 하고."

표자룡은 대답하지 않았다.

대신 호흡을 가다듬고 정신을 집중했다.

자신이 구문룡에 비해 한 수 아래라는 건 그도 알고 있었다.

그랬기에 승부는 몇 수 안에 판가름 날 것이다.

구문룡은 자신과 십 합 이상을 겨루는 것에 치욕을 느낄 테니까.

더구나 오늘은 그가 폐관수련을 마치고 돌아온 날. 동생에 대한 복수심에다 아버지까지 보고 있으니 더욱 신위를 드러내고 싶어할 것이다.

사사삿!

스스슥!

두 사람의 발끝이 땅을 끄는 소리가 들렸다.

표자룡은 검을 수평으로 뉘였다. 묵직한 무게감이 전해져 왔다.

구문룡은 묘검을 들었다. 폭이 좁고 검신이 길어 쾌검을 구사하기에 적합한 검.

표자룡의 검과는 정반대. 하지만 펼치는 무공은 모두 쾌를 추구했다.

두 사람은 오래전부터 닮은 구석이 많았다.

추구하는 검법과 잘생긴 외모, 게다가 각자가 속한 무관에서 가장 촉망받는 제자였다는 것까지.

그 때문인지 서동에서는 두 사람을 두고 우열을 가리기 힘들다 하여 난형난제라고 했었다.

그러나 어느 순간부터 달라졌다.

표자룡의 검법이 벽에 막혀 몇 년 동안 진전이 없었던 것에 비해 구문룡은 정마대전을 치르면서 더욱 성장했고 영웅이 되어 돌아왔다.

그 차이는 컸다.

사람들은 더 이상 표자룡과 구문룡을 동일 선상에 놓고 비교하지 않았다.

"타앗!"

구문룡의 검이 섬전처럼 찔러왔다. 모골이 송연할 정도의 쾌검.

따앙!

표자룡은 검배로 가까스로 튕겨낸 다음 그 힘을 죽이지 않고 회전했다.

중검이 무거운 탓에 검을 회수하는 순간 허점이 드러날 것을 염려한 탓이었다.

그리고 검이 원을 그리는 궤적의 연장 선상에 구문룡의 목이 있었다.

그러나.

팟!

구문룡의 신형이 허깨비처럼 사라졌다.

동시에 표자룡의 검도 허공을 베고 말았다.

"헛!"

표자룡이 헛바람을 토해내는 사이 구문룡은 이미 검격 밖으로 물러나 있었다.

한 차원 높은 경지의 신법.

그만큼 고통의 세월을 보냈으면 어느 정도 따라잡았을 거라 생각했는데 역시 무리였던 것일까?

표자룡은 구문룡이 또다시 저만치 멀어진 기분이었다.

하지만 구문룡도 속으로는 적잖게 놀라고 있었다.

"설마, 벽월검?"

"……."

"그렇군, 기연을 만났군."

구문룡은 단번에 누군가 벽월검을 손봐줬다는 걸 알아차렸다.

당연히 그 범인은 저만치에서 알 수 없는 표정으로 생사투를 지켜보고 있는 천산도객이었다.

구문룡은 표자룡을 향해 무서운 경고를 했다.

"하지만 안타깝군. 미처 꽃을 피울 기회를 줄 수 없어서 말이야."

구문룡의 신형이 폭풍처럼 불어왔다.

순간, 허공에 나타나는 열 개의 자줏빛 검영.

구문룡에게 십자검이라는 별호를 안겨준 환검의 경지.

그 순간 낯익은 목소리가 표자룡의 뇌를 서늘하게 파고들었다.

[자신을 믿어라!]

대사형의 목소리였다.

어느 날 갑자기 나타나 잊고 있었던 꿈을 되새겨 준 사람.

표자룡의 상체가 땅으로 쑥 꺼졌다.

구문룡이 만들어낸 열 개의 검영 중 하나가 표자룡의 정수리를 아슬아슬하게 스치고 지나갔다.

머리카락 한 뭉텅이가 싹둑 잘려 나갔다.

표자룡의 중검이 구문룡의 묘검을 따라붙은 것도 동시였다.

구문룡의 검보다 느리지만 허를 찌르는 공격.

살수로 떠돌던 시절 표자룡은 자신보다 강한 적들을 여러 번 만났었다.

당연하게도 그들을 꺾었고 지금까지 살아남았다.

이유는 강자들이 지니고 있는 공통된 약점 때문이었다.

그때 뼈저리게 깨달았다.

자만이야말로 가장 무서운 적이라는 걸. 상대를 얕잡아 보는 순간 자신도 모르게 최선을 다하지 않게 된다는 것을, 그리고 그 심리적 나태에 빈틈이 존재한다는 걸.

구문룡의 검로를 따라가던 표자룡의 검이 돌연 방향을 바꾸었다. 그 순간 없던 빈틈이 생겼고 표자룡의 검이 그것을 파고들었다.

지금 이 순간 표자룡은 공간의 한계를 벗어나 시간을 베고 있었다.

드디어 환검의 첫 번째 관문을 만난 것이다.

슷!

"헛!"

구문룡이 단말마를 토하며 물러났다.

비칠비칠 물러나는 그의 가슴 위로 혈선이 그어져 있었다.

"어, 어떻게… 분명 빈틈이 없었는데……!"

말을 하는 동안에도 구문룡의 가슴은 붉게 물들고 있었다.

더 이상 싸움을 이어갈 수 없을 만큼의 부상.

구천서를 비롯한 용무관 쪽 사람들은 경악스런 표정을 감추지 못했다.

절강오룡의 일인인 구문룡이 표자룡 따위에게 지다니.

그들은 몰랐다. 구문룡이 폐관수련 중일 때 표자룡 역시 고통의 세월을 보내고 있었다는 것을.

용악산이라는 기연을 만났다는 것을…….

구반룡에 이어 구문룡, 두 아들이 모두 금룡관의 제자들에게 당하자 구천서는 화가 머리끝까지 났다.

그가 붉으락푸르락한 얼굴로 일갈을 내질렀다.

"쳐라! 금룡관의 씨를 말려라!"

역시 공정한 비무는 애초에 불가능한 것이었다.

용무관은 그 원인을 공춘보가 구반룡을 때려잡은 탓으로 돌리겠지만 사실은 오래전부터 쌓여온 감정의 골이 깊은 탓이었다.

삽시간에 기세가 벌떼같이 일어나며 백여 명이 연무장 한가운데 있는 금룡관 사람들을 에워쌌다.

용악산이 공춘보에게 물었다.

"싸울 수 있겠어?"

"앉아서 죽을 수는 없잖아요."

경이적인 맷집이었다.

청천수 도일명에게 그렇게 육장을 두들겨 맞고도 공춘보는 이를 악물었다.

"좋아. 되촌 호수에서 가물치 잡을 때 생각나?"

"독사 대가리 진법 말입니까?"

"맞아. 춘보와 풍달이가 좌측 날개를 맡고 자룡은 우측을 맡는다. 사부님께서는 후미를 따라오며 평제자들의 꼬리가 끊어지지 않도록 해주십시오."

"알겠네."

말은 쉽지만 가장 취약한 부분을 은도천이 맡았다.

혼자 두 사람 몫을 감당하며 평제자들까지 보호해야 했으니까.

"대사형, 오늘은 어떤 가물치를 잡습니까?"

평제자들이 긴장했음을 알고 하풍달이 농담을 했다.

용악산이 처음으로 농담을 받아줬다.

"구천서다."

커다란 함성과 함께 백병전이 시작되었다.

第二章

마도의 배신자들

天山刀客

전투는 치열했다.

백여 명이 겨우 스물을 상대로 펼치는 육박전은 독 안에 든 쥐를 잡는 것만큼이나 쉬워 보였다.

더구나 금룡관의 제자들이 펼치는 사두진은 너무나 부실하고 허약해 보였다.

양쪽 날개를 담당하고 있는 사람들 중 하나만 무너뜨려도 진법 전체가 와해될 것 같은 상황.

하지만 현실은 전혀 그렇지 않았다. 용악산과 은도천이 앞과 뒤에서 몇 사람의 몫을 해내고 있었기 때문이었다.

구천서는 후미를 노렸다.

금룡관의 수장인 은도천의 명줄만큼은 자신의 손으로 따고 싶었기 때문이었다.

"늙은이! 오늘이 네 제삿날이다!"

시퍼런 예광을 토해내는 두 개의 연검이 광란의 춤을 추었다.

파라라랑! 파라라랑!

연검은 강철을 일만 번 이상 두들겨 만든 얇은 검으로 여인들이 휴대하기에 좋았다.

허리에 척 두르면 표가 나지 않고 무게가 가벼워 거추장스럽지도 않았다.

그렇다고 연검을 여인들의 전유물로 여기면 큰 오산이다.

백여 년 전 설산의 한 초인은 설강석으로 만든 연검 한 자루로 천하를 오시했다.

또한 연검은 자객들의 애병이기도 했다.

하지만 연검의 최대 단점은 익히기가 극히 까다롭다는 것이었다.

검신이 방향을 예측할 수 없을 만큼 제멋대로 휘고 떨기 때문인데 검수는 그 무한 변수의 불규칙성마저 통제할 수 있어야 한다.

일단 그 경지만 넘어서면 새로운 세계가 열린다.

창룡쌍조(蒼龍雙爪)!

구천서는 자신의 애병에 이런 희한한 이름을 붙였다.

공력을 담은 두 개의 연검이 떨쳐 내는 파괴력은 정말로 창룡의 발톱만큼이나 강했다.

은도천은 선조 때부터 내려온 진천검(眞天劍)으로 구천서의
연검을 막아내고 있었다.

파라랑! 파라랑!

까강! 깡깡!

귀청을 때리는 금속성과 함께 불꽃이 터졌다.

두 사람이 싸우는 주변엔 쇠를 두들기는 대장간처럼 사방으
로 불꽃이 터져 내렸다.

두 사람의 대결이 그만큼 치열하다는 증거.

은도천의 무공은 세간에 그다지 알려지지 않았다.

다른 문파들이 세를 불리기 위해 시비를 무릅쓰고 이런저런
이권에 개입해 재물을 축적하는 동안에도 그는 묵묵히 제자들
을 가르치는 일에만 힘을 쏟았다.

문파의 진정한 힘이란 칼에서 나오는 것이 아니라 결속력에
서 나온다고 믿었기 때문이었다.

그리고 강철 같은 결속력은 역설적이게도 엄한 규율이 아니
라 실체조차 없는 정(情)에서 나온다고 믿었다.

그런 그를 두고 서동 사람들은 겁쟁이라고도 하고 무책임한
사람이라고도 했다.

어떤 이는 포부가 없는 사람이라고도 했다. 사나이로 태어
나 포부가 없다면 영혼이 없는 것과 같다며.

하지만 오늘 그는 달랐다.

눈동자는 그 어느 때보다 투지로 불탔으며 그 속에 담긴 심
지는 얼음 호수 속에 가라앉은 빙정처럼 차가웠다.

싸움이 지속될수록 은도천의 눈동자는 점점 심연 속으로 가라앉았다.

반면에 구천서의 그것은 점점 화기를 드러냈다.

'매번 한 박자 늦는데도 불구하고 빈틈이 없다!'

분명 자신의 검이 빨랐다. 빠르고 변화무쌍했다.

그 화려함에서 은도천의 검은 도저히 자신의 검법을 따라오지 못했다.

그런데도 불구하고 제압하지 못했다. 제압하지 못했을뿐더러 오히려 자신의 검초가 자꾸 흔들렸다.

꼭 꽃잎이 제아무리 많아도 형체가 없는 바람에는 어쩔 수 없는 것처럼 이리저리 흩날렸다.

'강기도 아니고 암경도 아닌 이 힘의 실체는 무엇이란 말인가!'

그러다 어느 순간 실제로 은도천의 검이 거미줄처럼 촘촘한 구천서의 검망을 뚫고 들어왔다.

"헛!"

따앙!

구천서의 호흡이 흐트러지며 연검 하나를 놓쳤다.

동시에 은도천의 검끝이 변화를 일으켰다.

비산하는 풍산검(風散劍)에서 난초 잎처럼 힘차게 뻗는 벽월검으로 변화를 일으킨 것이었다.

가슴에 화끈한 불 맛을 느끼며 구천서는 후다닥 물러났다.

그가 물러난 자리를 그의 수하들이 채우면서 구사일생으로 목숨을 건졌다.

"어, 어떻게… 느림이 빠름을 이길 수가 있지?"

"그대가 보는 세상이 전부는 아니라오."

"늙은이, 무공을 숨기고 있었군. 쳐라! 놈들은 겨우 스물이다. 놈들의 수급을 자르는 자에겐 은자 백 냥씩을 내리겠다!"

구천서가 은도천을 피해 물러나면서 외쳤다.

그의 악다구니는 혼전 중에도 쩌렁쩌렁 울려 퍼졌다.

하지만 용무관 제자들은 점점 전의를 상실해 갔다.

믿었던 구천서가 은도천에게 패한 탓도 있었지만 진짜 이유는 따로 있었다.

스무 명으로 이루어진 작은 검진을 선두에 서서 이끄는 저 신비로운 자!

그는 용악산이었다.

맨주먹으로 허공을 격하는데 대여섯 장이나 떨어져 있던 사람들이 쇠뿔에라도 받힌 것처럼 펑펑 나가떨어졌다.

"격공장(隔空掌)!"

누군가 비명을 질렀다.

무공의 단계를 십이성으로 구분할 때 구성은 인간의 신체가 구현해 낼 수 있는 빠름의 마지막 단계였다.

그것을 넘어서부터는 인간의 한계를 초월한 경지로 빠름에 연연하지 않게 된다.

암경이니 강기니 하는 것이 이때부터 붙기 시작하는 것이다.

격공장은 바로 그 강력한 암경을 발출해 멀리 떨어진 상대에게도 타격을 가하는 장법의 최고봉이었다.

권법가라면 누구나 꿈꾸지만, 거의 모두라 해도 좋을 만큼 꿈만 꾸다가 마는 경지.

그런데 그 꿈의 경지를 지금 일개 변두리 무관의 제자가 펼치고 있었던 것이다.

상황이 바뀌었다.

애초 금룡관 제자들을 가운데 몰아놓고 몰살을 시키려던 용무관은 거꾸로 용악산을 방어하기에 급급했다.

평제자들의 방어막을 뚫고 나자 마침내 정체불명의 빈객들이 용악산을 막아섰다.

그중 초로인이 물었다.

"노부는 곤륜도조(崑崙刀祖) 손무양이라고 하네. 자네는 어느 고인의 제자인가?"

이십여 년 전 핏빛이 도는 한 자루의 대도를 들고 청해성 일대를 질타했던 강자.

한동안 강호에 모습을 드러내지 않아 곤륜파의 고수들에게 죽임을 당했다는 소문이 돌았던 자.

"늙은이의 입에 함부로 오르내릴 이름이 아니오."

"으음… 아무래도 노부가 오늘 일생일대의 대적을 만난 것 같군. 상대가 상대이니 만큼 오늘은 자존심 따윈 접어두고 형제들과 협공을 해야겠네. 양해해 주시게."

손무양의 한마디에 주위에 있던 십여 명이 일제히 도검을 뽑아 들고 용악산을 공격해 왔다.

십여 개의 도검이 소나기처럼 빗발쳤다.

츠팟!

스카!

무형의 기운들이 어지럽게 대기를 쪼개는 소리가 섬뜩했다.

놀랍게도 그들 역시 강기를 구사했다.

강기를 구사하는 자들이니 초식 또한 오묘하기 그지없었다.

없는 빈틈을 만들어서 찔러왔으며 한 명의 검법이 조력자의 또 다른 검법을 만나 상승효과를 냈다.

그런 식으로 십여 명이 일제히 치고 빠지며 공격하니 반경 십여 장 내에는 무수한 검망이 허공을 메웠다.

빗방울 하나 뚫고 들어갈 수 없는 촘촘한 강기의 향연!

연무장에 모인 그 누구도 저들의 움직임을 눈으로 따라잡지 못했다.

오직 두 사람, 구천서와 은도천 만이 딱딱하게 굳은 얼굴을 했다.

'은도천 이 늙은이가 거룡을 품었어!'

'파랑이의 무공이 저 정도였단 말인가……!'

하지만 두 사람은 모르는 게 있었다.

아니, 지금 이곳에 있는 사람들 모두가 한 가지를 놓치고 있었다.

용악산은 지금 등에 멘 대도를 뽑지도 않았다는 것을.

그가 진짜 무서울 때는 바로 그 대도를 뽑았을 때라는 것을.

한순간 손무양의 적멸도가 용악산의 왼쪽 어깨를 쪼개왔다.

다른 세 명이 동시에 후미를 노렸다.

그러나.

퍼억!

경악스럽게도 용악산은 손무양의 적멸도가 어깨에 이르기도 전에 얼굴을 가격했다.

손무양의 얼굴이 절구공이에 맞은 수박처럼 터져 나갔다.

격중과 동시에 강력한 발경이 있었던 것이다.

그게 끝이 아니었다. 분명 손무양의 얼굴을 격타하던 주먹이 어느새 등을 찔러오는 한 사람의 가슴을 치고 있었다.

퍼벅퍽!

충격은 상대의 뒤에서 검을 숨긴 채 틈을 노리던 다른 두 사람에게도 동시에 가해졌다.

세 개의 가슴에서 동시에 폭발이 일어나며 순식간에 네 명이 그 자리에서 절명했다.

"격산타우(隔山打牛)!"

누군가 쥐어짜듯 비명을 질렀다.

산을 쳐서 반대편에 있는 소를 쓰러뜨린다.

이 역시 내가고수나 펼칠 수 있는 장법이었다. .

"이, 이럴 수가… 홍로삼괴(紅爐三槐)를… 한꺼번에… 그것도 맨주먹으로……!"

저만치에서 구천서가 경악을 했다.

너무나 놀란 나머지 그는 다리까지 후들후들 떨며 뒷걸음질을 쳤다.

홍로삼괴 역시 곤륜도조와 동시대에 나란히 명성을 떨치던 강자들이었다.

이건 전혀 상상도 못했던 전개였다.

천산에서 범상치 않은 도객이 왔다기에 잠시 두고 보자는 정도였지 이 정도의 강자일 줄은…….

그 순간.

삐이이익!

뒤늦게 정신을 차린 구천서가 호각을 불었다.

그러자 용무관의 담장과 전각의 지붕 곳곳에서 철궁을 든 무인들이 개미 떼처럼 모습을 드러냈다.

그 수가 무려 백여 명이나 되었다.

동시에 연무장 한복판에서 백병전을 벌이고 있던 용무관의 제자들이 썰물처럼 빠져나갔다.

구천서가 만약의 경우를 대비해 총관 금류혼으로 하여금 지원병을 구성하게 한 것이었다.

이들은 구천서가 항주로 입성을 할 때부터 데리고 온 사람이었다. 평제자들조차 그들의 내력을 정확히 알지 못하는 수하 같은 제자들.

당연히 무공도 항주에서 입관을 한 평제자들과는 차원이 달랐다.

구천서는 정말 숨겨둔 한 수까지 쓰게 될 상황이 오리라고는 생각지도 못했다.

연무장에는 이제 금룡관의 제자들 스무 명만 덩그러니 남게 되었다.

상황이 단번에 바뀌었다.

용악산과 은도천이 제아무리 신기를 지니고 있다 해도 나머지 제자들까지 모두 보호해 가며 싸울 수는 없었다.

"모여라!"

은도천의 명령에 금룡관의 사람들이 등을 밀착시키며 최대한 폭을 좁혔다.

한계가 있겠지만 검망을 펼쳐 소나기처럼 쏟아지는 화살을 쳐낸다면 최소한 몸에 꽂히는 화살의 수를 줄일 수는 있을 터.

더구나 평범한 화살이 아니라 철궁에 재어 쏘는 철시였다.

"죄, 죄송합니다. 사부님. 저희들 때문에……."

"도움을 드리려고 남았는데 오히려 걸림돌만 되는군요."

가장 안전한 가운데로 모인 평제자들이 울먹이며 말했다.

"그런 소리 마라! 너희들이 아니었으면 내 어찌 이런 용기를 냈겠느냐! 오히려 나의 부덕으로 애꿎은 너희들의 목숨까지 버리게 생겼구나."

"사부님……."

"한마디만 하자. 칼도 나눠 먹으면 산다. 혹여 누군가 한 사람이라도 살아서 도망친다면 반드시 이 복수를……."

"그럴 일은 없을 겁니다."

은도천의 비장한 각오가 용악산의 한마디에 어이없이 잘렸다.

사람들이 대체 무슨 생각인가 하는 얼굴로 용악산을 보았다.

그도 그럴 것이 방금 용악산의 한마디는 너무나 태평하고 한가로웠기 때문이었다.

정말 그에게 이 벼랑 끝에 몰린 상황을 벗어날 수 있는 묘안이 있는 걸까?

정말 그런 걸까?

대답은 전혀 엉뚱한 곳에서 나타났다.

퍼석!

쾅!

쓰캉!

"으아아악!"

"크아아악!"

"아아아악!"

정체불명의 격타음과 함께 비명이 울려 퍼졌다.

비명을 지른 사람들은 담장과 전각의 지붕에 올라가 있던 궁수들이었다.

피를 토하며 아래로 굴러 떨어지는 그들의 뒤로 십여 명의 초로인들이 모습을 드러냈다.

금룡관 사람들에겐 모두가 낯익은 사람들이었다.

"핫. 저, 저분은 무옥관의 관주."

"불영관의 관주님도 오셨어. 평산관의 관주님도……."

공춘보와 하풍달이 동시에 호들갑을 떨었다.

나타난 사람들은 모두 서동에서 무관을 운영했던 사람들이었다.

작은 무관이나마 알차게 꾸려갔지만 용무관이 비무행을 벌일 때 맞섰다가 사실상 파관이나 다름없는 수모를 당했던 사람들.

그런데 저 사람들이 어떻게 갑자기 나타났을까?

이유는 금방 알 수 있었다. 무관의 관주들 사이에 반가운 얼굴이 있었기 때문이었다.

"공 사형!"

이마에 흐르는 땀을 훔치며 반갑게 손을 흔드는 사람은 은서령이었다.

"앗, 저 녀석이 여긴 웬일로!"

공춘보가 비명을 질렀다.

"사매가 데려온 모양이오!"

하풍달이 말했다.

애초 용무관을 치러 오면서 용악산은 굳이 따라오겠다는 은서령을 금룡관에 남겨두었다.

이미 제 몫은 충분히 하고도 남을 은서령이었지만 관주를 비롯해 적전제자들 모두가 출동한 상태에서 무관을 비워 둘 수가 없기 때문이었다.

사람들이 없는 틈을 타 용무관 놈들이 불이라도 지르면 낭패가 아니겠는가.

그런데 은서령이 기어코 말을 듣지 않고 그동안 용무관에게 당했던 무관을 찾아다니며 도움을 청했던 것이다.

아직도 가쁜 숨을 몰아쉬고 있는 걸로 보아 그녀가 얼마나 숨 가쁘게 뛰어다녔는지 짐작할 수 있었다.

생각지도 않았던 무관의 관주들이 나타나자 용무관 사람들은 무척 당황했다.

"한 가닥 살길을 열어주었을 때 잠자코 엎드려 있을 것이지!"

구천서가 새로 나타난 관주들을 보며 일갈을 터뜨렸다.

"구천서, 당신은 항주무림에 발을 들여놓을 자격이 없다!"

말을 한 사람은 무관의 관주들 중 가장 연장자인 평산관의 관주였다.

그가 사람들을 향해 큰소리로 외쳤다.

"용무관은 비무행이라는 명목으로 항주무림의 질서를 어지럽히고 강호의 도의를 땅에 떨어뜨렸다. 이에 나를 비롯한 서동의 무관주들은 용무관을 징치해 강호에 정의가 살아 있음을 천명하고자 하니 살고자 하는 자 칼을 버리고 물러나라!"

"건방진 놈들! 저놈들도 모조리 없애 버려라! 제 발로 찾아왔으니 목숨을 거두어도 할 말이 없을 터!"

구천서가 고함을 질렀다.

하지만 상황은 전혀 그의 뜻대로 이루어지지 않았다.

쾅!

웅장한 소리와 함께 용무관의 정문이 박살나더니 백여 명의 무인들이 들이닥쳤다.

모두가 서동에 흩어져 있는 무관의 제자들이었다.

"형제들의 복수를 하자!"

"용무관 놈들의 씨를 말리자!"

"항주에서 쫓아내자!"

사람들은 함성을 지르며 달려왔다.

그들의 눈에는 독기가 가득했다.

용무관의 무자비한 파무행으로 인해 사형제들이 불구가 되고 무관이 하루아침에 파관을 당했다.

하나일 때는 힘이 모자라 숨죽이고 있었으나 여럿이 뭉치니 두렵지 않았다.

그렇지 않아도 어떻게 용무관을 징치할까 벼르고 별렀던 터다.

어떤 무관은 외부에서 고수를 초빙해 오기도 했다.

이제나저제나 기회를 엿보고 있던 참에 금룡관에서부터 변화가 있었다.

처음엔 보기 좋게 구반룡을 두들겨 패고, 금부투왕을 꺾었으며 이제는 용무관과 일전을 벌이려고 한다.

더 이상 미룰 수 없다는 판단이 그래서 생긴 것이다.

저마다 악에 받친 사람들은 손속에 인정을 두지 않았다.

특히 무관 관주들의 무공은 실로 놀라웠다.

살고 싶은 자는 한쪽으로 물러나라는 경고 한마디에 자신들이 할 수 있는 건 다했다고 생각했는지 무자비하게 돌격했다.

파파파팟!

궁수들이 일제히 목표를 무관의 관주들로 바꾸어 소나기 화살을 퍼부었지만 초로의 관주들이 휘둘러 대는 도검에 불꽃을 튀기며 나가떨어졌다.

무관이라 하면 사람들은 일단 별 볼일 없다고 판단할지 모른다.

대단한 무공이 없다고 판단할지도 모른다.

하지만 강자들이 우글거리는 항주 바닥에서 무관을 열기란 쉬운 일이 아니다.

관주들은 저마다 하나씩 절기가 있었고 오늘 그 실력을 유감없이 발휘했다.

순식간에 적아가 뒤엉키면서 궁수들은 활을 버리고 백병전으로 돌입했다.

덕분에 용악산은 편하게 나머지 빈객들을 상대할 수 있었다.

물론 일방적인 싸움이었다.

승기가 기울었다고 판단했는지, 용무관의 평제자들은 한쪽으로 물러난 상태에서 참전을 하지 않았다.

금룡관의 제자들은 연무장으로 떨어져 내린 궁수들을 공격했다.

궁수라고 해서 활만 지니고 다닌다 생각하면 큰 오산이다.

그들은 등에서 장검을 뽑아 들고 저항했다.

하지만 이미 사기가 떨어져 제대로 싸우기는커녕 피할 궁리를 하기에만 바빴다.

그들을 향해 공춘보와 하풍달이 화풀이를 해댔다.

"뒈져 버렸!"

"죽어랏!"

그때.

삐이이이익!

구천서가 호각을 불자 일전을 벌이고 있던 용무관의 사람들이 썰물처럼 뒤로 빠졌다.

사람들이 빠진 앞으로 구천서가 나서며 말했다.

"항복하겠소! 그러니… 그러니 이제 이쯤 합시다."

말을 하는 구천서의 얼굴에는 피로함이 가득했다.

어깨 한쪽에서도 피를 철철 흘리고 있는 모습이 여간 위독해 보이지 않았다.

"이제 와서 무슨 소리냐!"

"그동안 네놈들이 저지른 패악을 잊었단 말이냐!"

"구씨 일족의 목을 쳐라!"

성난 군중은 노골적인 협박을 서슴지 않았다. 그만큼 그동안 용무관으로 인해 폐해가 컸던 탓이다.

억눌러져 있던 감정이 폭발한 것이다.

군중이 또다시 칼을 들고 달려가려 하자 은도천이 검을 높이 들고 막아섰다.

"잠시만 진정하시오!"

이번 싸움에 결정적인 역할을 한 곳은 누가 뭐래도 금룡관이었다.

금룡관주 은도천이 막아서자 사람들은 감히 넘어서질 못하고 주춤거렸다.

"저들은 이미 전의를 상실했소이다. 무릇 칼을 버린 자에게는 살수를 쓰지 않는 것이 강호의 도리오!"

"관주님!"

"비키십시오, 관주님. 저놈들의 손에 제 사제는 한 팔을 잃었습니다."

"저희 무관은 이미 문을 닫고 제자들은 뿔뿔이 흩어졌습니다. 우리는 삶의 터전을 잃었는데 용서를 하자니요. 아니 될 말씀입니다."

성난 군중이 또다시 격노한 음성을 토해냈다.

"여러분의 사정은 잘 알고 있소. 하지만 이미 궁지에 몰려 칼을 버린 자들에게까지 살수를 쓴다면 우리가 저들과 다를 게 무엇이 있겠소."

은도천은 몇 마디 말로 성난 군중의 마음을 바꿀 수 없다는 걸 알았다.

그가 다른 관주들에게 도움의 눈빛을 보냈다.

궁수들의 뒤통수를 치며 등장했던 관주들은 서로 눈빛을 교환하더니 고개를 끄덕였다.

평산관의 관주가 은도천에게 다가와 대표로 말했다.

"하지만 저들의 가슴에 맺힌 분노는 풀어주어야 할 것입니다."

모든 것을 은도천에게 일임하겠다는 뜻이었다.

은도천은 다시 구천서를 향해 말했다.

"그대들이 개파를 하든 말든 내 상관하지 않겠소. 하지만 오늘 이후 더 이상 용무관의 무리한 비무행은 없소이다. 또한 다른 무관을 핍박하는 일도 없소이다. 약속할 수 있겠소?"

구천서는 하염없이 일그러진 얼굴로 한동안 은도천을 노려보더니 말했다.

"끄응. 약속하겠소!"

용무관주의 완벽한 패배 선언이었다.

"와아아아!"

"용무관을 꺾었다!"

군중 사이에서 승리의 함성이 터졌다.

몇몇 무관의 제자들은 아직도 분을 삭이지 못하는 눈치였지만 결국 이 상황을 받아들였다.

다른 때였다면 용무관의 연무장에서 이런 큰소리를 지를 엄두도 못 냈을 것이다.

이만하면 대승인 것이다.

군중이 함성을 지를 때 다른 무관의 관주들이 용악산과 은도천의 곁으로 다가왔다.

"덕분에 큰 화를 면했소이다. 어떻게 감사를 해야 할

지……."

은도천이 먼저 말했다.

"감사는 오히려 우리가 해야지요. 좀 더 일찍 뜻을 뭉치지 않은 것이 후회스럽습니다."

평산관의 관주가 말했다.

그의 말은 많은 것을 의미했다.

그동안 서동의 여러 무관들은 서로 경쟁적인 관계에 있었다.

용무관처럼 악의적인 파무행이 아닌 우정 어린 비무를 통해 서로의 무공을 논하는 일은 있었으나 어디까지나 경쟁 관계라는 본질은 벗어나지 않았다.

심지어 어떤 무관들끼리는 상당한 대립을 보인 적도 있었다.

"금룡관이 이렇듯 먼저 나서주지 않았다면 용무관을 징치하는 일은 요원했을 것입니다."

비룡관의 관주가 말했다.

"허허. 당치 않습니다. 모두가 뜻을 합쳐 이룩한 일입니다. 차후에라도 오늘의 교훈을 잊지 말고 서로가 우의를 다져야 할 것입니다."

"여부가 있겠습니까?"

*　　　*　　　*

용무관과 일전을 치른 그날 밤.

용악산은 인적이 끊긴 어느 산길을 걷고 있었다.

사람들이 모르는 게 하나 있었다.

모두가 잠든 새벽 금룡관을 에워싼 무리들이 있었다는 걸.

하지만 용악산은 그때 나가 보지 않았다.

그 무리들은 어느 순간 쥐도 새도 모르게 사라졌으니까.

누구의 소행인지 알고 있었으니까.

얼마나 걸었을까?

풀벌레 소리가 잦아드는가 싶더니 저만치에서 그림자 하나가 길을 가로막고 나타났다.

용악산은 개의치 않고 계속 나아갔다.

달빛에 그림자의 모습이 점점 선명하게 드러났다.

빡빡 깎은 머리에 뱀 문신을 한 승려였다.

"중노릇을 하고 있었던 거야?"

"놀고먹는덴 중노릇이 제격이지요. 법명도 있습니다."

"뭐?"

"석승입니다. 무식한 놈들은 돌중이라고 하지만 바위처럼 변하지 않는다는 나름 깊은 뜻이 있습니다."

농담처럼 말을 하지만 신분을 숨기기 위해 저런 행색을 하고 다니는 것이다.

공춘보와 하풍달에게 사기를 칠 때도 저런 모습이었을 것이다.

"어떻게 된 거야?"

"보여 드릴 것이 있습니다."

뱀 문신의 승려 석숭은 몸을 돌려 앞장섰다.

용악산이 그를 따라갔다.

석숭은 산길을 돌아 으슥한 골짜기 속으로 용악산을 안내했다.

바깥에서 볼 때는 골짜기가 있다는 것조차 알아차릴 수 없을 정도의 비처였다.

골짜기 속에 은신해 있던 십여 명의 수하들이 모습을 드러냈다.

"대주를 뵙습니다."

모두가 한목소리로 용악산을 향해 인사를 했다.

그들 중에는 팔 척 장신의 거인 채홍만과 반 토막도 안 되는 사 척 단구의 유소악도 있었다.

채홍만은 용악산과 눈도 마주치지 못하고 뒤통수만 긁적긁적했다. 대주의 명령을 완벽하게 수행하지 못했다는 자책감 때문이었다.

자신은 그저 열심히 웃은 죄밖에 없는데.

"다시 네가 맡아."

"……?"

"여자 호위 말이야."

채홍만의 표정이 급격히 밝아졌다.

유소악은 황당한 표정으로 용악산과 채홍만을 번갈아 보았다.

마치 자기가 이런 곰 같은 녀석에게 밀렸느냐는 듯이.

용악산이 수하들의 인사를 받고 나자 석승은 더 깊은 골짜기로 안내했다.

그리고 눈앞에 놀라운 광경이 펼쳐졌다.

동굴처럼 움푹 파인 골짜기 구석에 가득히 쌓여 있는 시체들.

그들은 용무관의 구씨 일족을 포함한 무인들이었다.

"오늘 새벽 이놈들이 금룡관을 에워쌌습니다."

예상했던 일이었다.

용악산이 본 구천서는 결코 쉽사리 물러설 위인이 아니었다.

다른 날도 아니고 이렇게 서둘러 습격을 계획한 것은 허를 찌르기 위한 방편이었을 것이다.

항주에서 사실상 개파가 어려워진 구천서가 판을 깨는 심정으로 최후의 발악을 한 것이다.

자신의 수하들에게 들켜 개죽음을 당하고 말았지만.

하지만 너무 잔인했다.

어떻게 이처럼 잔인하게 도륙했을까?

용악산은 비로소 자신의 수하들이 마인이라는 걸 상기했다.

일단 죽이기로 결정을 하면 손속에 한 줌의 사정도 두지 않는 자들, 마(魔)란 그런 것이다.

"전에 내게 남긴 밀서는 어떻게 된 거야?"

"예상대로 평범한 흑도 놈들이 아니었습니다."

"앞뒤 꽁지 빼고."

"구천서가 과거 흑사방의 방주로 신분을 위장했었다는 말씀은 드렸었죠. 역시 놈은 흑사방의 방주가 아니었습니다. 흑사방의 방주는 십여 년 전에 병사했습니다. 그때 놈을 치료한 의원을 직접 만나서 들은 이야기니 틀림없습니다."

"놈의 정확한 정체를 알아냈군."

"마인입니다."

"뭐!"

용악산은 정말로 놀랐다.

용무관의 사람들 누구에게서도 마기를 전혀 느끼지 못했다.

한데 이들이 마인이었다니.

"정확하게는 천마신교의 교도였습니다."

"이런……."

이렇게 되면 같은 교도들을 죽인 셈이 아닌가.

하지만 한 가지 이상한 게 있었다.

금룡관 사람들 말에 따르면 용무관은 이미 오륙 년 전에 이곳으로 흘러들어 왔다고 했다.

구문룡은 정마대전에 나가 수많은 마인들을 죽임으로써 정파무림에 큰 공을 세우기까지 했다.

그런데 같은 교도였다고?

"배신자들이죠. 십여 년 전 중원무림에 심어둔 간자들 중 상당수가 실종된 사건이 있었습니다. 용무관주 구천서의 본래 이름은 모굉천으로 운남의 곤명 일대에서 작은 상방을 운영하며 운남무림의 동향을 파악하고 보고하는 임무를 맡았습니다. 하지만 소금 밀매로 큰돈을 벌자 딴마음이 생긴 거죠. 그래서 신분 세탁을 하고 항주로 흘러들어 온 것입니다. 배운 게 도둑질이라고 항주에 와서도 소금 밀매에 대한 유혹을 뿌리치지 못한 것 같습니다. 앞으로는 정파를 자처하면서도 뒤로는 해사방과 은밀히 손을 잡으려고 했습니다. 운하와 가까운 금룡관의 장원을 빼앗으려 했던 것도 그 때문이고요."

용무관주 구천서는 그렇게 새로운 삶을 시도하다가 결국 죽고 말았다.

하지만 꼭 재물 때문에 배신을 한 것은 아닐 것이다.

정마대전이 생각보다 길어지면서 그렇게 이탈을 한 사람들은 많았다.

마도가 패망한 지금 그 옛날 중원에서 활동하던 소식망들은 자의든 타의든 사실상 모두 다른 삶을 살고 있다고 봐도 무방했다.

다만 구천서는 마도가 패망하기도 전에 자의로 배신을 했다는 것이 문제였다. 단순한 배신으로 그치지 않고 아들 셋을 정마대전에 내보내 같은 교도들을 향해 칼까지 겨누었다.

그것을 발판으로 정도문파라는 강한 인상을 주어 그 어렵다는 항주무림에서 기반을 잡았다.

구문룡의 칼날 아래 쓰러져 간 교도들의 숫자가 얼마나 될 것인가. 배신자 중에서도 가장 악질적인 경우라 하겠다.

용악산은 수하들이 이렇게 잔인하게 군 이유를 조금은 더 알 것 같았다.

　하지만 모든 게 부질없는 짓이었다.

　마도가 패망한 이후 배신자와 아닌 자의 구별은 이제 의미가 없었다.

　"차후 더이상 배신자에 대한 보복은 없다."

　"……."

　"석숭!"

　"…알겠습니다."

　대답을 하는 석숭의 얼굴은 밝지가 못했다.

　그는 아직도 마도천하의 허망한 꿈을 버리지 못하고 있는 걸까?

第三章

개파를 한다고요?

天山刀客

용무관 사람들이 사라졌다.

가산을 정리할 사이도 없이 연기처럼 증발해 버린 것이다.

이를 두고 사람들 사이엔 말이 많았다.

용무관주 구천서가 흑도 출신이라는 소문이 있더니 그것이
사실이라더라. 용무관의 총관이 해사방의 방도와 만나는 걸
본 사람이 있다더라. 서동 무관들과의 일전에서 패한 후 부끄
러워서 야반도주를 했다더라.

당사자들이 없는 상황에서 소문은 끝도 없이 부풀려졌다.

하지만 용무관 사람들이 스스로 도주를 했다는 것에는 모두
의견의 일치를 보았다.

그도 그럴 것이 구천서가 몰래 축적한 재물들이 모두 함께

사라졌기 때문이었다.

서동 사람은 상당히 충격을 받았다.

십여 개의 무관이 용무관을 협공했다는 소식은 들었지만 그렇게 빨리 장원을 버리고 내뺄 줄은 꿈에도 몰랐기 때문이었다.

이번 일의 중심엔 천산도객을 품은 금룡관이 있었다.

항주무림이 술렁이는 것도 당연했다.

하지만 대부분은 서동의 작은 무관들끼리 알력 싸움을 하다가 자체적으로 정리되었다고 판단하는 것 같았다.

같은 무림이라도 무관과 문파가 사는 세계는 그만큼 달랐다.

용무관과 일전을 치르고 난 후 금룡관은 문을 걸어 잠그고 한동안 외부와의 접촉을 끊었다.

제아무리 피할 수 없는 싸움이었다고 하나, 사람을 상하게 한 것은 가히 유쾌한 일이 아니었다.

그동안 금룡관주는 뒤뜰에 자그마한 제단을 만들어놓고 불귀의 객이 된 자들을 위해 제를 지냈다.

금룡관이 다시 정문의 빗장을 푼 것은 사흘이 지나서였다.

그리고 문제의 그 일이 터졌다.

금룡관은 한때 제법 영화를 누린 적도 있었다.

하지만 변두리 일개 무관의 영화라는 것이 한계가 있어 제자가 아무리 많을 때도 오십 명을 넘긴 적은 없었다.

연무장의 크기를 짐작할 수 있는 대목이었다.

문파에 비하면 상대가 안 되겠지만 무관의 연무장치고는 상당히 넓다고 자부했다.

그런데 지금 그 연무장이 사람들로 북적였다.

얼추 봐도 오십 명은 될 것 같았다.

평제자의 말을 빌리자면 해가 뜰 무렵엔 겨우 다섯 명 정도였다고 한다.

그러다 아침을 먹고 나와 보니 그 수가 지금처럼 오십으로 불어 있었다고 했다.

모두 금룡관의 빗장이 열리길 기다렸다가 찾아온 것이다.

그런데도 사람들은 계속해서 꾸역꾸역 모여들더니 해가 중천에 뜰 때쯤엔 저잣거리처럼 북새통을 이루었다.

그들 속에는 언젠가 야반도주를 했던 옛 제자들까지 있었다.

하풍달은 몇 명 되지도 않는 금룡관의 평제자들과 함께 연무장 한쪽에 탁자를 가져다 놓고 눈코 뜰 새 없이 사람들의 명단을 받아 적고 있었다.

"자자, 한 번에 한 명씩. 일단은 이름을 적고 나면 추후 우리가 통보를 해줄 것이오."

아직까지 어깨의 붕대를 풀지 않은 공춘보는 거만한 자세로 사람들을 사이를 바쁘게 오가며 호통을 쳤다.

"줄을 서라니까, 줄을! 어이 거기, 추레하게 생긴 양반. 자꾸 새치기할 거야? 내가 누군지 알아. 나 공춘보야, 공춘보. 금룡관의 둘째 제자 공춘보!"

사람들은 무공을 배우고 싶다고 금룡관을 찾아온 것이다.

공춘보와 하풍달을 뺀 나머지 금룡관 사람들은 멀찌감치 서서 이 광경을 황당하게 바라보고 있었다.

"이게 도대체 무슨 일이죠?"

은서령이 말했다.

"금룡관이 고수를 품었다는 소문이 났어."

표자룡이 대답했다.

똑같이 무관에 있었으면서도 표자룡은 언제나 바깥세상의 소식을 훤히 알고 있었다.

"예에?"

"용무관과 싸울 때 대사형께서 보여주신 신위가 워낙 인상적이었잖아."

표자룡이 말을 하면서 용악산에게 시선을 주었다.

은서령의 시선도 자연스럽게 용악산에게로 옮겨졌다.

용악산은 모르는 척 상황을 지켜보기만 했다.

은서령이 다시 표자룡에게 말했다.

"하지만 이제 겨우 며칠밖에 안 지났는데."

"원래 불난 얘기와 싸움 얘기는 소문이 빨리 퍼지는 법이야. 공 사형과 하 사형이 지난 며칠 동안 주루를 뻔질나게 드나들며 무용담을 늘어놓은 탓도 있고."

"예? 아버지께서 며칠 동안 금족령을 내리셨잖아요."

"어겨봐야 점심 한 끼밖에 안 굶기시잖아."

"그럼, 공 사형과 하 사형이 밤마다 담장을 넘었단 말이에요?"

"정확하게 말하면 담 밑으로 기어나갔지. 누렁이가 파놓은 개구멍 있잖아."

"휴우. 하여튼 못 말려. 그래서요?"

"평소였다면 믿지 않았겠지만 용무관이 거덜나고 관주가 야반도주를 한 건 사실이니까. 게다가 서동의 다른 무관들까지 증언을 해주어 대사형에 대한 소문이 더욱 부풀려졌어. 어쩌면 전혀 부풀려진 게 아닐 수도 있지만."

표자룡의 마지막 말은 의미심장한 것이었다.

사실 금룡관의 사람들 중 용악산의 진짜 무공을 가장 근접하게 알고 있는 사람은 표자룡이었다.

하지만 표자룡은 일체 그것에 대해 말을 한 적이 없었다.

원래 과묵한 성격이기도 했지만 용악산에게 무슨 사연이 있을 거라 생각했기 때문이었다.

그때 동일한 복색의 무인 십여 명이 금룡관의 문을 열고 들어섰다.

하나같이 단단한 몸집에 허리춤에는 칼까지 차고서 당당하게 들어오는 모습이 제법 위용이 대단했다.

군중이 그들을 알아보고 자연스럽게 길을 터주었다.

그들을 본 은서령의 표정이 묘하게 뒤틀렸다.

"그간 강녕하셨습니까? 관주님."

우두머리로 보이는 한 사람이 은도천을 향해 공손하게 포권을 했다.

"허 총관께서 아침부터 어인 일이시오?"

백마표국의 총관 허량은 대답대신 옆에 서 있는 표두를 향해 눈짓을 했다.

표두가 비단 보자기로 싼 목갑 하나를 내밀었다.

"이게 무엇이오?"

"그간 관계가 소홀했던 것 같다며 국주님께서 보내신 작은 정성입니다."

"갑자기 왜 이런 걸……."

"국주님께서는 다시 금룡관과 손을 잡고 표행을 하셨으면 합니다. 마침 상방의 물자를 싣고 사천으로 가는 표행이 있는데 금룡관에서 표사 열 명을 고용했으면 합니다."

허량의 말투는 공손하기 짝이 없었다.

예전 같으면 어림도 없는 일이었다.

은서령이 표국을 찾아가면 얼굴 한 번 보기도 힘들던 사람.

그나마 만나주었던 표두들도 의자에 앉아서는 거드름을 피우며 용무관의 제자들은 쓸모가 없다는 둥, 돈값을 못한다는 둥의 소리를 늘어놓기 바빴었다.

겨우겨우 한자리 만들라치면 뒷돈으로 은자까지 쥐어주어야 했다.

사실 그렇게 하면 남는 게 없었다.

하지만 은서령은 손해를 보는 한이 있더라도 표사 자리를 구해왔다.

평제자들의 사기를 위해서, 희망을 버리고 싶지 않아서…….

그런데 지금은 백마표국의 총관이 표두를 대동하고 와서는 뇌물까지 받치며 표사를 고용하겠단다.

"허허. 글쎄. 이걸 어떻게 받아들여야 할지……."

갑자기 달라진 백마표국의 태도에 은도천은 그저 헛웃음만
터뜨렸다.

그러면서 계속 은서령을 보았다.

원래 금룡관의 살림과 거래는 모두 은서령이 도맡아서 했
다.

"한 명당 은자 스무 냥씩을 지급하지요. 두 달 정도 걸리는
길이니 이만하면 크게 섭섭지는 않을 것입니다."

"……!"

은서령의 눈이 화등잔처럼 커졌다.

이건 파격적인 제안이었다.

보통 두 달이 걸리는 정도의 길이면 표사가 은자 다섯 냥 정
도를 받았다.

스무 냥이면 표사의 수준을 넘어 아예 표두 급의 대우를 해
주겠다는 소리였다.

해가 서쪽에서 떠도 유분수지 어떻게 하루아침에 이런 행운
이.

하지만 은서령은 금방 백마표국의 의도를 알 수 있었다.

허량은 말을 하면서 계속 용악산을 힐끔거렸다.

금룡관이 고수를 품었다는 소문이 돌면서 사람들이 모여든
것처럼 백마표국은 옛날의 정리를 이용해 싼값에 고수를 고용
하겠다는 심산이었다.

고수를 품어야 한다던 다루가 천 노인의 말이 새삼 실감나는 순간이었다.

"한번 고려해 보죠."

은서령은 그동안 당한 분풀이를 하려는 듯 뻣뻣한 자세로 말했다.

사실 대답을 하고도 조금 겁이 났다.

허 총관이 '싫다면 어쩔 수 없죠.' 하며 물러가 버리면 어쩌나.

그러나 은서령의 생각은 기우에 불과했다.

"휴우, 아무래도 제가 실수를 한 것 같습니다. 금룡관의 제자들이라면 이미 절정의 고수들인데. 이렇게 하지요. 한 명당 은자 마흔 냥씩과 튼튼한 말도 함께 제공하겠습니다. 식사와 숙박을 포함한 모든 편의를 노숙이 아닌 객점에서 제공하겠습니다."

"……!"

갈수록 가관이었다. 할 말을 잃은 은도천은 허허로운 웃음만 지을 뿐이었다.

은서령은 문득 궁금한 것이 있었다.

"운반하려는 표물이 무엇인지 여쭤봐도 될까요?"

"하하. 소저께서 무슨 걱정을 하시는지 알겠습니다. 안심하십시오. 홍인상방에서 맡긴 표물은 대양 무역을 통해 들어온 규방 물품들로 무림인들과는 아무런 연관이 없습니다. 어중이떠중이 녹림들이야 탐을 낼지도 모르겠지만 그 정도는 저희들의 힘만으로도 충분히 물리칠 수 있습니다. 그러니 전혀 위험한 물건이 아닙니다. 이 허량의 이름을 걸고 약속할 수 있습니다."

허량이 저렇게까지 말을 하는 걸 보면 틀림없는 사실일 것이다. 그런데도 왜 이렇게 금룡관의 제자들을 고용하지 못해 안달이 났을까?

지난날의 관계를 회복하기 위해서다.

관주 은도천은 원래 실리보다 관계와 신의를 중시했던 인물.

백마표국의 국주가 이번에 사과의 뜻으로 성의를 보이면 차후 백마표국은 든든한 후원자를 얻게 될 거라는 속셈인 것이다.

은서령은 속으로 적잖게 갈등했다.

백마표국은 평제자들의 일거리를 꾸준하게 만들어줄 수 있는 좋은 거래처였다.

더구나 한번 오른 표사의 몸값은 좀처럼 내려가는 법이 없으니 일단 관계를 트고 나면 단번에 금룡관의 사정이 좋아질 것이다.

하지만 갑자기 파격적인 제안을 덥석 물기가 망설여졌다.

은서령이 조용히 용악산을 보았다.

어떻게 했으면 좋겠는지 의향을 묻는 것이었다.

그러고 보니 자신도 모르게 용악산에게 의지하고 있었다.

"네가 알아서 해."

은서령은 다시 고개를 돌려 허 총관에게 말했다.

"차후에 답을 드리도록 할게요. 지금은 보시다시피 너무 정신이 없어서……."

"부디 좋은 쪽으로 생각해 주시길……."

허 총관은 공손하게 인사를 하고 돌아갔다.

그날 금룡관에 무공을 배우겠다고 찾아온 사람은 밤이 늦도록 끊어질 줄 몰랐다.

*   *   *

쾅!

공춘보가 두꺼운 책자를 탁자 위에 내려치면서 난 소리였다.

책자를 내려친 팔이 붕대를 감고 있는 팔이었는데도 그는 아픈 줄도 모르는 것 같았다.

"흐흐흐흐. 이게 다 우리 금룡관에 들어오겠다는 놈들의 명단이란 말입니다. 어제 하루만 자그마치 백 명입니다, 백 명. 제가 그중에서 늙은이와 다른 무관의 제자들은 빼고 딱 오십 명만 추렸습니다. 으흐흐. 으흐흐흐."

"그런데 아까부터 웃음소리가 왜 그러오?"

하풍달이 물었다.

"이놈아, 그동안 우리 무관이 겪은 어려움을 생각해 봐라. 밤사이 야반도주를 하던 놈들이 줄을 있던 판국에 이제는 서로 들어오겠다고 줄을 서니 기분이 째지지 않고 배기냐? 으흐흐흐, 으흐흐흐."

"휴우. 그게 꼭 좋아할 일만은 아니오."

하풍달이 길게 한숨을 쉬며 말했다.

"그건 또 뭔 소리냐? 으흐흐흐."

"그놈들이 제몫을 할 때까지 키우려면 먹여주고 재워주고 입혀주고, 돈이 많이 들어갈 텐데 그 돈은 하늘에서 떨어지겠소? 땅에서 솟아나겠소?"

"뭐?"

"공 사형은 입관비를 받지 않는다는 우리 무관의 운영 방침을 잊었소? 그렇다고 사부님께서 금룡관의 전통을 바꾸실 분도 아니고."

하풍달은 말을 하면서 은도천을 힐끔 보았다.

공춘보는 뒤통수를 망치로 얻어맞는 충격을 느끼고 얼굴이 새파랗게 질렸다.

금룡관은 처음부터 매월 일정액의 입관비를 받고 무공을 가르쳐 주는 다른 무관과는 좀 달랐다.

처음엔 한 푼도 받지 않고 제자들을 받아들였다가 그들이 훗날 표사나 보표 등으로 제몫을 하게 되었을 때 비로소 보수의 일부를 받았다.

그나마 일정하게 정해진 금액이 없어 어떤 놈들은 제법 성의를 보이기도 하고 어떤 놈들은 겨우 생색만 냈다.

심지어는 줄행랑을 놓는 놈들도 있었다.

다른 수익 구조가 없는 금룡관으로서는 최악의 선택을 한 셈이었다.

하지만 은도천은 단 한 번도 그 원칙을 바꾼 적이 없었다.

돈보다 사람이 먼저라는 게 그 이유였다.

때문에 금룡관에는 오갈 데가 없는 부랑자들이 많이 찾아왔다.

공짜로 먹여주고 무공도 가르쳐 준다는데 그처럼 좋은 게 어디 있겠는가.

바로 그 이유 때문에 더러 감복해서 금룡관에 충성을 다하는 제자들도 많았다.

전날 용무관과의 싸움에서 압도적으로 불리함에도 불구하고 끝까지 남았던 이들이 바로 그런 경우였다.

그렇다고 은도천은 아무나 제자로 들이지 않았다.

과거를 묻지는 않았으되 심성은 꼭 보았다.

그에겐 사람의 심성을 꿰뚫어 보는 재주가 있었다.

그래도 만날 도주하는 놈은 생기지만.

"사부니임……."

공춘보가 간절한 표정을 담아 은도천을 불렀다.

제발 굴러온 복을 이대로 차지 말라는 간곡한 부탁이었다.

"밥 먹자."

은도천은 평소와 다름없이 아무 일 없었던 것처럼 젓가락을 집어 들었다.

"지금 밥이 넘어가세요?"

그러고 보니 은도천을 제외한 다른 사람들도 모두 젓가락을 들지 않고 있었다.

하풍달도 표자룡도 지금 이 순간만큼은 공춘보의 편이었다.

이 어려운 때에 어렵게 찾아온 기회를 놓치기에는 너무 아까웠다.

그러기엔 금룡관의 형편이 너무 열악했다.

그것 때문에 혼자 동분서주하며 마음고생하는 은서령을 보는 것도 힘들었다.

그녀가 그렇게 발 아프게 뛰어다니는 동안 자신들은 그저 수련에만 열중하는 것도 미안했다.

하지만 은도천은 그저 묵묵히 밥을 먹을 뿐이었다.

"산채가 쫄깃쫄깃 하구나. 난 고기보다 싱싱한 채소가 좋더구나. 껄껄껄."

"아이고, 복장이야!"

공춘보가 차마 대들지는 못하고 자심의 가슴을 쾅쾅 쳤다.

"할 수 없죠. 뭐. 다들 돌려보내세요. 형편이 좀 좋아지면 그때 따로 연락하겠다고 하시고요."

어느새 미련을 떨쳐 버린 은서령이 젓가락을 집어 들며 특유의 긍정적인 얼굴로 말했다.

"사매, 이건 일생일대의 기회야. 사부님께서 생각만 조금 바꾸시면 우린 하루아침에 돈방석에 앉게 된다고."

공춘보가 이번엔 은서령을 잡고 늘어졌다.

같이 손을 잡아도 은도천의 뜻을 꺾을까 말까인데 그녀가 갑자기 발을 빼버리면 죽도 밥도 안 되는 것이다.

"돈방석에 앉아서 뭐하게요?"

"뭐야? 얘가 어째 점점 애늙은이 같은 소리만 하고 앉았네. 없어서 문제지 있기만 하면 돈 쓸 데가 없을까 봐?"

그 말에는 은서령도 딱히 대꾸를 못했다.

그녀 역시 사정이 좀 좋아지면 하고 싶은 일이 한두 가지가 아니었다.

은서령이 일단 주춤하는 기색을 보이자 공춘보가 물고 늘어졌다.

누가 뭐라고 해도 금룡관의 다급한 사정을 가장 잘 아는 사람은 그녀였다.

또한 누구보다도 고생을 하고 있는 그녀였다.

"사매는 꿈이 뭐야?"

"난데없이 웬 꿈?"

"말해봐. 사매도 꿈이 있을 거 아냐."

"난 우리 금룡관이 행복한 곳이었으면 좋겠어요. 지금처럼 사형제들이 정을 나누며 가족처럼 지내는 무관."

"큭큭큭. 사매, 그건 꿈이 아냐. 지금도 우린 행복하다고. 다들 안 그래요?"

하풍달의 반문에 사람들이 서로를 쳐다보았다.

그러다 약속이나 한 듯 미소를 지었다.

비록 피는 나누지 않았지만 정을 나누었으니 형제나 다름없다고 했던 사부 은도천의 말이 생각났기 때문이었다.

오직 공춘보만이 똥줄이 탔다.

"이 자식아, 넌 밥이나 처먹어!"

하풍달을 향해 버럭 소리를 지르고는.

"사매, 다른 꿈은 없어? 할 수만 있다면 이것만은 꼭 해보고 싶은 것 말이야."

"딴 것도 하나 있기는 한데……."

"뭔데?"

은서령은 잠시 은도천의 눈치를 힐끗 보고는 조심스럽게 말을 했다.

"난 매일 아침 더 많은 아이들에게 만두를 나눠줄 수 있으면 좋겠어요. 그래서 항주의 저잣거리에는 굶어 죽는 아이들이 하나도 없는 날이 왔으면 좋겠어요. 사형들도 밤새 추위에 떤 아이들을 보시면 저랑 생각이 같아질걸요."

짝!

"그래. 바로 그거야. 그걸 하려면 누가 뭐래도 일단은 돈이 있어야 한다고!"

겨우 원하는 대답을 얻은 공춘보가 손바닥을 부딪치며 호들갑을 떨었다.

그런데 이번에도 하풍달이 초를 쳤다.

"크크크. 사매, 우린 돈을 버는 상방이 아니야. 무관이라고, 무관. 설사 상방이라고 해도 그렇지. 무슨 수로 그 애들을 다 먹여 살려? 가난 구제는 나랏님도 못한다는데."

공춘보가 하풍달의 턱주가리에 주먹을 꽂아 넣으려는데 은서령이 말했다.

"그러는 하 사형은 꿈이 뭐예요?"

"나?"

"제 것도 말했으니 이제 하 사형도 말해봐요. 시시하기만 해 봐라."

"하하. 난 꿈같은 거 없어. 그냥 소원이 하나 있다면… 사부 님께서 지금처럼 건강하게 오래오래 사시는 거."

하풍달은 말을 하고 쑥스러운지 은도천을 힐끔 보았다.

"껄껄껄, 걱정 말거라. 내 반로환동을 해서라도 너의 그 소 원은 꼭 들어줄 테니. 껄껄껄."

은도천은 제자의 기특한 소리에 기분이 좋아져서 밥을 먹다 말고 호탕한 웃음을 터뜨렸다.

하지만 공춘보는 전혀 그렇지 않았다.

하풍달 저 자식이 조금은 도와줄 줄 알았는데 저런 알랑방 귀나 꾸고 있으니.

하지만 꿈에 대한 이야기는 어느새 분위기를 타고 전염병처 럼 번졌다.

이번엔 하풍달이 표자룡에게 물었다.

"자룡아, 넌 꿈이 뭐냐?"

사람들의 시선이 모두 표자룡에게로 모였다.

언제나 과묵하고 제 할 일만 묵묵히 하는 사내.

대사형이 오기 전까진 사형제 중 가장 강한 무예를 지녔으 면서도 사형들을 깍듯이 대하는 착한 놈.

그런 그에게도 꿈같은 게 있을까?

만약 있다면 환검을 완성해서 천하제일의 검수가 되는 게 꿈이지 않을까?

하지만 표자룡에게서 나온 대답은 전혀 뜻밖이었다.

"난 사매를 도와 거지 아이들에게 만두를 나눠 주고 싶습니다."

"뭐? 겨우 그거냐?"

하풍달이 되물었다.

"만두 하나가 어떤 아이에겐 인생을 바꿔줄 수도 있어요."

그건 본인의 얘기였다.

만두 하나를 먹기 위해 여덟 살짜리 아이를 죽이고 결국엔 살수의 길을 걸었던 표자룡의 얘기.

사람들은 일순간 말문을 닫았다.

가볍게 시작했던 얘기가 점점 무겁게 이어져 갔다.

그리고 그동안 꼭꼭 숨겨놓고 있던 서로의 아픔에 대해 다시 한 번 이해하는 계기가 됐다.

그런데 어쩐 일인지 방방 뛰던 공춘보가 조용했다.

은서령이 물었다.

"공 사형은 꿈이 뭐예요"

공춘보는 대답은 않고 연거푸 술잔만 비웠다.

"공 사형? 뭐 언짢은 일 있으세요?"

"없어, 그런 거."

"그런데 갑자기 왜……."

공춘보는 은서령의 안색이 어두워지자 마음이 편치 않았는지 억지로 미소를 지어 보이며 대답했다.

"난 우리 금룡관이 구대문파들보다 더 명성을 떨쳤으면 좋겠어. 중원 구석구석에까지 모르는 사람이 없도록 말이야."

공춘보의 그 말에 은서령과 하풍달이 동시에 웃음을 터뜨렸다.

"호호호, 공 사형도 저만큼이나 황당하네요."

"큭큭큭, 냅둬. 어차피 꿈인데 뭐. 제멋대로 꾸라지."

하지만 이어지는 공춘보의 말에 두 사람은 웃음을 뚝 그쳤다.

"그럼 잃어버린 동생들이 내 소식을 들을 수 있을 거야. 난 동생들에게 내가 대금룡관의 제자로 잘 지내고 있다는 걸 보여주고 싶어."

"……!"

"……!"

한동안 깊은 침묵이 찾아왔다.

단순히 돈을 물 쓰듯이 쓰며 인생을 즐기는 것이 꿈이라고 할 줄 알았더니.

한 번도 겉으로 내색한 적은 없지만 공춘보는 한시도 잃어버린 동생들을 잊은 적이 없었던 것이다.

은서령이 의기소침한 공춘보의 손을 꼭 잡아주면서 말했다.

"걱정 마세요, 사형. 살아 있다면 언젠가 꼭 찾게 될 거예요. 제가 있잖아요. 제가 꼭 도울게요."

"나를 빼놓고 얘길하면 섭섭하지. 공 사형, 나도 돕겠소."

하풍달이 말했다.

"저도 돕겠습니다."

표자룡도 말했다.

하지만 공춘보는 여전히 고개를 푹 숙인 채 은도천만 힐끔힐끔 보았다.

은도천이 마음을 바꾸지 않으면 절대 불가능한 일이라는 걸 알기 때문이었다.

은도천은 씨익 웃더니 젓가락을 내려놓았다. 그리곤 천천히 입을 열었다.

"그렇지 않아도 낮에 파랑이와 얘기를 나눴다."

사람들의 시선이 은도천과 용악산을 바쁘게 오갔다.

대체 무슨 얘기를 했다는 것일까?

"좀 더 많은 일을 하기 위해서는 아무래도 힘이 있어야 한다는 게 파랑이와 나의 생각이다. 해서……."

은도천이 말꼬리를 흐리며 제자들의 눈치를 쓰윽 보았다.

사람들은 꼴깍꼴깍 침을 삼켰고 은도천을 이 순간을 즐기려는 듯 피식피식 웃기만 했다.

"아이고 사부님, 숨넘어가겠어요. 빨리빨리 말씀해 보십시오."

보다 못한 공춘보가 푸념을 했다.

하지만 은도천은 말은 않고 용악산을 보며 피식 웃었다.

"대사형, 시원하게 좀 털어놔 보십시오. 도대체 사부님과 무

슨 의논을 했다는 겁니까?'

이번엔 하풍달이 용악산을 재촉했다.

은도천이 용악산을 향해 고개를 끄덕였다.

대신 말을 하라는 것이었다.

그리고 마침내 용악산의 무거운 입이 천천히 열렸다.

"…개파를 하기로 했다."

                    *   *   *

금룡관에 사람들이 몰려들었던 그날 밤.

용악산은 은도천을 찾아갔었다.

"개파를 하자고?'

난을 치고 있던 은도천이 붓을 먹에 찍으며 말했다.

"언제까지나 중원 변두리의 작은 무관으로 머물러 있을 수는 없습니다."

"작은 집에 채울 큰마음이면 족하지 않은가?'

"큰마음이 강을 이루어 바다로 흘러갔으면 합니다."

"……?'

백지 위에 그려지던 난 줄기가 중간에서 멈췄다.

은도천은 고개를 들어 한동안 용악산을 응시하다가 말했다.

"자네… 다른 세상을 보고 있었군."

은도천은 형식적이나마 용악산과 사제지연을 맺었음에도 공춘보나 하풍달을 대하듯 말을 완전히 편하게 하진 않았다.

언젠가 사위가 될 것이라는 걸 믿어 의심치 않았기 때문이었다.

"사부님과 같은 곳을 보고 있었습니다. 다만 이제는 흘러야 할 때라고 생각합니다."

은도천은 조용히 붓을 내려놓으며 말했다.

"개파란 현판만 바꿔 단다고 되는 게 아닐세."

"알고 있습니다."

은도천은 깊은 눈빛으로 묵묵히 용악산을 바라보았다.

사람의 눈동자는 많은 것을 말해준다. 무인의 눈동자는 더욱 그렇다. 용악산은 호안(虎眼)을 가졌다. 이런 눈은 십중팔구 타고난 운명이 있기 마련이었다. 지금도 스스로는 알지 못하지만 본능처럼 운명을 향해 걸어가고 있는 것이다.

'그래. 어쩌면 자네가 우리를 찾아온 순간부터 정해진 길이었는지도 모르지.'

이윽고 은도천이 무거운 입을 열었다.

"자신 있는가?"

第四章

저게 사람이야? 짐승이야?

天山刀客

개파란 현판만 바꿔 단다고 되는 게 아니었다.

거기엔 많은 난관이 있었다.

은도천은 우선 내실을 다지는 데 전력을 쏟았다.

그가 중점을 둔 것은 문파를 대표할 독문무공이었다.

어쩌면 그것이 가장 본질적인 문제이면서 문파의 사활이 달린 중요한 문제이기도 했다.

독문무공이 얼마나 강하느냐에 따라 문파의 흥망이 달려 있다고 해도 과언이 아니었다.

다행히 금룡관에는 벽월검을 비롯한 풍천장, 차륜박 등 적전제자들에게만 가르치던 무공이 여럿 있었다.

특히 벽월검은 표자룡이 절강오룡 중 하나인 구문룡을 꺾은 무공으로 알려져 사람들의 입에 오르내리고 있었다.

은도천은 무관에 틀어박혀 그런 무공들을 재정비했다.

이미 공춘보와 하풍달, 표자룡에게 가르쳐 본 경험이 있지만 단계별 수련 방식과 지침을 체계적으로 마련하는 하는 일은 수월한 일이 아니었다.

일단 무공이 완성되면 그걸 익히고 이름을 빛내줄 제자가 필요했다.

어중이떠중이 아무나 받아들일 수는 없었다.

당연히 무관일 때와는 다르게 제자를 선별하는 기준을 마련해야 했는데 거기서 용악산과 작은 이견이 있었다.

은도천은 심성에 치중을 했고 용악산은 무재도 살펴야 한다고 주장했다.

금룡관은 어디까지나 공맹을 가르치는 학관이 아니라 무림문파라는 것을 잊지 말아야 한다는 게 용악산의 생각이었다.

결국 두 사람은 심성도 바르고 무재도 뛰어난 자를 찾자는 것에서 합의를 봤다.

하지만 안타깝게도 지난 며칠 동안의 지원자 중에는 그런 조건을 모두 충족시키는 자는 없었다.

심성이 올바르면 무재가 엉망이었고 무재가 쓸 만하다 싶으면 심성이 고약해 보였다.

하지만 서두르지 않았다. 사승의 인연이란 그렇게 가벼운 것이 아니었으므로.

하지만 한 가지 예외는 있었다.

용무관과의 일전을 앞두고 대부분 줄행랑을 놓았음에도 불구하고 끝까지 남아준 평제자들은 개파를 하는 날 적전제자로 정식으로 임명할 참이었다.

강호의 도의가 귀한 시대에 별로 해준 것도 없는 무관에 그처럼 의리를 보이는 자들은 천금을 주고도 살 수 없는 것이었다.

여느 때와 다름없이 금룡관의 새벽을 깨운 것은 표자룡의 기합 소리였다.

비무 백 번이 실전 한 번만 못하다는 말이 있다.

표자룡은 구문룡과의 논검을 벌써 며칠째 복기하며 장점은 닦고 단점을 보완해 나갔다.

유일하게 꾀를 부리는 이들은 공춘보와 하풍달이었다.

"누렁아, 이리 온. 쭈쭈쭈."

공춘보는 연무장의 한쪽에서 죽은 누렁이의 새끼들에게 육포를 씹어주고 있었다.

올망졸망한 새끼 몇 마리가 뒤뚱뒤뚱 걸어와 공춘보의 손가락을 쪽쪽 핥아댔다.

"어미도 누렁이, 새끼도 누렁이. 거 무슨 족보가 그렇소?"

하풍달이 기지개를 켜고 나오면서 말했다.

"처음엔 이름을 지어줬는데. 아아, 헷갈려. 헷갈려."

겨우 일곱 마리를 두고도 헷갈려서 누렁이로 통일했다니.

하풍달은 할 말이 없었다.

"그나저나 대사형은 뭐 때문에 이렇게 새벽부터 우리를 나오라고 한 거냐?"

"내가 그걸 어떻게 알겠소?"

두 사람이 이렇게 아침 일찍 연무장에 모인 것은 용악산의 엄명이 있었기 때문이었다.

잠시 후 용악산이 회랑을 걸어왔다.

이렇게 이른 시각부터 소집을 했을 때는 언제나 안 좋은 기억이 있기 때문에 공춘보와 하풍달은 도살장에 끌려나온 소 같은 얼굴을 하고 있었다.

"나란히 서서 각각 풍천장과 차륜박을 시연해 봐."

"지금요?"

"이 새벽예요?"

공춘보와 하풍달이 차례로 볼멘소리를 했다.

"너희들은 양심도 없냐?"

"으에?"

아직 잠이 들깬 공춘보가 게슴츠레한 눈을 뜨며 물었다.

"자룡이는 아우인데도 불구하고 저렇게 열심인데. 너희들은 부끄럽지도 않느냐 이 말이야."

"자룡이 저 쉐이……."

"내 언젠가 그 소리 한번은 나올 줄 알았지. 에효……."

공춘보와 하풍달이 애꿎은 표자룡을 노려보며 각각 코를 벌름거리고 한숨을 쉬었다.

"오늘부터 자룡이보다 늦게 일어나는 놈은 호보 한 시진씩이다."

"허걱!"

"대사형, 그것만은 제발."

"내가 언제 한번 내뱉은 말 주워 담은 적 있어?"

용악산의 반문에 공춘보와 하풍달은 빠르게 눈짓을 교환했다.

'대사형, 왜 저러시냐?'

'나도 모르겠소. 서령이랑 뭐가 잘 안 되나?'

'욕구불만이야. 욕구불만.'

'자기들 사랑싸움에 왜 우리를 끌어들이는 건지. 원.'

"뭣들 하는 거야? 풍천장과 차륜박을 펼쳐 보라고 한 지가 언젠데."

용악산이 눈을 부라리자 정신이 번쩍 든 공춘보와 하풍달이 서둘러 초식을 펼치기 시작했다.

사실 용악산이 이렇게 채근하는 데는 이유가 있었다.

용무관과의 전투가 있고 난 후 용악산은 공춘보와 하풍달의 무공에 뭔가 본질적인 문제가 있다는 것을 깨달았다.

언제까지나 저런 상태로 놔둘 수는 없었다.

특히 벌모세수를 통해 무공에 적합한 체질로 바꿔주었음에도 어쩐지 두 사람의 무공 성취가 나아질 기미를 보이지 않아 여간 난감한 게 아니었다.

천년멸극대법이 체질은 바꾸어주지만 사람의 정신까지 바꿔주진 않는다.

때문에 하루아침에 하나를 들으면 열을 깨우치는 천재가 될 거라는 생각은 안 했지만 이건 해도 너무했다.

마치 밑 빠진 독에 물 붓기라고나 할까?

초식이 정교해지거나 매서움을 띠기는커녕 엉뚱하게 맷집만 좋아지니. 이건 용무관과의 싸움에서도 여실히 보여주었다.

그토록 얻어터지고도 공춘보는 다음날 훌훌 털고 일어나 하풍달과 술을 마시러 나갔던 것이다.

어쨌든 용악산은 최소한 어디 내놔도 부끄럽지 않을 만큼은 만들어주고 싶었다.

개파를 앞둔 마당에 장차 금룡문의 일대제자들이 저렇게 허술해서야 쓰겠는가.

하지만 공춘보와 하풍달은 용악산의 그 깊은 속내까지 알지 못했다.

그저 개파를 한다는 생각에 마음만 들떠 무슨 일을 해도 손에 잡히지가 않았다.

지금도 손과 발을 움직이고는 있었지만 상념은 엉뚱한 곳을 헤매고 있었다.

'예쁜 여자애들이 많이 들어왔으면 좋겠는데. 그럼 진짜 잘해줘야지.'

'아아, 이대제자들이 들어오면 잔심부름은 안 해도 되겠지?'

공춘보와 하풍달의 상상이 끝 간데없이 펼쳐졌다.

마음이 이러니 수련에 정신을 집중할 수가 없다.

개파 후를 생각한다면 더욱더 수련에 매진하는 것이 인지상정이겠지만 두 사람은 애초에 그렇게 멀쩡한 사람들하고는 거리가 멀었다.

억지로 하기는 하는데 귀찮아 죽을 지경이었다.

오늘 용악산이 주문한 것은 초식을 하나씩 시연해 보라는 것으로 이건 독기를 몰아내기 위해 하는 동공과는 또 달랐다.

게다가 독기를 몰아내기 위한 동공이라면 이렇게 새벽부터 부산을 떨 필요가 없었다.

'자룡이랑 똑같은 증상이야. 욕구불만을 엉뚱한데 푸는 거라고.'

'월향이랑 자리 한번 마련해 볼까요?'

'그러다 사매한테 들키면 어쩌려고?'

'모르게 해야죠.'

"집중해!"

용악산이 버럭 소리를 지르자 눈짓을 나누던 공춘보와 하풍달이 찔끔했다.

풍천장과 차륜박은 벽월검과 함께 금룡관을 대표하는 무공이었다.

벽월검이 검법이었다면 풍천장은 손과 발을 위주로 하는 권각법이었다.

물론 약간의 차이는 있어 풍천장은 권법 속에 장법이 녹아든 경우였고 차륜박은 권법 속에 각법이 상당한 비중을 차지했다.

은도천은 사람들의 성품과 체형, 그리고 무재에 맞춰 표자룡에게는 벽월검을 위주로 수련시켰고 공춘보와 하풍달에겐 각각 풍천장과 차륜박을 수련시켰었다.

표자룡의 경우에 은도천의 식견은 정확히 맞아떨어져서 상당한 성취를 보였다.

하지만 공춘보와 하풍달은 전혀 아니 올시다였다.

그건 은도천의 식견이 모자란 탓이었다기보다 공춘보와 하풍달의 무재가 그만큼 별 볼일 없었기 때문이었다.

지금도 풍천장과 차륜박의 오의를 전혀 이해하지 못하고 있었다.

공춘보는 무식하게 힘으로만 해결하려 들었고 하풍달은 그 반대로 흐느적거리기만 했다.

하풍달의 경우 차륜박이 금나수를 펼치는 것처럼 보일 정도였다.

그건 남의 주머니를 털던 배수의 습성 때문이었다. 아니면 모든 무공을 투술(偸術)이라는 동선에서 이해를 하는 것이거나.

배수들의 투술이 금나수에서 시작된 공부라는 건 이미 익히 알려진 사실이었다.

순간 적당한 거리에서 초식을 펼치던 공춘보의 주먹이 하풍달의 뒤통수를 후려쳤다.

빠악!

"이크. 풍달아, 많이 아프냐?"

"내, 내가 뒤통수 때리는 거 제일 싫어하는 줄 알면서!"

"하하하. 미안, 미안, 그러게 왜 하필 거기 서 있어 가지고."

용악산이 보기에도 공춘보의 웃는 모습은 얄밉기 짝이 없었다.

아나나 다를까. 하풍달은 갑자기 허공으로 뛰어오르더니 선풍각을 날렸다.

"물론 그러시겠지!"

빠각!

하풍달의 발등이 막 퇴권을 펼치던 공춘보의 턱주가리를 후려쳤다.

순간 공춘보의 목이 팩 돌아가며 저만치 나가떨어졌다.

"이 자식이, 감히 사형을!"

씩씩거리며 서 있는 하풍달을 향해 공춘보가 무서운 속도로 달려갔다.

그리고 곧장 허공에서 두 사람의 격돌이 일어났다.

파앙! 파앙!

공춘보는 주먹과 장으로, 하풍달은 주먹과 각으로 상대방을 향해 죽일 듯이 공격했다.

보법이 어지럽게 변화했으며 권각은 현란하게 뻗었다.

권각법 시연이 순식간에 두 사람의 대련으로 이어지면서 분위기가 급변했다.

용악산은 잠자코 지켜보았다.

평소에는 대충대충 하던 두 사람이 지금은 무서운 집중력을 보이고 있었다.

여전히 정교함이나 쾌속함과는 거리가 먼 초식이었으나 대신 육중한 힘이 있었다.

파앙! 파앙!

주먹과 발이 부딪칠 때마다 푸줏간의 고기를 방망이로 두들기는 듯한 둔탁한 소리가 났다.

한 방이 있다는 소리. 천년멸극대법의 힘이었다.

저 정도의 타격력이면 지금쯤 둘 중 하나는 팔다리가 부서져야 옳았다.

하지만 두 사람 모두 멀쩡했다.

찌르르 울리는 고통에 눈살을 찌푸리기는 하지만 여전히 무시무시한 위력을 발하고 있었던 것이다.

역시 비정상적으로 발전한 맷집이었다.

천년멸극대법이 체질을 바꿔주기는 하지만 무인의 맷집을 길러주진 않는다.

이건 일종의 변수였는데 아무래도 수하들이 대법을 준비하는 과정에서 무언가 실수를 하지 않았나 싶었다.

혹시 그것이 두 사람의 성취를 저리 느리게 만들었을까?

용악산이 그런 생각을 하는 사이 두 사람의 싸움은 절정으로 치닫고 있었다.

그런데 두 사람에게도 미묘한 차이가 있었다.

공춘보는 시종일관 무도한 도박을 하는 도박사처럼 무섭게 돌진했다.

그에겐 확실히 한 방이 있었고 그건 하풍달에게 상당한 위협이 되었다.

반면 하풍달은 공춘보의 움직임을 살펴가며 공수를 번갈아
했다.

그건 하풍달의 움직임이 빠르다는 것이 아니라 맥을 짚는
능력이 뛰어나다는 걸 의미했다.

싸움에도 일정한 흐름이 있고 그 흐름의 맥을 정확히 짚는
사람이 더 유리한 건 당연했다.

역시 하풍달이 배수의 눈을 갖고 있기 때문일 것이다.

더구나 하풍달은 차륜박에 금나수를 응용한 동작으로 공춘
보를 묘하게 괴롭혔다.

지금도 연타로 다섯 번이나 공춘보의 가슴을 두들겼다.

때문에 상대적으로 훨씬 많이 맞은 공춘보의 얼굴이 시뻘겋
게 달아올랐다.

용악산은 두 사람이 창과 방패 같다고 생각했다.

하북쌍괴(河北雙怪)라는 인물들이 있었다.

하북 일대에서 무명을 떨친 부부였는데 각각 방패와 창을
주무기로 썼다.

아내가 방패로 수비에 치우치는 사이 남편은 창으로 상대를
무섭게 공격하는 게 그들의 싸움 방식이었다.

물론 이때의 방패도 오로지 방어만을 위한 병기는 아니었
다.

방패의 곳곳에 박아둔 창날과 측면을 날카롭게 벼린 방패의
날은 때에 따라 상대를 찌르기고 하고 베기도 했다.

창 역시 마찬가지였다. 사실 모든 병기가 공격과 방어를 동시에 하는 건 당연했다.

문제는 어느 쪽에 주안점을 두고 무공을 발전시키느냐는 것.

지금 공춘보와 하풍달의 경우가 딱 그랬다.

두 사람의 대련을 지켜보면서 용악산은 문득 엉뚱한 생각이 들었다.

'두 사람을 하나로 합친다면…….'

그런 생각을 하는 사이 공춘보는 점점 하풍달과의 거리를 좁혔다.

타격의 위력에 상관없이 상대적으로 많이 맞았다는 생각에 근접전을 펼친 것이다.

그러다 결국 하풍달의 멱살을 잡았다.

"걸렸다. 이 자식, 어디 죽어봐라!"

"흥, 누구 마음대로!"

하풍달은 공춘보의 팔을 묘하게 비틀어 빠져나가려 했다.

공춘보는 미꾸라지처럼 빠져나가는 하풍달의 손목이며 옷자락을 번번이 놓쳤다.

그 와중에도 하풍달은 공춘보의 턱주가리에 주먹 한 방 넣는 것을 놓치지 않았다.

화가 머리끝까지 난 공춘보는 하풍달의 머리끄덩이를 잡고 늘어졌다.

"으아악! 비겁하게!"

"자식아, 싸우는데 비겁한 게 어딨어!"

그때부턴 개싸움이었다.

용악산은 불현듯 골치가 아파왔다.

차라리 중원을 정복하라면 했지 저것들을 가르치는 것만큼은 도저히 자신이 없었다.

바로 그 순간 공춘보의 주먹에 하풍달이 나가떨어졌다.

우당탕탕 쾅!

기어이 한 방을 먹인 것이다.

주먹이 어찌나 매서웠는지 하풍달은 꼴사나운 모습으로 몇 바퀴를 굴러서 저만치 회랑의 기둥에 머리를 박고 멈춰 섰다.

그때 새벽부터 만두를 쪄서 저잣거리로 나갔던 은서령이 정문을 들어서다 그 모습을 보았다.

"두 분 또 시작이세요?"

"저 자식이 사형 알기를 우습게 알잖아!"

눈두덩에 시퍼런 멍이 생긴 공춘보가 양팔을 벌리고는 씩씩거리면서 말했다.

벌름거리는 콧구멍에선 김이 모락모락 나고 있었다.

그에 반해 머리를 한 번 세차게 흔들며 몸을 일으키는 하풍달은 멀쩡했다.

묘한 상황이었다. 쓰러지기는 하풍달이 쓰러졌는데 손해는 공춘보가 더 많이 본 것 같은.

"사매, 왔어?"

하풍달이 말했다.

"제발 좀 살살할 수 없어요?"

"나도 그러고 싶은데 사형께서… 우어억!"

말을 하다 말고 하풍달이 비명을 지르며 뒷걸음질을 쳤다.

은서령의 뒤편에 서 있는 무언가를 본 것이다.

공춘보도 그것을 발견하고 후다닥 달려가 은서령의 앞을 막아섰다.

"커헉. 괴, 괴물이다! 풍달아, 어서 사매를 빼돌려!"

"알았소!"

조금 전까지만 해도 주먹다짐을 하던 두 사람이 번개처럼 일사불란하게 움직였다.

공춘보가 닥치는 대로 몽둥이를 고쳐 잡고 문간 앞을 지키고 서 있는 동안 하풍달이 은서령의 소매를 잡아끌었다.

문제는 문밖에 서 있는 정체불명의 존재 때문이었다.

사람 몸통 같기도 하고 곰의 몸통 같기도 한 무엇이 은서령이 들어온 정문 바깥에 서 있었다.

어찌나 큰지 어깨 위로는 문설주의 지붕에 가려 보이지도 않았다.

더구나 다리로 보이는 저 어마어마한 물건의 두께는…….

"꿀꺽. 웬 놈이냐!"

공춘보가 호기롭게 고함을 질렀다.

"공 사형, 조심하시오!"

하풍달이 뒤에서 공춘보를 걱정했다.

"아이, 그게 아니라고요."

은서령이 하풍달의 손을 뿌리치며 말했다.

그리고는 다시 문밖을 향해 말했다.

"들어오세요."

사형들에게 할 때와는 달리 나긋나긋한 목소리.

분명 문밖에 있는 저 거인을 두고 말하는 것이리라.

하지만 거인은 가타부타 대답이 없었다. 대답이 없을뿐더러 선뜻 들어오지도 않았다.

"뭐 하세요. 들어오시라니까요?"

은서령이 연거푸 재촉을 하자 바깥의 거인은 갑자기 몸을 돌려 달아나기 시작했다.

은서령이 재빨리 달려가 문밖으로 사라졌다.

"쟤, 쟤가 미쳤나. 왜 저래!"

"내가 미쳐 진짜."

공춘보와 하풍달이 호들갑을 떨며 은서령을 잡으러 달려나갔다.

그러나 잠시 후 두 사람은 달려나갈 때보다 배는 빠른 속도로 도망쳐 왔다.

"대, 대사형. 큰일 났소. 큰일!"

"사매가 사고를 쳤소!"

새파랗게 질린 얼굴로 달려오는 두 사람 뒤로 은서령이 또다시 모습을 드러냈다.

이번에는 한 손에 거인의 손을 꼭 잡고 있었다.

그 모습이 꼭 어린 딸이 아빠의 손을 잡은 것 같았다.

거인은 이번에도 문설주의 지붕에 가려 얼굴이 보이지 않았다.

"아이, 괜찮다니까요. 어서 들어오세요."

은서령이 연거푸 재촉을 하면서 거인의 손을 잡아당겼다.

몸이 거의 넘어질 듯 낑낑대며 손을 잡아끌었지만 거인은 꿈적도 하지 않았다.

마치 무관 안으로 들어오면 맞아 죽기라도 하는 사람처럼.

한참 만에야 거인은 마지못해 고개를 숙이고 들어왔다.

"뜨아아아!"

"우어어어!"

비명을 토해낸 공춘보와 하풍달이 벌린 입을 다물지 못했다.

저만치 연무장 구석에서 혼자 묵묵히 수련을 하던 표자룡도 표정이 흠칫 굳어졌다.

그때 별안간 회랑 끝 쪽에서 우당탕탕하는 소리가 들렸다.

사람들이 일제히 고개를 돌리니 은도천이 회랑의 마루 아래로 굴러떨어져 있었다.

"……!"

"……!"

사람들은 한동안 말문을 열지 못했다.

평소 근엄하고 인자하기 짝이 없는 은도천이, 더구나 무공을 수련한 고수가 발을 헛디뎌 넘어지다니. 죽은 누렁이가 벌떡 일어나 웃을 일이었다.

아마도 회랑을 걸어오다가 엄청난 체구의 거인에게 시선을 빼앗겨 자신도 모르게 회랑 바깥으로 발을 디딘 것 같았다.

"험험. 신발이⋯⋯."

은도천은 신발을 찾는 척 자신의 무안함을 가렸다.

사람들의 시선은 다시 빠르게 거인에게로 향했다.

이야기책 속에는 팔 척 장신이니 구 척 장신이니 하는 말도 있지만 그건 허구에 불과했다.

아니면 척관법이 시대에 따라 달라졌거나.

어쨌든 팔 척이나 되는 사람은 현실 세계에서는 없었다.

그런데 그는 정말 팔 척에 근접할 정도로 컸다.

나름 거인이라는 소리를 듣는 은도천도 겨우 가슴에 닿을 정도였으니 가히 상상을 초월하는 키였다.

무작정 크기만 한 것도 아니어서 다리통은 절집 당간지주만큼이나 굵었고 팔뚝은 황소도 단숨에 때려잡을 만큼 튼튼했다.

어깨는 태산도 떠받칠 수 있을 것 같은 착각을 불러일으켰다.

한마디로 보기만 해도 절로 뒷걸음질을 칠 수밖에 없도록 만드는 무시무시한 거인.

그 거인은 지금 장난감 같은 지게에 장작을 잔뜩 지고 있었다.

지게가 너무 작아 어깨에 한번 힘을 주면 그대로 부서질 것만 같았다.

은서령의 손을 잡고 있는 거인은 행여 그녀의 손이 바스러 질까 봐 조심스런 기색이 역력했다.

"전에 내가 말했었죠. 자객들에게 납치당할 뻔한 걸 나무꾼 거인이 구해줬다고."

은서령은 거인이 자기 친구라도 된 것처럼 의기양양하게 말했다.

"그, 그럼 이 사람이 그때 그……."

공춘보가 은서령과 거인을 번갈아 보며 말했다.

"어때요? 이제 제 말을 믿겠죠?"

"세상에, 진짜 크네."

그러나 속으로는.

'저게 사람이야? 짐승이야?'

"그, 그런데 왜 우리 무관엘 데려온 거야?"

이번엔 하풍달이 물었다.

목소리엔 아직도 거인에 대한 적개심이 사라지지 않고 있었다.

사실 무관 사람들 모두가 그랬다.

이 정체불명의 거인의 등장에 모두들 적당한 거리를 두고 섰다.

표자룡은 중검을 슬그머니 움켜쥐고 있었고 공춘보는 몽둥이를 꼬나 쥔 상태였다.

평소 자애롭기 짝이 없는 은도천도 슬그머니 두 발을 벌리고 선 상태였다.

언제든지 몸을 날려 일격을 가할 수 있는 상태.

그러나 정작 거인은 바짝 얼어 있었다.

그가 저렇게 부동자세로 얼어 있는 것은 용악산 때문이었다.

그에게 용악산은 두렵기 짝이 없는 존재였다.

용악산은 골치가 아팠다. 갑자기 저 녀석이 왜 여길 왔을까?

대답은 은서령이 해줬다.

"마침 저잣거리에서 우연히 만났지 뭐예요? 저번에 신세를 지고도 갚지를 못해 내내 마음이 불편했었는데. 그래서 제가 모시고 왔어요."

그러자 적당한 거리에서 거인을 올려다보던 공춘보가 용기를 내어 쪼르르 달려갔다.

그리고는 은서령의 손목을 낚아채서는 후다닥 끌고 왔다.

금룡관 사람들이 모여 있는 곳이었다.

"이런 멍청이, 뭐 하는 사람인지도 모르고 무작정 데려오면 어쩌자는 거야!"

공춘보가 다짜고짜 은서령을 향해 낮은 소리로 윽박질렀다.

하풍달도 거들었다.

"공 사형 말이 맞아. 누군지도 모르는 사람을 함부로 들이면 어떡해!"

"아이참, 나무꾼이라고 내가 말씀드렸잖아요. 그리고 예전에 봤으니 모르는 사람도 아니고요. 마침 우리 무관에서도 땔감이 필요해서 겸사겸사 모시고 왔다고요."

"답답한 계집애. 내 말은 그게 아니잖아."

"사매, 지금 제정신이야? 저 큰사람이 사매에게 해코지라도 했으면 어떡할 뻔했어!"

"품, 걱정 마세요. 저도 처음엔 외모만 보고 무척 놀랐는데요. 알고 보니 얼마나 착한지 몰라요. 순둥이예요, 순둥이."

옆에서 듣고 있던 용악산은 어이가 없었다.

'홍만이가 순둥이라고?'

혼자 마적단을 초토화시킨 장본인 바로 채홍만이었다.

그것도 빨래를 늘어놓으면 말을 타고 다니며 먼지를 일으켰다는 게 이유였다.

은서령은 갑자기 채홍만에게 다가가더니 말을 했다.

"나무는 여기다 내려놓으시고요. 아참, 아직 아침 안 드셨죠?"

*   *   *

동그란 식탁을 가운데 두고 금룡관의 사람들과 거인 채홍만이 마주 앉아 있었다.

금룡관 사람들은 젓가락을 들 생각도 않고 그저 멍하니 채홍만을 바라보기만 했다.

바라본다기보다는 구경한다고 하는 것이 맞았다.

덩치가 어찌나 큰지 의자 두 개를 나란히 두고 앉았는데도 엉덩이 살이 삐져나왔다.

"그래, 딸아이에게 들으니 이름이 채홍만이라고?"

은도천이 조심스럽게 묻자 채홍만이 고개를 끄덕였다.

채홍만은 무슨 이유에선지 잔뜩 얼어 있었는데 이마에선 땀이 삐질삐질 흘렀다.

"양친은 살아계시고?"

도리도리.

"저런. 내가 괜한 걸 물었구먼. 그래 올해 나이는 몇인가?"

"열여덟……."

울림통이 커서 그런지 동굴 속에서 들리는 듯한 목소리가 우렁우렁 흘러나왔다.

"으에? 이 덩치가 열여덟이라고?"

"후우. 서른은 되어 보이는데."

공춘보와 하풍달이 동시에 탄성을 질렀다.

"험험. 얘들아, 손님에게 그 무슨 실례냐."

은도천이 수염을 쓰다듬으며 점잖게 나무라자 공춘보와 하풍달이 다시 수그러들었다.

은도천이 다시 말을 이었다.

"듣자 하니 내 딸아이를 구해주었다지?"

채홍만은 대답은 않고 이마로 줄줄 흐르는 땀을 소매로 쓱 훔쳤다.

"혹시 몸에 지병이 있소?"

공춘보가 또 불쑥 끼어들었다.

"……?"

"무슨 땀을 그렇게 흘리오? 논에 물도 대겠네."

"거참. 또 밑도 끝도 없는 소리 하신다."

공춘보의 말에 하풍달이 면박을 주었다.

채홍만은 대답은 않고 맞은편에 앉아 있는 용악산을 힐끔힐끔 쳐다보았다.

그러면서도 감히 시선을 똑바로 마주치지는 못했다.

용악산과 눈이 마주칠라치면 재빨리 고개를 홱 돌려 먼 곳을 응시하는 것이었다.

채홍만이 이렇게 주눅이 든 데는 그럴 만한 이유가 있었다.

그는 어제 은서령의 호위를 다시 맡으라는 용악산의 말을 듣고 신이 났었다.

그건 자신이 대주로부터 재신임을 얻었다는 걸 의미했다.

마도가 패망한 후 부평초처럼 떠도는 마당에 대주가 자신에게 새로운 임무를 주었다는 것은 얼마나 기쁜 일인가.

더구나 강력한 경쟁자 유소악을 제치고 말이다.

부랴부랴 지게를 구해 나무꾼으로 위장한 채홍만은 멀리서 은서령의 뒤를 따라다녔다.

그런데 이놈의 덩치가 문제였다.

아이들에게 만두를 나눠줄 때만 해도 잘 버텼는데 다루가에서 그만 은서령에게 들켜 버린 것이다.

은서령은 예전처럼 놀라지도 않고 자신을 향해 달려왔다.

놀란 채홍만이 도망을 쳤지만 은서령의 신법은 생각 이상이었다.

결국 은서령은 채홍만을 따라잡았고 자기 무관에도 땔감이 필요하다며 억지로 잡아끌었다.

결국 채홍만은 여자에게 들키지 말고 은밀하게 호위를 하라는 대주의 명을 완벽하게 수행하지 못한 것이다.

대주 용악산은 실패라는 걸 용납하지 않는 분, 가슴이 조마조마한 채홍만이었다.

"서동 사람은 아닌 것 같은데……?"

공춘보가 다시 말꼬리를 흘리며 물었다.

어느 순간 대화의 주체가 은도천에서 공춘보로 넘어가고 있었다.

은도천은 참견쟁이 공춘보의 성격을 아는지라 그냥 두고만 보았다.

사실 그가 궁금한 것을 공춘보가 대신 물어봐주기도 했다.

채홍만은 슬쩍 용악산의 눈치를 보고는 조심스럽게 대답을 했다.

"저기 북서쪽에서……."

"북서쪽이라면 하남을 말하는 거요?"

공춘보는 중원을 놓고 이야기하고 있었다.

고래로 사람들은 각각 대륙의 북쪽과 남쪽을 가로지르는 두 개의 강 중, 장강을 강(江)이라 하고 황하를 하(河)라고 불렀다.

중원은 바로 이 황하와 장강 사이를 말한다.

채홍만이 막연히 북서쪽이라고 하자 공춘보는 중원 중에서도 비교적 북서쪽에 있는 하남 지방을 생각한 것이다.

채홍만이 고개를 절레절레 흔들었다. 황소가 투레질을 하는 것처럼 움직임이 컸다.

"그럼 섬서?"

역시 중원 안에서의 북쪽이었다.

절레절레.

"그럼 청해에서 왔단 말이오?"

청해는 세외에 속했다.

채홍만이 생각보다 먼 곳에서 왔다는 생각에 사람들의 입이 쩍 벌어졌다.

하지만 채홍만은 이번에도 고개를 절레절레 저었다.

"아니, 그보다도 더 먼 곳에서 왔단 말이오? 설마… 신강에서 왔다는 얘긴 아니겠지?"

신강은 마교가 발호한 천산이 있는 곳이었다.

그야말로 세외 중에서도 세외.

놀랍게도 채홍만은 그제야 고개를 끄덕끄덕했다.

사람들은 입이 쩍 벌어질 수밖에 없었다.

"후아. 어떻게 그 먼데서 오셨소?"

그러자 채홍만은 뭐라 대답을 해야 할지 몰라 퉁방울눈을 뒤룩뒤룩 굴렸다.

슬그머니 용악산의 눈치를 보지만 용악산은 모른 척 잠자코 지켜보기만 할 뿐이었다.

용악산이 뭐라 언질을 주지 않자 채홍만은 간이 점점 쫀득

쫀득하게 오그라들었다.

그에게 용악산은 거대한 산이었다.

측량할 수 없는 무학을 지닌 강자. 마도백가의 진전을 고스란히 이은 몸.

대종사가 죽고 난 후 자신들의 유일한 하늘.

그런 존재 앞에 이렇게 겸상을 하고 마주 앉아 있는 것만도 황송한 일인데 사람들은 아무것도 모르고 자꾸 꼬치꼬치 캐묻기만 했다.

"그, 그냥……."

채홍만이 얼굴이 발개져서 말끝을 흐렸다.

그 모습을 부끄러워한 탓이라고 여긴 공춘보가 엉뚱한 말을 내뱉었다.

"혹시… 장가들러 오셨소?"

"……!"

"맞네, 맞아."

"하하하. 항주에 미인이 많기는 하지."

하풍달이 옆에서 맞장구를 쳤다.

채홍만은 그저 어리둥절할 수밖에 없었다.

"큭큭큭. 그렇게 부끄러워 할 것 없소. 원래 항주에는 그런 이유로 찾아오는 사내들이 많다오."

"아무렴. 공 사형 말이 맞습니다. 벌이 꽃을 찾아오는 건 자연의 이치지요."

"그럼그럼. 열심히 살다 보면 꼭 좋은 배필을 만나게 될 것이오."

이야기가 이상하게 돌아가고 있었다.

채홍만은 이러지도 저러지도 못하고 땀을 뻘뻘 흘리며 입술에 침만 발랐다.

그런데 그게 공춘보와 하풍달에겐 계속 부끄러워하는 모습으로 비쳤다.

황소 같은 사내가 덩치에 어울리지 않게 부끄러워하는 걸보자 두 사람은 단숨에 호감을 느꼈다.

대화를 나눠보니 더욱 그랬다.

뭘 묻기만 하면 대답을 못해 우물쭈물하는 모습이 꼭 덩치만 큰 막내 동생을 보는 것 같았다.

결정적으로 위기에 빠진 은서령을 도와주고는 말도 없이 사라졌다고 한다.

나쁜 사람이었다면 은서령처럼 예쁜 여자를 업고 줄행랑을 놓았을 것이다.

항주에 장가를 들러 왔는데 그보다 더 좋은 기회가 어디 있겠는가.

하지만 거인은 그렇게 하지 않았다.

오히려 땅에 떨어진 만두를 모두 집어 만두통에 담아서는 은서령의 곁에 곱게 놓아두고 홀연히 사라졌다고 한다.

어지간한 무인은 뺨칠 정도의 용력을 지녔으면서도 심성은 순박하기 짝이 없는 사내.

게다가 재미없는 표자룡과는 달리 여자를 밝히는 모습까지.

처억!

"이 친구 마음에 드네, 마음에 들어. 하하하!"

공춘보가 겁도 없이 채홍만의 어깨에 한 손을 올리며 호탕한 웃음을 터뜨렸다.

"그러게 말이오. 사람이 참 보면 볼수록 때가 묻지 않고 순수한 것 같소."

하풍달도 너스레를 떨었다.

은도천도 흡족한 표정으로 수염을 쓰다듬었다.

사람들이 좋아하자 은서령도 덩달아 좋아했다.

"자, 어서 드세요. 아직 아침 식사도 안 하셨을 텐데."

하지만 채홍만은 퉁방울눈을 뒤룩뒤룩 굴리며 난처한 표정을 지었다.

용악산의 눈치를 살피는 것이었다.

용악산은 미세하게 고개를 끄덕였다. 밥은 먹이고 보내야 않겠는가.

그러자 채홍만은 갑자기 품속에 손을 넣더니 무언가를 꺼내 들었다.

"작대기는 뭐 하게?"

공춘보가 물었다.

채홍만이 꺼내 든 물건은 두 개의 작대기였기 때문이었다.

채홍만은 잠시 겸연쩍은 표정을 짓더니 그걸로 산채를 집기 시작했다.

"뜨아!"

"흐억!"

놀랍게도 공춘보가 작대기라고 했던 것은 채홍만 전용 젓가락이었던 것이다.

채홍만은 보통 사람들이 몇 번에 나눠 집을 만큼의 산채를 한 젓가락에 집어 입속으로 가져갔다.

생긴 게 어떻든 그는 금룡관의 은인이었다.

은인이 맛있게 밥을 먹는 모습을 보니 착한 금룡관 사람들은 흐뭇하기 그지없었다.

채홍만은 밥을 먹으면서 자꾸 탁자 위에 놓인 술병으로 시선을 주었다.

침을 꿀깍꿀깍 삼키는 것이 저거 한 병 먹어봤으면 소원이 없겠다 하는 표정이었다.

뒤늦게 그것을 알아차린 은도천이 술병을 집어 들며 말했다.

"자자, 내 술 한 잔 받게. 내 늦게나마 내 딸아이를 도와준 것에 대해 감사하는 바이네."

채홍만은 이번에도 용악산의 눈치를 보았다.

용악산이 슬쩍 고개를 끄덕이자 채홍만은 갑자기 탁자 아래에 있는 커다란 함지박을 은도천의 앞으로 내밀었다.

"허허. 거참."

은도천이 너털웃음을 터뜨리며 술을 따라주었다.

한 병으로 모자라 세 병을 부어야 함지박에 술이 가득 찼다.

채홍만은 황소가 물을 빨아들이듯 순식간에 술을 들이켰다.

"커어……!"

감탄을 하며 입술을 쓰윽 닦는 모습이 가관이었다.

"그나저나 자네 집은 어딘가?"

은도천이 물었다.

채홍만이 음식을 씹어 먹으면서 고개를 가로저었다.

"설마 집이 없단 말인가?"

"으에? 그럼 노숙을 한단 말이야?"

은도천의 말에 이어 공춘보가 연달아 끼어들며 제멋대로 해석을 해버렸다.

애초 채홍만은 그것만큼은 가르쳐 줄 수가 없다는 뜻으로 고개를 가로저은 것이었다.

사실 그런 오해를 하게 된 데는 채홍만의 누더기 옷도 한몫을 했다.

저 큰 덩치에 맞는 옷을 구할 수가 없어 여기저기 기워 길이와 품을 맞춘 것인데 그게 하필이면 사람들에겐 반 노숙인으로 비쳤던 것이다.

산에서 나무를 해다 파는 것도 그렇다.

그건 정말 가진 거라곤 몸뚱이 하나밖에 없는 사람들이 하는 일이었다.

채홍만은 이래선 안 되겠다 싶어 서둘러 입안에 든 것을 삼켰다.

그러나 그가 미처 입을 벌리기도 전에 은도천이 파격적인 제안을 했다.

"자네, 우리 무관으로 들어오게."

"컥컥컥……."

음식이 갑자기 목에 걸렸는지 채홍만이 기침을 했다.

토닥토닥…….

"천천히 먹게, 천천히. 누가 뺏어 먹는 것도 아닌데."

공춘보가 채홍만의 등을 토닥거리면서 말했다.

자기보다 나이가 어려서 그런지 이젠 아주 대놓고 반말이었다.

한참 만에야 숨통이 트인 채홍만에게 은도천은 쉴 틈을 주지 않고 말했다.

"마침 우리 무관에서 쓸 만한 제자를 구하던 참이었네. 그같은 용력에 불의를 보고 참지 않는 기개까지 지녔으니 자네야말로 진정한 사내라 할 수 있지. 게다가 우리 무관에서는 자네 같은 인재가 꼭 필요하다네. 이런 걸 두고 인연이라고 했던가? 껄껄껄."

"그, 그게 어르신……."

"혹시, 우리 무관이 마음에 들지 않는가?"

"그게 아니고요……."

"아아. 장가도 번듯한 신분이 있어야 수월하게 들 수 있는 법이라네. 금룡관이 지금은 비록 일개 무관에 지나지 않지만 장차 금룡문으로 거듭나는 날이 올 걸세. 그러면 자네는 금룡문의 제자가 되는 거야. 그러니 아무 소리 말고 우리 무관으로 들어오게. 내 그동안 마땅한 혼처도 알아봐 줄 터이니. 껄껄껄."

은도천은 채홍만이 망설이는 것이 신세를 지기 싫어서 겸양하는 것이라고 생각했다.

그래서 반강제로 그를 들어앉힐 생각이었다.

원래 한 번 마음을 주면 돌이키지 않는 것이 은도천의 성격이었다.

채홍만은 이러지도 저러지도 못하고 용악산의 눈치만 살폈다.

용악산은 고민했다.

이건 생각지도 않은 일이었다.

하지만 은도천의 말처럼 믿음직한 은서령의 호위무사가 하나 필요하긴 했다.

그런 면에서 채홍만이 적격이었다.

불평불만 없이 그저 시키면 시키는 대로 우직하게 해내는 성격이니까.

결국 용악산은 결정을 했다. 그리고 은도천을 향해 말했다.

"사부님, 당장 제자로 들이시기보다는 당분간 사매의 호위무사로서 보심이 어떻습니까?"

"호위무사?"

"저 이에 대해 잘 알지도 못하는 상태에서 무작정 제자로 들이는 것은 섣부른 판단인 것 같습니다."

"험험. 자네 말이 좀……."

채홍만의 면전에서 그런 소리를 하는 것은 실례였다.

용악산과 채홍만의 관계를 모르는 은도천으로서는 용악산

의 말이 지나치다고 생각하는 것이었다.

그건 다른 사람들도 마찬가지였다.

하지만 용악산으로서는 자신에 이어 수하들까지 금룡관의 제자로 들이는 것이 어색했다.

어떤 면에서 그건 이들을 속이는 것이기도 했으니까.

가장 곤란한 사람은 채홍만 자신이었다.

대주라 부르던 사람과 사형제를 맺는 다는 건 상상도 못할 일이었다.

"서령이의 목숨을 구해주었네. 더 이상 무슨 설명이 필요한가?"

"기백과 의협심은 의심할 여지가 없지요. 하지만 그에게도 사정이 있을 수 있지 않겠습니까?"

"사정?"

은도천이 말을 하며 채홍만을 보았다.

그러고 보니 아까부터 얼굴이 벌게져서 어쩔 줄을 몰라 하는 표정이었다.

"험험, 혹시 호위무사라면 들어오겠는가?"

채홍만이 은도천을 향해 고개가 부러져라 끄덕였다.

제자가 되어 용악산과 사형사제 하는 것보다 그게 훨씬 편했다.

"하긴. 언제라도 제자가 되는 길은 열려 있으니까. 그렇게 하지. 내 자네를 서령이의 호위무사로 고용하겠네. 봉록도 넉넉히 줌세. 껄껄껄."

그러자 채홍만의 입이 귀까지 찢어지더니 은도천을 향해 말했다.

"저기… 그러시면 밥 좀 더…….."

"응? 아, 밥! 있지, 있고말고. 서령아."

은서령이 곁에 있다가 밥공기를 하나 더 내놓았다.

"좀 더 큰 걸로…….."

"예? 아, 내 정신 좀 봐. 덩치가 우리보다 몇 배는 크시다는 걸 모르고."

은서령이 바깥으로 조르르 달려가더니 밥공기 몇 개를 더 갖고 왔다.

그러자 채홍만은 술을 받아 마시던 함지박에 밥공기 다섯 개와 산채를 탈탈 털어 넣더니 쓱싹쓱싹 비벼서 먹기 시작했다.

"……!"

"……!"

사람들은 너나할 것 없이 입이 쩍 벌어져서 그 모습을 지켜보았다.

채홍만은 그렇게 두 번을 더 비벼 먹었다.

그 모습을 보고 공춘보와 하풍달은 생각했다.

'이거 아무래도 사부님이 큰 실수하신 것 같은데…….'

'봉록은커녕 우리가 밥값을 받아야 할 것 같은데…….'

第五章

금룡관을 봉쇄하라

天山刀客

"자네 술 좀 하나?"

한적한 뒤뜰에서 공춘보와 하풍달이 채홍만을 앉혀놓고 수다를 떨고 있었다.

질문을 한 사람은 공춘보였다.

"참, 사형도. 아까 한 술 하는 거 보셨잖소."

옆에서 하풍달이 면박을 주었다.

"아, 참 그랬지. 그럼 혹시 색(色)은 좋아하나?"

"……?"

"내 말은 그러니까. 기녀가 있는 곳에서 술 마시는 걸 즐기느냐는 말이지. 자고로 풍류를 논할 때는 주색을 빼면 말이 안 되거든."

두 사람과 시선을 맞추느라 일부러 쭈그려 앉은 채홍만이 발개진 얼굴로 말했다.

"그런데는 한 번도 안 가 봐서……."

"그러니까 일부러 안 가고 그러는 건 아니라는 거지?"

"커커커."

채홍만은 머리를 벅벅 긁으며 웃기만 했다.

커다란 울림통을 타고 흘러나오는 웃음소리가 순진하기만 했다.

짝!

"거 모처럼 마음에 드는 친구가 들어왔군!"

공춘보가 손바닥을 마주치며 호들갑을 떨었다.

"그동안 말이야. 자룡이도 그렇고 대사형도 그렇고 도무지 풍류라는 걸 몰라서 우리가 여간 답답한 게 아니었거든."

"큭큭큭. 그러게 말이요. 사람들이 좀 꽉 막히긴 했지."

하풍달도 한마디 거들었다.

"나는 공춘보야. 앞으로 잘 지내보자고."

공춘보가 채홍만의 두 손을 잡으며 말했다.

용악산을 처음 만났을 때도 그렇고 누구든 첫인상이 좋으면 금방 호감을 보이는 공춘보였다.

"난, 하풍달이라고 합니다."

하풍달도 포권을 했다.

"합니다가 뭐야? 너보다 나이도 어린데. 그러면 정 없어."

"하지만……."

하풍달이 채홍만의 덩치를 위아래로 훑어보며 말꼬리를 흘렸다.

나이는 분명 자기가 위이지만 어쩐지 저 엄청난 덩치를 보면 말을 놓기가 두려웠던 것이다.

아무 생각 없이 무작정 하대를 하는 공춘보가 오히려 이상한 인간이었다.

"이봐, 홍만이. 이 친구가 반말을 하는 거에 대해 불만없지?"

"커커커. 그분의 아우들이신데요. 당연히……."

"응?"

"그, 그러니까 제 말은… 전 좋다는 거지요."

짝!

"캬아. 역시 내 눈이 정확하다니까. 딱 보는 순간 화통한 친군 줄 알았지."

공춘보가 이번에도 손뼉을 마주치며 말했다.

"괴물이 나타났다고 몽둥이를 꼬나 쥔 게 누군데."

"험험. 내가 언제 그랬다고."

"아까 그랬잖소. 내 이 두 귀로 똑똑히 들었구만."

"아무튼. 금룡관에 들어온 걸 환영하네. 내 시간 나는 대로 무공도 가르쳐 주고 그러지. 아, 물론 자네가 용력을 타고났다는 건 알지만 무식하게 힘만 쓰는 것과 인체의 급소를 정확히 가격해 타격을 주는 무공과는 차원이 다르거든. 내가 이래 봬도 금룡관의 둘째 제자야. 사부님께서 가장 신뢰하는 제자지."

"거 또 밑도 끝도 없는 소리 한다."

하풍달이 면박을 주었다.

"그나저나 저건 뭔가?"

공춘보가 서둘러 화제를 돌렸다.

그가 가리킨 것은 채홍만이 지고 온 지게 속에 삐죽 나와 있는 물건이었다.

"이거요?"

채홍만이 큰 몸을 일으키더니 지게 속에 있던 대초자곤을 쑥 뽑았다.

"뜨아!"

"흐억!"

그 어마어마한 크기에 놀란 공춘보와 하풍달이 뒤로 자빠지면서 엉덩방아를 찧었다.

"도, 도대체 그게 뭐야?"

공춘보가 말까지 더듬으며 물었다.

"뭐 이것저것 다 씁니다."

"그, 그게 무슨 말이야?"

"한번 보여 드릴까요?"

채홍만은 지게에 올려져 있는 장작더미를 바닥에 와르르 쓰러뜨리더니 대초자곤으로 두들기기 시작했다.

퍽! 퍽! 퍽! 퍽!

나무를 쪼개는 것도 아니었다.

그냥 무식하게 두들겨 패는데 장작은 종잇장처럼 이리저리 찢어지며 가루가 됐다.

저게 만약 사람이라면….

'우우우……!'

'으으으……!'

*　　　*　　　*

다향만리의 천 노인은 오늘도 어김없이 새벽부터 문을 열었다.

이른 새벽 문을 열기는 했지만 찾아오는 손님이 없어 한쪽 구석에서 꾸벅꾸벅 졸고 있었다.

그때 낯익은 목소리가 들려왔다.

"노야?"

은서령이었다.

"응, 왔느냐?"

별 생각 없이 고개를 들던 천 노인은 기겁을 하며 외쳤다.

"서, 서, 서령아. 네 뒤에……!"

"호호. 걱정 마세요. 저의 호위무사예요."

"호, 호위무사?"

"채 장사님, 이쪽은 천 노야라고. 제가 어렸을 때부터 따르던 분이에요. 그리고 이쪽은 채홍만 장사님. 일전에 저를 구해준 인연으로 한 식구가 되었어요."

채홍만이 순박한 표정으로 넙죽 인사를 올렸다.

"바, 반갑네."

천 노인이 어정쩡하게 인사를 받았다.

은서령은 아직도 놀란 표정을 거두지 않고 있는 천 노인의 맞은편에 앉으면서 말했다.

"그렇게 경계하실 것 없어요. 좋은 분이니까."

"뭐, 그렇다면 그렇겠지. 휴우, 그런데 정말 크구나."

"후훗. 그렇죠? 만두를 기다리는 아이들도 처음엔 무서워서 가까이 올 엄두를 못 내더라니까요."

"그나저나 무관은 어떻게 정리가 되어가누?"

"예, 부상당한 사람들도 대부분 회복을 했고 문도 다시 열었어요."

"그나저나 금룡관에 무공을 배우겠다는 사람들이 줄을 선다며?"

"아, 그거요? 노야 말씀이 옳았어요. 우리 무관이 고수를 품었다는 소문이 돌면서 너도나도 찾아와요."

"거 보거라. 무관이든 문파든 무조건 고수를 품어야 해. 껄껄껄. 그나저나 누군 좋겠구나. 거렁뱅인 줄 알았던 낭군이 알고 보니 엄청난 고수였으니 말이다. 서도윤이에게 딱지를 놓은 것도 다 믿는 구석이 있었던 게지. 껄껄껄."

"노야!"

"이크. 이놈 보게. 든든한 낭군이 생기더니 이제 목청까지 커졌는걸."

"자꾸 놀리시면 제 얼굴 이제 안 보여줄 거예요,"

"얼씨구. 이젠 협박까지? 윤석아, 네놈이 얼마나 효성이 지극한 줄 내 아는데. 아비에게 줄 차를 하루라도 거를까?"

"여기 있는 채 장사님이 대신 수고를 해주시면 되지요?"

"아이들에게 나눠 줄 만두는 어떡하고? 그것도 저… 친구에게 맡길 참이냐?"

"졌네요. 흥."

"껄껄껄. 넌 나한테 안 된다니까. 그나저나 이상한 소문도 함께 들리던데."

"무슨 소문요?"

"입관을 하겠다고 찾아온 사람들을 모조리 돌려보냈다던데? 헛소문이지?"

"아, 그거요? 앞으로는 입관 제자들의 기준을 엄격하게 정하기로 했어요."

"허허. 개구리 올챙이 적 생각 못한다더니 그건 또 무슨 뚱딴지같은 짓거리냐? 관주가 노망이라도 난 게냐?"

"당장 그 사람들을 모두 먹여 살릴 수도 없고 또… 개파를 하기로 했거든요."

"……!"

다장을 뒤적이던 천 노인의 손길이 갑자기 멈췄다.

"내가 지금 잘못 들은 거지?"

"아뇨, 똑바로 들으셨어요. 금룡관은 곧 금룡문으로 다시 태어날 거예요."

천 노인이 갑자기 하던 일을 멈추고 은서령의 앞에 앉으며 말했다.

"안 돼!"

"네?"

"관주를 말리거라, 말려야 해."

"노야……."

"항주 바닥에서 새로운 문파를 만든다는 건 어불성설이야."

"노야께서 무슨 걱정을 하시는지 알고 있어요. 하지만… 전 말리고 싶지 않아요."

"서령아, 이건 생각보다 위험한 일이란다. 그나마 쌓아온 기반이 하루아침에 무너질 수가 있어."

"……?"

은서령은 의아했다.

개파가 쉬운 게 아니라는 것쯤은 알고 있었지만 천 노인의 반응은 너무나 진지했다.

천 노인의 말은 이랬다.

개파를 하는 데는 크게 두 가지의 현실적인 문제가 있었다.

그 첫 번째는 경제적인 문제였다.

경제적인 문제는 말 그대로 한 문파를 유지시킬 수 있을 정도의 지속적인 경제 기반이 있어야 한다는 것이었다.

제자들이 수입의 주체인 무관과 달리 문파는 모든 수입이 제자들을 기르는데 쓰였으니까.

그리고 이 경제적인 문제가 금룡관의 가장 취약적인 문제였다.

서동의 다른 무관들은 모두 이런저런 경제 기반을 가지고 있었다.

항주는 수로가 발달한 편이어서 수로와 연결된 각종 이권에 개입하는 경우가 많았다.

어느 시대에나 유흥업은 돈이 마르지 않는 업종이라서 유흥업에 진출하는 곳들은 더욱 많았다.

유흥업에서 무관이 주로 하는 일은 객점이나 주점을 보호해주고 보호세를 받는 것이었다.

큰돈이 되는 일에 힘을 가진 방파들이 뒷짐만 지고 있을 리가 있나.

규모가 큰 객점이나 기루, 도박장 등의 관리는 대부분 힘있는 문파들이 차지했다.

그리고 더 큰 문파는 직접 기루나 도박장을 운영하기도 했다.

무관은 그저 유흥업 중에서도 부스러기 정도에 불과한 업체들에 기생해 먹고사는 정도였다.

그러나 그 부스러기도 작은 무관의 입장에서는 결코 만만치 않은 수입이었다.

일단 지속적인 수입이 보장된다는 것에 큰 매력이 있었다.

항주가 중원최고의 유흥의 도시라는 말이 있고 보면 그리 틀린 것도 아니었다.

그런데 금룡관은 이런 업종에조차 손을 뻗지 않았던 것이다.

그저 고지식하게 표국이나 상단 등에만 손을 뻗어 물건을 호위해주고 몇 푼 받는 게 고작이었다.

유흥업에는 칼부림이 많이 나 제자들이 상할 수 있다는 게 그 이유였다.

"그런 문제라면 저희도 잘 알고 있어요. 그래서 그 문제를 해결하기 위해 고심하고 있고요."

"단순히 경제적인 이유 때문이었다면 내가 이렇게 반대를 하진 않았겠지. 진짜 위험은 따로 있어."

"......?"

"그건 바로 정치적인 문제란다."

문파로 거듭난다는 것은 기득권을 차지하고 있던 수많은 문파들의 견제를 동시에 받는 걸 의미했다.

이건 막연하고 추상적인 차원이 아니라 생각보다 구체적이고 위험할 수 있다는 것이다.

과거 용무관이 그토록 오랜 세월 공을 들여가면서까지 무관들의 이권을 하나씩 잠식해 들어갔던 것도 따지고 보면 다른 문파들의 견제를 최대한 피하기 위해서였다.

쉽게 말해 늑대의 공격을 피하기 위해 작은 오소리들을 택했다고 볼 수 있었다.

이 부분에서 천 노인은 항주의 여타 문파들을 늑대들이라고 표현했다.

"항주무림은 수많은 방파들이 치열하게 각축전을 벌이는 곳이지. 서로가 서로의 이익을 위해 무섭게 이를 드러내다가도 공동의 적이 나타나면 무섭게 똘똘 뭉치는 게 그들의 습성이야. 그런 면에서 항주의 문파들은 늑대를 닮았지. 평소엔 서로 으르렁거리다가도 더 강한 적이 나타나면 똘똘 뭉쳐 몰아내는 늑대들 말이야. 그게 바로 항주가 중원에서 다섯 손가락 안에 들만큼 물자가 풍부한데도 구대문파나 오대세가 같은 거대 세력이 감히 넘보지 못하는 이유란다."

"노야……."

"너도 금룡관의 살림을 맡아서 했으니 항주의 돌아가는 사정은 대충 알 게다. 이 일은 조금만 생각해 봐도 그게 얼마나 무모한 짓인지 알 수 있어."

"물론 어느 정도는 짐작했던 바예요. 하지만 그렇더라도 꼭 개파를 하고 싶어요."

"허허. 관주가 어찌하여 그런 결정을 내렸을꼬."

                    *   *   *

무관이 대충 정리가 되자 사람들은 본격적인 개파를 위한 행보에 들어갔다.

그 첫 번째로 은서령은 자금을 마련하러 나섰다.

이제야말로 개파를 한다는 걸 실감했다.

"금룡문이 된다는 말이지. 금룡문. 으흐흐. 으흐흐흐."

공춘보는 하루 종일 미친 사람처럼 실실거렸다.

"거, 공 사형도 이제 체통을 좀 지키시오. 장차 대금룡문의 둘째 제자가 될 사람인데."

하풍달이 면박 같지도 않은 면박을 주었다.

그 역시 발걸음이 날아갈 듯 가벼웠다.

"금룡문의 둘째 제자? 큭큭. 말만 들어도 멋들어지는데."

"휴우, 난 뭐가 뭔지 하나도 모르겠소. 우리가 이렇게 행복해도 되는가 싶고."

"마, 왕후장상의 씨가 따로 있냐? 우리도 이참에 한세상 멋들어지게 살아보는 거야."

"또또. 밑도 끝도 없는 말 갖다 붙인다. 그게 지금 이 상황에 맞는 말이오?"

"대충 알아들었잖아."

"나나 되니까 알아듣지."

"근데 이 자식은 기분이 좋을 만하면 꼭 초를 치네."

"초를 치는 게 아니라, 이제부턴 사문도 좀 생각해서 말을 하라는 뜻이오."

"너나 잘하세요."

"에효. 말을 맙시다."

"아유, 두 분 다 그만 좀 하세요."

공춘보와 하풍달의 티격태격은 은서령이 말려서야 겨우 진정되었다.

세 사람은 백마표국으로 향하는 길이었다.

개파를 앞두고 가장 현실적인 문제는 역시 장원을 넓힐 돈이었다.

개파를 했을 경우 가장 아쉬운 것은 좁은 연무장이었다.

화산파나 무당파와 같은 대문파들은 산자락에 십여 개의 연무장이 있다지만 금룡관은 겨우 하나에 불과했다.

그것도 오십 명 정도가 다함께 수련을 하면 도검이 서로 부딪칠 정도로 좁았다.

한 문파의 저력이 제자의 수로 결정되는 건 아니지만 그래도 문파라는 칭호에 걸맞으려면 최소한 지금의 대여섯 배 정도로 연무장을 넓혀야 했다.

제자들이 기거할 거처들도 문제였다.

연무장도 지어야 하고 전각도 지어야 하고…….

개파를 할 거라고는 상상조차 해본 일이 없어 예전에는 미처 몰랐던 문제들이 산더미처럼 산적해 있었다.

하나씩 차근차근 해결해 나가는 거다.

일단 남아 있는 제자들이 좋은 조건으로 백마표국의 일을 맡고. 그들이 받을 보수를 담보로 전장에서 약간의 돈을 융통할 수도 있을 것이다.

그 돈으로 연무장도 넓히고 제자들도 더 받아들이다 보면 일사천리로 해결되지 않을까?

하지만 천 노인의 말 때문인지 마음 한구석은 여전히 찜찜했다.

정말로 개파를 하는 게 그렇게 무모한 짓일까?

천 노인이 정색을 하고 말릴 만큼?

천 노인의 예상이 들어맞았다는 걸 깨닫는 데는 그리 오래

걸리지 않았다.

"개파를 하기로 했다는 게 사실이오?"

백마표국의 총관 허량은 입술을 묘하게 비틀며 물어왔다.

전날 금룡관을 찾아왔을 때 보였던 낮은 자세와는 전혀 다른 분위기였다.

은서령은 직감적으로 뭔가 잘못되었음을 알았다.

"지금 당장은 아니지만 차차 하나씩 준비를 해나갈 생각입니다."

"으음… 무엇 때문이오?"

"그게 무슨 말씀이시죠?"

"개파를 하려는 이유에 대해 납득할 만한 설명을 해보시오."

상당히 불쾌한 요구였다.

개파를 하는데 무슨 자격이 있는 것도 아니고, 저들이 그것을 심사할 자격이 있는 것도 아니었다.

그런데 난데없이 무슨 설명을 왜 하라는 것인가.

"우리가 왜 그걸 백마표국에 설명을 해야 하죠?"

허량은 잠시 당황한 표정을 짓더니 이내 표정을 거두며 말했다.

"그렇군. 그대들이 나에게 그것을 설명할 의무는 없겠지. 나 역시 전날 금룡관에 제의했던 조건을 없었던 것으로 하자는 것에 대한 이유를 설명할 의무가 없는 것처럼."

명백한 거절이었다.

은서령은 모욕을 느꼈다.

뇌물까지 들고 와서 자신들을 도와달라고 사정할 때는 언제고 이제 와서 문전박대를 한단 말인가.

새삼 천 노인의 경고가 생각나는 순간이었다.

상황이 이상하게 돌아가자 공춘보가 코를 벌름거리며 나섰다.

"허, 허 총관님, 이건 말이 다르지 않습니까?"

"그때는 개파를 위한 행보를 하지 않았을 때 얘기지."

"그게 무슨 상관입니까? 우리가 개파를 해 더 강해지면 백마표국으로서도 좋은 일이 아닌가요?"

"세상물정을 너무 모르는 군. 그만 돌아들 가게."

허량은 그 한마디를 남기고 자리를 떠났다.

"총관님, 총관님."

공춘보가 허량의 뒤를 쫓아가며 열심히 불러봤지만 소용없었다.

오히려 험상궂은 표사들이 공춘보의 앞을 가로막았다.

"사매, 이게 도대체 어떻게 된 거야? 백마표국이 왜 갑자기 안면을 싹 바꾸는 거지?"

"그만 돌아가요."

"휴우, 어쩐지 일이 쉽게 풀린다 했어."

하풍달이 말했다.

은서령과 공춘보 등은 백마표국을 나온 후 십여 곳의 표국과 상방을 찾아다니며 지속적인 경제 기반이 될 일거리를 알아봤지만 모두 허사였다.

금룡관과는 모두 과거 거래를 해오던 곳이었다.

하지만 약속이나 한 것처럼 일언지하에 거절했다.

단 한 곳만 빼고.

"거긴 안 돼요."

"사매, 그렇게 고집 피울 필요 뭐 있어. 서도윤과 모르는 사이도 아니고."

공춘보가 은서령의 눈치를 보며 말했다.

모든 곳이 문전박대를 했지만 보경장의 서도윤만큼은 냉큼 도와주겠다고 했다.

아니, 은서령 일행이 표국과 상방을 돌아다닌 다는 얘길 듣고 사람을 보내왔다.

보경장에서 마침 상행을 떠나는데 호위무사들이 필요하다면서.

"글쎄. 거긴 안 돼요."

"끄응, 하지만 서도윤이 위험을 감수하고서도 힘들게 일거리를 만들어주는 걸 텐데."

"그래서 더더욱 안 돼요. 더 이상은 서도윤 공자를 힘들게 할 순 없다고요."

결국 개파를 위한 초기 자금을 마련하러 갔던 은서령 일행은 빈털터리로 돌아왔다.

*   *   *

"정치적인 문제가 시작됐군."

용악산이 말했다.

"혹, 대사형께서는… 이미 예상하고 있었나요?"

은서령이 의아한 표정으로 물었다.

"정신 차려. 개파는 소꿉놀이가 아니야."

"……."

무안해진 은서령이 얼굴을 붉혔다.

그녀라고 어찌 몰랐겠는가.

다만 그 무게를 아버지나 용악산만큼 실감하지 못했을 뿐이었다.

이런 걸 두고 경험 부족이라고 하는 것이다.

은서령은 스스로 부끄러움을 느꼈다.

무관을 운영할 때 아버지는 경제적인 문제에 관한한 모든 걸 자신에게 일임했다.

그 경험이 벌써 수년째다. 한데도 아직 부족한 것일까?

장차 개파를 해 금룡문이 되면 들고나는 돈의 액수가 지금과는 차원이 달라질 텐데 그때도 잘해낼 수 있을까?

갑자기 자신이 없어지는 은서령이었다.

곁에서 보고 있던 표자룡의 표정이 약간 굳었다.

분위기가 싸늘해지자 공춘보와 하풍달이 눈치를 보기 바빴다.

"거 너무 하는 거 아니오?"

참다못한 공춘보가 용악산을 향해 툭 쏘아붙였다.

"공 사형까지 왜 이러시오."

하풍달이 공춘보의 소맷자락을 잡아끌며 말렸다.

"놔봐. 사람이 하고 싶은 말은 하고 살아야지. 사매는 아침부터 돈을 구하러 다니느라 발이 부르트도록 서동을 몇 바퀴나 돌았는데 대사형께서는 가만히 앉아서 역정만 내시면 되겠습니까?"

용악산은 대답은 않고 공춘보만 물끄러미 바라보고 있었다.

단지 보기만 할 뿐인데도 공춘보는 자신이 실언을 했음을 깨달았다.

손을 떨고, 마른침을 삼키더니 결국 슬그머니 시선을 돌려 은서령을 나무랐다.

"넌 왜 쓸데없는 질문을 해가지고… 험험."

하풍달이 못 말린다는 듯 고개를 절레절레 흔들었다.

"대사형께서는 전장을 찾아다녔소."

표자룡이 뜬금없는 소리를 했다.

"엉? 뭐?"

공춘보가 놀란 눈을 치켜뜨며 물었다.

"말 그대롭니다. 제게 항주의 전장들 명단을 가져오라고 하시더니 하나씩 일일이 찾아다녔소. 그러신 지 며칠째 됩니다."

"며, 며칠씩이나?"

공춘보와 하풍달이 뜨악한 표정으로 용악산을 보았다.

"죄송해요. 전 그런 줄도 모르고……."

은서령이 작은 목소리로 말했다.

"너에게 화를 낸 게 아니다. 장차 문파의 살림을 도맡아 하려면 지금보다 훨씬 깊고 넓은 안목이 필요할 거다. 난… 네가 좀 더 넓은 세상을 봤으면 좋겠다."

용악산의 말이었다.

은서령은 괜스레 눈시울이 뜨거워졌다.

다른 사람들도 가슴이 뜨거워졌다.

이미 마음속으로 대사형을 받아들였다고 생각했는데 은서령에게 모질게 구는 모습을 보고 그만 야속한 마음이 들었다.

한순간만이나마 그가 멀게 느껴졌던 것도 사실이었다.

그런데 대사형은 며칠째 개파를 위한 자금을 만들기 위해 동분서주했단다.

그동안 얼마나 문전박대를 당했을 것인가. 그런데도 아무 말도 하지 않았다.

자신들은 겨우 하루를 돌아다녔는데도 이렇게 분통이 터지는데.

"기죽을 것 없다."

용악산이 말했다.

"오늘 너희들을 문전박대한 그들이 언젠가 스스로 찾아와 머리를 조아리는 날이 있을 것이다."

"옳소!"

공춘보가 난데없이 손까지 들며 목청을 높였다가 사람들의 눈총을 받아야 했다.

"하지만 그들을 너희들의 경쟁 상대로 삼지 않았으면 좋겠다. 항주무림이 아무리 대단한 곳이라고 해도 천하에 비하면 새발의 피다. 더 큰 세상을 품어라. 다들 내 말 무슨 뜻인지 알겠지?"

"자자, 그런 의미에서 제 술 한잔 받으십시오. 대사형."

공춘보가 너스레를 떨며 술병을 기울였다.

"대사형, 그나저나 정치적인 문제가 이렇게 심각할 줄 몰랐는데요?"

하풍달이 말했다.

"개파가 그리 간단하다면 사부님께서 힘들게 용단을 내릴 필요도 없었겠지."

타감수(他感樹)라는 나무가 있다.

다른 식물들이 자라지 못하도록 주변에 독성 물질을 뿜어대는 것 때문에 주변에는 유독 그 나무만 높게 자란다.

어떤 나무가 그렇느냐고?

우리가 흔히 보는 대부분의 나무들이 그렇다.

특히 유난히 타감 작용이 강한 나무가 소나무이다.

그래서 오래된 소나무 숲에는 작은 풀 한 포기, 어린 나무 한 그루를 찾아보기 어렵다.

용악산은 항주의 문파들에게서 바로 그 심술궂은 늙은 소나무들을 보는 기분이었다.

오랜 역사를 지닌 항주무림은 촘촘한 성벽과도 같아서 송곳을 찍을 만큼의 빈틈도 찾기 힘들 거라던 은도천의 말을 실감

하는 순간이었다.

이거야말로 항주의 숨겨진 진짜 힘이었다.

서로가 경쟁을 하면서도 지금의 판에 영향력을 줄 수 있는 새로운 힘이 등장하는 것을 원치 하는 중소 문파들의 단결된 힘.

그 인맥이 항주의 밑바닥에 압력을 가한 것이다.

그렇게까지 할 필요가 있을까?

그건 역설적으로 저들이 금룡관을 더 이상 일개 무관으로 보지 않는다는 것을 의미했다.

한데 의아한 점이 있었다.

항주가 아무리 인맥에 의해 좌지우지되는 곳이라지만 작은 고을도 아닌 대도시일진대 어떻게 이 많은 사람들이 멸치 떼처럼 일시에 동일한 방향으로 움직일 수 있을까?

최소한 몇 마리쯤은 반대 방향으로 돌아설 수도 있지 않을까?

"그건 항주가 상업의 도시이기 때문이에요."

은서령이 말했다.

"상업의 도시?"

"중원 사람들은 항주를 일컬어 운하의 도시나 향락의 도시라고 말들 하지만 그건 너무 낭만적인 시각에서만 본 거예요. 누가 뭐래도 항주의 경제 기반은 상업이죠. 동쪽으로는 바다를 통해 들어오는 대양 무역의 물자가, 남으로는 장강을 통해 들어오는 비옥한 강남의 물자가, 북으로는 경항운하를 통해 들어오는 강북의 물자가 이곳 항주에서 모였다가 또다시 중원

각지로 흩어지죠."

남선북마라는 말이 있다.

북쪽에서는 말이 주요 교통수단이고 남쪽에서는 배가 주요 교통수단이 된다는 말이다.

두 개를 놓고 비교했을 때 훨씬 더 경제적인 것은 두말할 것도 없이 배였다.

한꺼번에 많은 물품을 실을 수 있고 또 장기간 여행을 하는 데는 배가 훨씬 유용한 수단이었다.

그런 면에서 수로가 많은 항주가 상업의 도시라는 은서령의 말은 사실이었다.

"그래서 그런지 항주의 상계도 물자가 오고 또 나가는 곳에 따라 크게 세 곳으로 나눠져요. 언제부턴가 항주 사람들은 이 세 곳을 각각 강북상계, 강남상계, 대양상계라고 불러요. 명실 공히 항주의 돈줄을 쥐락펴락하는 곳이죠. 항주의 내로라하는 무림 세력들은 모두 이 세 곳의 상계를 기반으로 성장한 곳들이에요. 문파, 무가, 방파, 하다못해 흑도세력이나 수많은 주먹 패들까지 모두 상계를 기반으로 살아가고 있어요. 그중 강남상계는 구룡장이 장악하고 있어요. 강북상계는 북천방(北天幇), 대양상계는 홍인방(洪人幇)이 장악하고 있죠. 그러니 조금 비약을 하자면 구룡장주와 북천방주, 홍인방주가 항주를 움직이는 삼 인의 제왕이라고 할 수 있죠."

비로소 적들의 실체가 선명하게 그려졌다.

항주의 세력들이 그토록 유기적인 관계를 맺고 있다면 일사

불란하게 움직이는 것은 일도 아닐 것이다.

모두가 결심을 할 필요도 없다.

실권을 장악한 몇 사람만 마음을 먹으면 된다. 단 몇 사람만.

그들의 눈 밖에 나지 않으려면 포식자들은 알아서 기는 수밖에 없을 것이다.

그때 하풍달이 문득 엉뚱한 이야기를 했다.

"사매의 말은 절반은 맞고 절반은 틀립니다."

사람들의 시선이 모두 하풍달을 향했다.

"무슨 말이냐?"

공춘보가 물었다.

타지에서 살다가 금룡관의 제자가 된 공춘보와 달리 항주에서 나고 자란 하풍달은 항주 사정에 밝았다.

게다가 공춘보는 인정하지 않겠지만 수완도 하풍달이 한 수 위였다.

배수라는 것이 눈치가 느려서는 할 수 없는 것이다.

그런 면에서 보자면 도박사도 눈치가 빨라야 할 수 있는 일인데 공춘보는 왜 저렇게 허술한지 모를 일이었다.

아마, 속임수에만 정통해서 그렇지 않을까?

"구룡장주, 북천방주, 홍인방주가 사실상 항주를 움직인다는 사매의 말은 맞습니다. 하지만 보이지 않는 손이 세 개가 더 있죠. 세상은 사매가 말한 것보다 훨씬 복잡하거든요."

하풍달은 실실 웃으며 사람들의 시선을 즐겼다.

"이 자식이 또 뭔 소리를 하려고 그러는 거야?"

공춘보가 면박을 주었다.

"하 사형, 설마……."

은서령이 약간 놀란 눈을 하며 말했다. 무언가 알고 있는 눈치였다.

하풍달은 은서령을 향해 가볍게 고개를 끄덕였다.

"하 사형, 그건 안 돼요. 그들은… 그들은……."

하풍달은 은서령의 시선을 뒤로하고 용악산에게 말했다.

"사람을 한 명 만나보시겠습니까?"

第六章

항주를 움직이는 세 개의 손

天山刀客

하풍달이 누군가와의 만남을 주선하겠다며 나간 그날 밤.

용악산은 인적이 드문 야산 절벽 위에서 석승을 만나고 있었다.

"왜 보자고 했어?"

석승은 씨익 웃더니 휘파람을 불렀다.

그러자 저만치 숲 속에서 두 사람이 뒤뚱뒤뚱 걸어왔다.

사 척 단구의 유소악과 날렵한 몸매의 추길이었다.

추길은 추적에 관한한 타의 추종을 불허하는 녀석이었다.

두 사람은 난데없이 시체를 넣는 목관을 낑낑대며 가지고 나왔다.

그리고 용악산의 앞에 놓았다.

쿵!

뭐가 들었는지 놓는 순간 묵직한 소리가 났다.

"이게 뭐지?"

석승은 이번에도 대답대신 씨익 웃으며 관 뚜껑을 열어 보였다.

관 속에는 주먹만 한 금원보 수천 개가 싯누런 빛을 발하고 있었다.

이 정도면 어지간한 장원은 충분히 사고도 남을 엄청난 재물이었다.

"일전에 용무관주가 개파를 위해 모아둔 재물입니다. 재물을 남겨두고 사람들만 없어지면 의심을 살까 걱정되기도 하고… 사실, 따지고 보면 그의 재산은 신교의 것이기도 하지 않습니까?"

용무관의 재물이 통째로 없어졌다더니 수하들의 짓일 줄이야.

그래도 좀 많았다. 비록 개파를 준비했다고는 하나 일개 무관에서 이토록 많은 재물을 모았다고 하기엔 믿기지 않았다.

"산채도 하나 털었습니다."

"산채들이 그렇게 형편이 좋은가?"

"모르셨습니까? 요즘 중원이 거의 치안공백 상태입니다. 전통적인 명문대파들이 정마대전으로 인한 손실을 회복하느라고 모두 제 배 불리는 데만 열중하고 있는 탓이지요. 덕분에 애꿎은 민초들만 죽어나는 모양입니다. 관부 나부랭이들이야

원래가 무능력한 족속들이고요."

"아무리 그래도 일개 산채가 이렇게 많은 재물을 가지고 있었다고?"

"서너 곳 털었습니다."

"독갈……."

독갈은 석승의 옛 별호였다.

"실은… 절강에 있는 산채를 모조리 털었습니다."

말을 하고 석승은 마른침을 꼴깍꼴깍 삼켰다.

과연 이 일을 두고 그는 벼락을 내릴 것인가 슬쩍 눈감아줄 것인가.

곁에 있던 유소악과 추길도 덩달아 힐끔힐끔 눈치를 살폈다.

용악산은 잠자코 석승을 노려보았다.

침묵이 계속될수록 나머지 세 사람은 목이 타들어갔다.

금룡관 사람들은 죽었다 깨어나도 모를 것이다.

그들이 대사형으로 깍듯이 모시고 있는 저 사람이 알고 보면 얼마나 무서운 사람인지.

"대, 대주, 앞으로는 조용히 지내겠습니다. 아이들이 하도 근질근질해 하는 것 같아 잠시 콧바람이나 쐰다는 것이 그만. 칼도 오래도록 쓰지 않으면 녹슬지 않습니까?"

콧바람이나 쐬려고 산채를 털었다는 말을 누군가 듣는다면 기절초풍할 것이다.

그것도 한두 군데가 아니라 절강에 있는 산채 전부를.

하지만 이들은 그럴 만도 했다.

천산에서 함께 지내던 시절 이들은 수련을 단 하루도 쉬어 본 적이 없었다.

그런데 지금은 세월아 네월아 하며 시간만 죽이고 있었다.

좀이 쑤시기도 할 것이다.

자기들끼리야 나름대로 대련을 하거나 하겠지만 그게 어디 그 옛날 용악산과 함께하던 지옥 같은 수련에 비할 것인가.

"잘했어."

"예. 예?"

"안휘에 있는 녹림들도 정벌해."

"하아. 진담이십니까? 정말 그래도 됩니까?"

"놀면 뭐 해? 단, 신분이 드러나지 않도록 요령껏. 그리고 녹림들에게 빼앗은 재물은 인근의 가난한 자들에게 나눠 주고."

"그렇지 않아도 전부 나눠줬습니다. 뭐 술값은 조금 뺐지만."

"그런데 이건 왜 가져온 거야?"

"홍만이에게 들었습니다. 개파를 하신다고요?"

"그래서?"

"개파 자금을 마련하느라 동분서주하신다고 하더군요. 그 얘기를 듣는 순간 저를 포함해 아이들 전부가 울컥 했습니다. 대주께서 돈 때문에 여기저길 기웃거리시다니요. 그건 저희들의 자존심이 걸린 문젭니다. 재물에 관한한 앞으로는 저희들이 알아서 하겠습니다."

"……?"

"혹 적으십니까? 그러실 줄 알았습니다. 장산아, 평개야."

석승이 누군가를 부르자 저만치 뒤쪽의 숲에서 두 명이 관 하나를 들고 왔다.

이번에도 낑낑대는 걸로 봐서 금원보가 가득히 들어 있을 게 분명했다.

이건 장원을 지으라는 게 아니라 숫제 한 지방을 사라는 게 아닌가.

"이게 겨우 술값 조금 빼돌린 거냐?"

착 가라앉은 용악산의 목소리.

"⋯⋯!"

뭔가 일이 잘못되었음을 직감한 석승의 얼굴이 굳었다.

덩달아 낑낑대며 관을 들고 오던 장산과 평개도 그 자리에 서 얼어붙었다.

눈치 빠른 추길이 눈을 찡긋찡긋 하면서 재빨리 손을 저었다.

어서 가지고 가라는 소리였다.

장산과 평개가 관을 도로 숲 속으로 낑낑대며 들고 갔다.

제아무리 출중한 무인이라고 해도 쇳덩이가 가득 든 관이었다.

채홍만이었다면 양쪽 어깨에 하나씩 얹고도 말처럼 달릴 수 있겠지만 저들에게 그만한 용력은 없었다.

"죄송합니다. 제가 그만 실수를⋯⋯."

"너는 항상 그게 문제야."

"거치적거리는 문제들을 해결해 주는 건 좋은데 언제나 너무 멀리 나가."

"주의하겠습니다."

"게다가 이번엔 헛다리까지 짚었어."

"예?"

"돈 때문에 전장과 상방을 돌아다닌 게 아니야."

"그럼……?"

"사방에 안개가 자욱한데 적의 실체가 보이질 않아. 그럴 땐 어떻게 해야 하지?"

"안개 밖으로 나오게 해야죠. 아아, 그럼 적의 실체를 확인하기 위해?"

석승은 그제야 용악산의 의도를 어렴풋이 알 수 있었다.

소문으로만 떠돌던 금룡관의 개파 소식을 그 제자들이 직접 돌아다니며 확인시켜 주었다.

확고한 의지를 보였으니 이제 개파를 달갑게 여기지 않는 저들이 어떻게든 반응을 보일 것이다.

물론 저들이 똘똘 뭉쳐 금룡관의 발을 묶은 것도 일종의 반응이랄 수 있다.

하지만 그건 겨우 저들이 행사할 수 있는 힘의 범위가 어느 정도인가를 가늠하는 것에 그치지 않을 것이다.

"하면 이제 어떡하실 작정이십니까?"

"함정을 파야지."

"함정이라고요?"

"함정의 첫 번째 원칙은 눈에 띄지 않아야 해. 그러기 위해

선 최대한 주변의 지형지물을 이용해야지."

"그래서 이 돈은 주변의 지형지물이 아니라는 말씀이시군
요."

"알아들었으면 이 돈은 가져가서 가난한 자들에게 나눠줘."

"존명."

＊   ＊   ＊

하풍달이 누군가를 소개해 주겠다고 한 지 며칠이 지났다.

용악산은 하풍달의 안내를 따라 항주의 북쪽 외곽에 위치한
어느 골목을 걷고 있었다.

이번 행보엔 금룡관의 제자들 모두가 따라왔다.

애초 하풍달은 자신과 표자룡이 대사형을 모시고 단출하게
다녀오겠다고 했다.

공춘보는 너무 시끄럽고, 은서령은 그처럼 예쁜 여자가 드
나들기엔 위험한 곳이라는 게 이유였다.

하지만 공춘보는 네가 턱주가리를 한 대 얻어맞고도 그런
소리를 하나 보자며 덤벼들었다.

은서령은 언제부터 자기를 온실 속 화초로 대접해 줬냐며
강변했다.

결국 용악산, 하풍달, 표자룡, 공춘보, 은서령에 이어 최근에
은서령의 호위무사가 된 채홍만까지 함께 가게 됐다.

"이야, 이거 홍만이랑 함께 가니 든든하네, 든든해."

공춘보가 팔 척 장신의 거인 채홍만을 올려다보며 흐뭇해했다.

실제로 가면서 만난 사람들은 채홍만의 엄청난 덩치에 슬슬 피하기 바빴다.

"홍만아, 넌 털을 좀 길러봐라. 그럼 사람들이 더 무서워서 네 곁에 얼씬도 못할 거야."

"또 물색 모르는 소리 하신다. 안 그래도 무섭게 생겼는데 그것까지 기르면 어쩌오? 그리고, 털이 뭐요? 털이. 홍만이가 무슨 짐승이오?"

"그럼 뭐라고 해!"

"수염이라고 해야지."

"겨드랑이에 난 것도 수염이냐? 넌 겨드랑이 털을 겨드랑이 수염이라고 부르냐?"

"왜 말이 또 딴 데로 새는 거요.. 하여튼 밑도 끝도 없다니까."

공춘보와 하풍달이 허튼소리로 티격태격하는 동안 채홍만은 그저 뒷머리를 긁적긁적하며 쑥스러워할 뿐이었다.

사람들은 계속해서 걸어갔다.

그때그때 필요에 의해 생겨났다는 항주의 뒷골목은 천연의 미로가 따로 없었다.

하풍달은 항주에서 이십 년을 넘게 살았지만 아직도 이곳의 골목을 모두 아는 건 아니라고 했다.

따개비처럼 다닥다닥 붙어 있는 수천 개의 전각들과 그 사이로 거미줄처럼 뻗은 골목길은 끝도 없이 펼쳐졌다.

하풍달은 그런 골목길을 반 시진 동안이나 끌고 다녔다.

오래된 전각들 특유의 케케묵은 냄새와 어디에서 흘러들어오는지 모를 짙은 방향이 한데 섞여 묘한 분위기를 만들고 있었다.

"후아, 항주에 이런 곳이 있었어?"

공춘보가 주변을 쉴 새 없이 두리번거리며 말했다.

"북망동(北亡洞)이라는 곳이오."

"헉! 그, 그럼 여기가 그 악명 높은……!"

공춘보가 갑자기 발걸음을 멈추며 놀란 눈을 치켜떴다.

그러나 사람들이 자신을 기다려 주지 않고 계속 걸음을 옮기자 후다닥 달려와 뒤에 붙었다.

하지만 아까와 달리 잔뜩 주눅이 든 기세가 역력했다.

설명이 필요하다고 생각했는지 하풍달이 용악산에게 다가와 말을 해주었다.

"북망동은 늪입니다. 중원 전역에서 죄를 짓고 도망쳐 온 흉신악살들이나 무림공적들이 우글거리죠. 한마디로 관부나 정파무림인들의 힘이 미치지 않는 천외천의 별세계라고 볼 수 있죠."

용악산은 항주라는 거대 도시 안에 무림공적들이 모여 사는 별세계가 있다는 게 선뜻 납득이 가지 않았다.

그들이 모여 세력을 이루도록 정파무림인들이 두고만 보았을까?

"정마대전의 영향입니다. 정파무림이 천산에서 발호한 마도와 대적하느라 전력을 쏟고 있는 사이에 안마당의 한쪽 구석에서 독버섯이 자라난 거죠. 독버섯은 자연스럽게 다른 독충들을 불러들였고 오늘의 북망동이 탄생한 것입니다. 이젠 그 잠재된 힘이 너무나 커져 어느 곳도 건드리지 못하고 있는 실정이고요."

"항주의 골칫덩어리겠군."

"꼭 그렇지만도 않습니다."

"……?"

"그게 참 묘합니다. 놈들이 북망동에 모여 있음으로써 정파무림의 입장에서 보자면 무림의 골칫덩이들을 효율적으로 관리할 수 있게 된 것입니다. 일단 저들이 외부로 나와 말썽을 부리고 다니지만 않으면 큰 문제는 없으니까요. 반면에 북망동에 모여 사는 무림공적들은 한군데 모여 있음으로 정파무림의 위협으로 안전을 보장받을 수 있게 된 거죠."

"괴상한 현상이군."

"다들 그렇게 말합니다. 중원 오대 도시 중 한 곳인 항주에 무림공적 촌이 있다는 것 자체가 웃기는 일이라고. 어떤 이들은 구대문파나 오대세가의 무기력함을 성토하기도 하죠. 마도 척결을 외치며 자신들의 기득권을 위협하던 천마신교의 정벌에는 그처럼 열을 올리더니 정작 북망동의 문제는 못 본 척한다고 말입니다. 하지만 여기엔 이유가 있습니다."

"……?"

"구대문파와 오대세가 같은 전통적인 명문대파들은 무림맹이라는 이름으로 뭉쳐 정마대전을 치르는 동안 엄청난 손실을 입었습니다. 한마디로 전력이 반공백 상태가 된 거죠. 이런 상황에서 누가 앞장서서 북망동까지 치는 건 상당한 부담이죠."

"이야, 풍달이 너도 이럴 때 보면 참 영리하단 말이야."

듣고 있던 공춘보가 모처럼 칭찬을 했다.

"이 정도는 삼척동자도 아는 거요. 공 사형이 아무 생각이 없는 거지."

"이 자식은 칭찬을 해줘도 공격을 하네. 그러는 대사형은 왜 모르냐?"

"대사형은 저 멀리 천산에서 오셨잖소. 그러니 중원 사정을 잘 모르는 게 당연하지."

"그건… 그렇네. 쩝."

마땅히 대꾸할 말이 없는지 공춘보가 슬그머니 꽁무니를 뺐다.

"그런데 이곳이 그들을 모두 수용할 수 있을 만큼 방대한 지역이냐?"

용악산이 물었다.

"혹자는 북망동의 지하에 도시가 있을 거라고들 하더군요. 정파무림이 쳐들어왔을 때를 대비한 참호라나? 뭐 그 말을 믿는 사람들은 별로 없지만 그만큼 실체가 알려지지 않았다는 말이 되죠. 어쨌든 여긴 대낮에도 수시로 칼부림이 나는 곳이니 말썽이 생기지 않도록 각별히 조심해야 합니다. 오죽하면

북망동에 갈 때는 부모님께 인사를 올리고 가라는 말이 있겠습니까?'

"그건 또 뭔 소리냐?"

공춘보가 물었다.

"하직 인사가 될지도 모른다는 얘기죠. 목숨을 걸고 들어가란 소립니다."

"하, 듣자듣자 하니까 끝도 없이 뻥을 치네."

"뻥인지 아닌지는 두고 보면 알 터. 공 사형은 특히 내 말 흘려듣지 마시오."

그때 그들이 가고 있던 방향에서 몇 사람이 걸어오고 있었다.

그 모습이 하나같이 흉측했다.

한쪽 눈에 야광주를 박은 자, 온몸을 쇠사슬로 칭칭 감은 자, 심지어는 왜인의 무사 복장을 한 자도 있었다.

그들 모두는 한 사람을 좌우에서 호위하는 형국으로 걸어왔다.

차가운 얼굴에 대쪽처럼 삐쩍 마른 체구의 초로인이었는데 허리춤에는 쇠꼬챙이 같은 기형검을 차고 있었다.

그 모습이 꼭 당랑(蟷螂:사마귀) 같았다.

그를 발견한 하풍달이 낮은 목소리로 다급하게 말했다.

"고개를 숙이십시오."

하풍달의 목소리가 워낙 다급해 사람들은 초로인에게서 즉각 시선을 거뒀다.

모두들 고개를 땅으로 떨군 상태에서 초로인의 일행과 점점 가까워졌다.

하지만 상대편은 전혀 시선을 거둘 생각을 하지 않았다.

오히려 용악산 일행을 발견한 순간부터 매서운 눈으로 노려보며 다가오고 있었다.

아니나 다를까. 서로가 지나쳤다 싶은 순간 초로인이 뒤에서 불러 세웠다.

"거기 너희들!"

"……!"

앞서가던 하풍달이 멈췄다.

덩달아 다른 사람들도 동시에 걸음을 멈췄다.

"못 보던 놈들인데."

초로인은 거구의 채홍만을 호기심 어린 눈빛으로 보며 말했다.

처음부터 거침없이 무례한 말투였다.

사람들의 인상을 찡그리는데 하풍달의 전음이 들려왔다.

[저에게 맡겨 두시고 아무도 나서면 안 됩니다. 절대!]

하풍달의 전음이 워낙 다급했는지라 모두 의아하게 생각했다.

그사이 하풍달이 두 손을 공손히 모은 상태에서 초로인의 앞으로 몇 걸음 다가섰다.

하지만 지척으로는 다가가지 못하고 열 걸음 정도에 서서 허리를 굽히며 말했다.

"그간 안녕하셨습니까? 저 귀수(鬼手)입니다."

귀수는 배수로 떠돌던 시절 하풍달의 별호였다.

잊고 있었던 그의 과거가 떠오르는 순간이었다.

"귀수?"

초로인이 고개를 갸우뚱거리자 옆에 있던 누군가가 귓속말로 속삭였다.

"아, 항주에 솜씨 좋은 배수가 하나 있었다는 소린 들었지. 그게 네놈이구나."

"기억해 주셔서 감사합니다."

"한데, 여긴 어쩐 일이지?"

말을 할 때마다 얼음 칼로 찌르는 듯 서늘한 음성이 흘러나왔다.

"잠시 만나 볼 사람이 있어서요."

"노부에게 그런 식으로 대답한 사람은 없었다."

처음부터 만날 사람이 누군지까지 말을 했어야 한다는 소리였다.

초로인은 점점 안하무인이었다.

하풍달의 간곡한 부탁이 아니었다면 참기 힘들 정도였다.

하지만 용악산은 속으로 적잖게 놀라고 있었다.

초로인의 전신에서 뿜어져 나오는 기세가 여간 강맹하지 않았기 때문이었다.

하풍달이 우물쭈물하는 사이 초로인이 걸음을 옮겨 가까이 다가왔다.

열 걸음이 아홉 걸음으로 바뀌는 순간이었다.

단지 그 정도의 거리가 좁혀졌을 뿐인데도 하풍달은 이마에서 땀을 흘리기 시작했다.

초로인이 두 걸음을 더 옮겼을 때는 어깨가 눈에 띄게 흔들렸다.

그 순간 표자룡이 하풍달의 곁으로 다가갔다.

그걸 본 하풍달의 표정이 일순간 일그러졌다.

하지만 표자룡은 걸음을 멈추지 않았다.

이윽고 하풍달을 가운데 두고 표자룡과 초로인이 일곱 걸음 정도에서 멈췄다.

단지 적당한 거리에 서서 서로를 바라보고 있을 뿐이었다.

그런데도 두 사람 사이엔 당장에라도 칼부림이 일어날 것 같은 전운이 감돌았다.

"네놈은 누구냐?"

"금룡관의 넷째 제자 표자룡이오."

"금룡관? 항주에 그런 곳이 있었나?"

모욕을 주려고 하는 말이 아니었다.

그는 정말 금룡관을 모르고 있었다.

그만큼 항주무림이 작은 무관들끼리의 다툼에는 무관심했던 것이다.

아니면 이곳 북망동이라는 곳이 폐쇄적이어서 그렇던지.

"긴한 얘기도 아니니 이쯤에서 서로 물러나는 것이 어떻겠소?"

표자룡이 말했다.

이야기가 이상하게 돌아가고 있었다.

단지 서로 일정한 거리를 두고 서 있을 뿐인데도 표자룡은 마치 적과 대치를 한 것처럼 말을 했다.

표자룡도 저 초로인의 정체가 무엇인지 알고 있는 것이다.

그때 왼쪽 눈에 야광주를 박은 괴인이 초로인에게 다가가 말을 했다.

"어르신, 시간이 없습니다."

초로인은 다시 표자룡을 무섭게 노려보더니 말했다.

"껄껄껄. 제법 간담이 크군. 아무렴. 북망동에 칼을 차고 들어오려면 그 정도는 돼야지."

그리고는 괴상한 일행들과 함께 저만치 사라지는 것이었다.

"휴우."

그가 사라져 가고 난 뒤 하풍달이 긴 한숨을 쉬며 이마에 흐르는 땀을 닦았다.

"무슨 소리야? 칼을 차고 들어오면 그 정도는 돼야 한다니?"

공춘보가 하풍달에게 물었다.

"말했잖소. 외부인에 대해 배타적이라고. 거기다 칼까지 찼으니 경계하는 건 당연하지. 그나마 맨손으로 들어오는 건 더 무모한 짓이지만."

"뭐가 그렇게 복잡해? 그나저나 저 늙은이는 도대체 누구야?"

"지옥혈마(地獄血魔)요."

"뜨아아아! 십보무적 고독룡!"

공춘보가 입에 게거품을 물었다.

삼십 년 전 한 자루의 기형검을 들고 천하를 종횡했던 사내.

가공할 쾌검으로 십 보 안에서만큼은 적수를 찾아보기 어려웠다고 했다.

성격 또한 괴팍하기 짝이 없어 함께 술잔을 나누다가도 수틀리면 그 자리에서 죽였다고 한다.

때문에 사람들은 누구나 그와 십 보 이상을 거리를 두었다.

그 이상 접근을 했다가는 어느 순간 돌변한 그에게 목숨을 잃을 수도 있었기 때문이었다.

한차례 무림을 경동시키고 난 후 모습을 감췄다고 하더니 이곳에 숨어 있었던 것이다.

"호들갑 떨 것 없소. 여긴 저런 사람들이 수두룩하오."

"으으으, 도대체 이런 곳엔 왜 오자고 한 거야!"

공춘보가 소리를 빽 질렀다.

그러거나 말거나 하풍달은 다시 용악산의 곁으로 다가왔다.

그리고 걸음을 재촉하며 말했다.

"전에도 말씀드렸지만 항주는 중원무림의 축소판이라고 불릴 만큼 수많은 방파가 존재하고 세력 구도가 복잡합니다. 바깥사람들은 모르겠지만 이곳 항주의 토박이들은 구룡장주와 북천방주, 홍인방주 외에 항주를 움직이는 세 개의 보이지 않는 손이 있다고들 하지요."

하풍달이 오늘 만날 사람에 대해 설명을 하기 시작했다.

용악산은 하풍달의 말에서 점점 흥미를 느꼈다.

그리고 말이 계속되면 될수록 힘과 힘이 부딪쳐 만들어진 항주의 질서를 이해할 수 있었다.

"첫 번째는 야천왕(夜天王)이라는 사람입니다. 항주는 예로부터 이권이 많아 이런저런 흑도방파들이 수두룩하지요. 개중에는 아마 중원 어느 지방에도 없는 특이한 성격의 흑도방파도 있을 겁니다. 항주라는 거대한 도시 외각에 북망동이라는 기상천외한 곳이 존재하는 것만 봐도 알 수 있지요. 하지만 그 어느 곳을 막론하고 흑도라면 누구나 눈치를 보지 않을 수 없는 사람이 하나 있죠. 그가 바로 야천왕입니다. 바로 이곳 북망동의 제왕이자 항주의 밤을 지배하는 하늘이죠."

"그가 그렇게 무서운 존잰가?"

"무서운 정도가 아닙니다. 칼을 든 무인 중에 그를 두려워하지 않는 사람은 없습니다."

"그도 흑도방파의 수장인가?"

"천만에 말씀입니다. 그는 일체의 수하나 방파를 거느리지 않은 사람입니다. 굳이 말하자면 독불장군이죠. 하지만 밤의 세계에서 그의 영향력은 어마어마합니다."

"다음 사람은?"

"두 번째는 해백(海伯)입니다."

"바다의 신?"

"정확하게는 해왕문(海王門)의 문주입니다."

"해적들이군."

"그렇습니다. 해왕문주는 동해를 주름잡는 해적들을 처음으로 일통한 고수입니다. 도무지 겁이 없어 관선이든 상선이든 가리지 않고 약탈합니다. 군문에서 그를 잡으러 대규모 선단을 동원해 추적하기도 했지만 오히려 배와 무기만 빼앗기고 돌아갔지요. 본거지도 알 수 없고 구체적으로 어느 정도의 전력을 지녔는지도 모릅니다. 어부들 중에는 해왕문의 깃발을 단 범선 열 척이 지나가는 걸 봤다는 사람도 있고 스무 척이 지나가는 걸 봤다는 사람도 있습니다."

"야천왕은 그렇다 치고 해왕문의 문주가 항주를 좌지우지한다는 건 또 무슨 말이냐?"

"항주의 상계가 비록 세 곳으로 요약 정리 된다지만 그 구조는 아주 긴밀하게 얽혀 있습니다. 가령 강남에서 올라온 상인들은 자신들이 가져온 물품을 팔고 대양 무역을 통해 들어온 진귀한 물건들을 사다 강남으로 다시 가져가 막대한 이익을 남기죠. 대양 무역의 상방들은 또 강남에서 가져온 물자를 해동이나 왜국으로 가져가 막대한 이윤을 남깁니다. 그건 강북 상계도 마찬가지입니다. 모두가 그렇게 서로 복잡하게 얽혀 공생을 하고 있습니다. 그런데 해왕문이 바닷길을 장악하고 있습니다. 마음만 먹으면 동해를 통해 들고나는 물자를 마음대로 조절할 수 있다 이겁니다. 이건 대양상계뿐만 아니라 강남, 강북상계 모두에게 치명타가 될 수 있죠."

"상계들로선 골치 아프겠군."

"골치 아프죠. 해왕문이 내륙에 본거지를 둔 도적들이라면 벌써 일전을 겨루었겠죠. 하지만 바다에서만큼은 그 누구도 해왕문을 건드릴 수 없습니다. 그들은 무적이니까요. 결국 항주의 상계 세 곳으로부터 매월 일정량의 재물이 해왕문으로 흘러들어 갑니다. 표국들이 녹림들에게 통과세를 바치는 것처럼 말이죠. 바탕이 해적들이다 보니 비유를 맞추기가 여간 까다로운 게 아닌 모양이더군요."

"설마 날더러 야천왕이나 해왕문주를 만나라고 하는 건 아닐 테고."

"물론이지요. 그들은 만나고 싶다고 만날 수 있는 사람들이 아닙니다. 제가 만나 보라고 한 사람은 전혀 다른 사람입니다."

하풍달과 용악산이 그런 대화를 나누고 있는 동안 사람들은 어느새 대로로 접어들고 있었다.

대로의 양쪽에는 객점을 비롯한 주루와 다루, 기루 같은 유흥업소들이 즐비했다.

많은 사람들이 활보하는 것도 여느 저잣거리와 다름없었다.

차이가 있다면 하나같이 칼을 찬 무림인들이라는 것.

아주 특이하게 생긴 작자들도 있었다.

백발의 중년인부터 외팔이 검수 등에 여덟 개의 칼을 부채처럼 꽂아놓고 다니는 자…….

"휴우. 동네 한번 살벌하네. 이거 심장 약한 사람들은 나다니지도 못하겠는 걸."

공춘보가 한숨을 쉬며 말했다.

"내 다시 한 번 경고하는데. 쓸데없이 사람들 쳐다보고 그러지 마시오. 여기서 일어나는 시비의 절반이 눈싸움에서 비롯되니까."

"뭐 그렇게까지야."

"여긴 상식이 통하지 않는 곳이오. 철저하게 힘의 법칙만이 존재하는 곳이란 말이오."

"이거 왜이래. 나도 이제 아주 맹탕은 아니야."

기죽기 싫었는지 공춘보가 도갑을 손바닥으로 툭툭 치며 말했다.

예전에 비하면 확실히 많이 달라지긴 했다.

초식이 정교해진 것까지는 아니지만 무식하게 힘이 세진 건 맞으니까.

"약해 보인다고 만만하게 생각했다간 큰코다치오. 사람을 죽이는 게 꼭 칼만 있는 건 아니니까."

"그건 또 뭔 소리냐?"

"나 원, 이렇게 하나부터 열까지 다 일일이 가르쳐 줘야 한다니까."

말은 그렇게 했지만 하풍달은 손가락을 꼽으면서 조곤조곤 설명했다.

"독을 쓰는 놈, 암기를 뿌리는 놈, 화약을 설치하는 놈, 등 뒤에서 칼을 쑤시는 놈……. 이런 독종들이 우글거린단 말이오. 내 말 알겠소?"

"다 좋은데 왜 아까부터 나만 보면서 얘기를 하냐?"

"계속 눈알을 굴리니까 그렇지. 아무튼 내 말 명심하시오."

"거참. 알았으니까 이제 적당히 좀 해라. 귀에 딱지 앉겠다."

하풍달은 대로의 끝 한적한 곳에 위치한 주루로 사람들을 데려갔다.

그리고 사람들은 또 한 번 놀라지 않을 수 없었다.

통나무를 켜켜이 쌓아 올린 주점의 벽엔 온통 오래된 칼자국이며 핏자국이 난무했다.

칼부림이 수시로 일어난다는 증거였다.

마루를 깐 가운데는 스무 개 정도의 탁자가 놓여 있어 사람들이 술을 마시고 있었다.

바깥 대로에서 보았던 사람들만큼이나 거칠게 보이는 자들이었다.

가운데를 제외한 양쪽에는 회랑을 따라 밀폐된 방들이 여러 개 있었다.

점소이들이 수시로 들락거리는 걸로 보아 그곳에도 사람들이 제법 들어 있는 것 같았다.

새로운 인물들의 등장에 술을 마시고 있던 사람들의 시선이 일제히 용악산 등에게로 쏠렸다.

시선이 쏠릴 만도 했다. 눈이 번쩍 뜨일 미모를 지닌 은서령에 눈알이 툭 튀어나올 정도의 거인까지 섞여 있었으니 누가 봐도 눈길을 끄는 조합이었다.

"모른 척해요."

하풍달이 말을 하고는 구석진 곳으로 걸어갔다.

하풍달이 워낙 겁을 줘서인지 사람들은 모두 애써 시선을 외면하며 구석진 곳에 자리를 잡았다.

"여긴 뭐 하는 곳이냐? 왜 이런 곳에 데려왔어?"

자리에 앉으면서 공춘보가 물었다.

"환희방(歡喜幫)이 운영하는 주루 중 하나요."

"환희방?"

"환희방은 항주에 모두 아홉 개의 주루와 기루를 열었는데 그중 절반이 이곳 북망동에 있지."

"휴우. 왜 하필 이런 위험한 곳에 주점을 차렸을까?"

"바로 그 이유 때문이오. 덕분에 환희방의 주루들은 거의 독점적인 지위를 누릴 수 있지. 누가 감히 이곳 북망동에서 주루나 기루를 열 생각을 하겠소?"

잠시 후 점소이가 왔고 하풍달은 대충 술과 고기를 주문하면서 덧붙였다.

"루주께 귀수가 왔다고 전해라."

"귀수… 라고요?"

"그렇게만 전하면 안다."

점소이가 고개를 끄덕이고 나갔다.

"만날 사람이 여기 루주냐?"

공춘보가 물었다.

"아니오. 여기 루주는 환희방의 접주요."

환희방은 기녀들의 생업방회였다.

기녀들은 밑바닥 인생 중에서도 가장 약한 계층에 속했다.

포주, 왈짜, 기둥서방들까지도 기녀들에게 기생해 고혈을 빨아먹을 정도니 어느 정도 약한 계층인지는 쉽게 알 수 있었다.

그런 기녀들이 자신들의 권리를 위해 뭉친 조직이 바로 환희방이었다.

"환희방의 탄생에는 숨겨진 비사가 있지요."

하풍달이 말했다. 사람들은 모두 하풍달의 말에 귀를 기울였다.

금룡관을 떠나 이곳까지 오면서 그가 해준 말들은 하나같이 호기심을 자극했다.

"언젠가 청연(淸淵)이라는 기녀가 항주로 흘러들어 왔습니다."

"청연? 금시초문인데?"

항주의 기녀들 이름을 줄줄 꿰고 있는 공춘보가 말했다.

"당연하지요. 삼십 년 전의 인물이니까."

"뭐야? 그럼 지금은 오십 살은 먹은 할머니일 거 아냐?"

"지금 누가 기녀를 소개해 준댔소? 왜 이리 호들갑이오?"

"험험. 뭐 그냥 말이 그렇다는 거지."

공춘보가 입맛을 다시며 말꼬리를 흐렸다.

청연은 기녀들 사이에서는 전설 같은 인물이었다.

청연을 데리고 있는 기루는 한 달 전에 예약을 해야 할 정도로 손님들이 북새통을 이루었다.

당연히 술값도 항주 제일이었다.

유흥업에 관한한 항주 제일은 곧 천하제일이라고 해도 과언이 아니었다.

청연만 있으면 제아무리 허접한 기루도 한 달 만에 특급의 기루로 부상했다.

당연히 청연을 두고 다툼이 일어나지 않을 수가 없었다.

기루들은 서로 청연을 빼가기 위해서, 부호들은 청연을 독차지하기 위해서 암투를 벌였다.

암투라는 것의 속성이 그렇듯 마지막엔 언제나 칼부림으로 끝이 났다.

나라를 뒤흔드는 미녀가 있어 경국지색이라고 한다더니 청연의 경우가 딱 그랬다.

청연은 그만큼 아름다웠다.

"그런데 어느 날 갑자기 그녀가 시체로 발견되었죠."

"어머나!"

은서령이 손으로 입을 가리며 놀란 표정을 지었다.

"도대체 어떤 놈들이!"

공춘보가 소매를 걷어붙이며 화를 냈다. 하지만 은서령과는 조금 다른 의미였다.

"그 일로 항주가 발칵 뒤집혔죠. 칼을 든 자라면 노소를 가리지 않고 청연의 복수를 하겠다며 흉수를 찾아다녔습니다. 하지만 모두 허사였죠. 사인은 끝내 밝혀지지 않았고 흉수도 찾을 수 없었죠. 그렇게 청연의 죽음은 세월이 흐르면서 사람들의 기억에서 잊혔죠."

하풍달은 잠시 숨을 고른 다음 말을 이어갔다.

"여기까지는 항주의 토박이라면 누구나 아는 내용입니다. 그러나 좀 더 소수의 사람들만 아는 비밀이 하나 있죠. 뭐 이 제는 비밀이랄 것까지도 없지만."

"그게 뭔데? 뭔데 그렇게 뜸을 들이는 거야?"

공춘보가 재촉을 했다.

"처음 그녀의 시체를 발견한 사람들은 기녀들입니다. 놀랍 게도 청연의 뱃속에는 생명이 들어 있었던 겁니다. 그리고 기 적이 일어났죠. 아이가 죽은 어미의 뱃속에서 살아 나온 겁니 다. 제 혼자 힘으로 말이죠."

"후아. 그런 일이 있었단 말이야?"

"문제는 그 아이가 누구의 씨인지 모른다는 거죠. 청연은 웃 음을 팔았지만 몸은 팔지 않았다고 합니다. 더구나 청연의 주 변에는 기루의 주인들이 고용한 일급의 호위무사들이 항상 지 켜보고 있었습니다. 그런 호위들을 뚫고 청연과 정을 통했으 니 아마 청연이 진심으로 사랑한 사내일 거라는 얘기가 돌았 죠. 그건 청연 스스로가 허락하지 않는 한 불가능한 일이었으 니까요. 그래서 아이의 아버지가 누구인가를 두고 한동안 말 들이 많았습니다. 항주의 내로라하는 인사들이 한 번씩은 사 람들 입방아에 오르내렸죠."

놀라운 이야기들이 계속 쏟아졌다.

그리고 그것은 한 여인의 눈물겨운 일생과 그녀가 세상에 두고 간 파편의 미래에 대한 이야기이기도 했다.

"기녀들은 모두 청연을 좋아했었습니다. 그녀들은 청연의 아이를 따로 빼돌려 보살펴 주었지요. 그런데 피는 못 속인다고 했던가요? 그 아이가 자랄수록 제 어미의 미모를 꼭 빼닮았던 겁니다. 여자아이였거든요. 그녀를 길러주었던 기녀들은 혹시 횡액이라도 당하지 않을까 조심조심 길렀죠. 동냥젖을 먹이고 한 곳에 있으면 위험할까 봐 이 사람 저 사람 돌아가며 아이를 돌봐주었죠. 그게 환희방이 탄생한 시초입니다."

"뭔 말이야? 무슨 얘기가 그렇게 밑도 끝도 없어?"

"기녀들은 아이 하나 때문에 동질감을 느끼기 시작한 겁니다. 서로 비밀이 생기고 협조하고 그러다 보니 어느 샌가 자신들만의 연락망이 생기고 그게 생각보다 큰 힘이 될 수 있다는 걸 알게 된 거죠. 그러다 결정적인 사건이 발생하게 됩니다. 퇴기들 중에 기녀들을 상대로 분첩이나 사향 같은 걸 파는 이가 있었는데 그이가 아이에게 약간의 돈을 쥐어주며 먹고 싶은 것을 사 먹으라고 했습니다. 그런데 그 아이는 군것질에 돈을 쓰기는커녕 불과 일 년 만에 상상도 못할 만큼 큰돈으로 불려놓았습니다."

"도대체 얼마나 벌었기에?"

"오천 냥."

"뜨아아아. 오, 오천 냥?"

"그것도 아홉 살짜리 여아가."

"......!"

아홉 살짜리라는 말에 사람들은 더 이상 할 말을 잃었다.

"도대체 무슨 짓을 했대냐?"

"거듭 말하지만 나도 들은 얘기라 자세한 내막은 모르오. 다만 소금을 사고 되파는 과정을 반복했다고 하더군요. 그해에 중원 전역에 물난리가 나서 소금 값이 천정부지로 치솟았다고 합니다."

"히야. 그걸 미리 알고 있었구나. 영리하다, 영리해."

"기녀들도 아이에게 특별한 재능이 있다는 걸 알아차렸습니다. 그리고 자신들의 돈을 불려달라고 하나둘씩 맡기기 시작했죠. 아이는 기녀들을 실망시키지 않았습니다. 재물이 차곡차곡 쌓이기 시작했죠. 일단 돈이 생기자 할 수 있는 일이 많아졌습니다. 칼잡이들을 고용해 악덕 포주를 징치하고 폭력을 일삼는 기둥서방들을 손봐줬습니다. 최하위 피식자에서 포식자로 한 단계 올라선 거죠. 그게 바로 지금의 환희방입니다."

"하오문이 가만있지 않았을 것 같은데. 원래 그쪽은 하오문의 영역이잖아요."

은서령이 말했다. 그녀도 이쪽 세계에 대해선 자세한 내막까지는 모르는 듯했다.

"잘 봤어. 하오문은 환희방의 처리를 놓고 고심했지. 없애버리자니 엄청나게 돈을 벌어들이는 방주의 재주가 아깝고 그냥 놔두자니 독버섯으로 자랄까 두렵고."

"그래서 어떻게 했죠?"

"자신들의 예하 조직으로 들이는 선에서 절충을 했어. 환희
방은 하오문이라는 거대한 벽을 넘지 못하고 결국 수십 개의
예하 방파 중 하나로 전락해 버렸지. 하지만 일정 부분 독립성
은 보장받은 눈치더라고. 그래도 수입의 대부분은 하오문으로
상납을 해야 하지만."

하풍달의 말은 거기서 끝이 났다.

"히히히. 제 어미가 그렇게 예뻤다면 방주가 되었다는 그 딸
도 엄청 예쁘겠지?"

공춘보는 환희방이 탄생한 눈물 겨운 사연보다 그 방주라는
여자의 외모가 더 궁금한 모양이었다.

"꿈 깨시오. 그녀는 아무나 만나 볼 수 있는 사람이 아니
오."

"누가 뭐라고 했냐? 괜히 성질은."

"그 사람이 항주를 움직이는 세 번째 보이지 않는 손이라
고?"

용악산이 이야기의 관점을 본론으로 돌렸다.

하풍달은 왜 그녀를 만나 보라고 한 걸까?

"항주에서 현금 보유량이 가장 많은 곳이 어딜까요? 구룡
장? 북천방? 홍인방? 아닙니다. 바로 환희방입니다."

듣고 있던 사람들은 뜨악했다.

기녀들의 주머닛돈으로 시작했다는 일개 방파가 그 정도로
많은 현금을 보유하고 있을 줄이야.

"환희방에서 돈을 빌리라는 뜻이냐?"

다시 용악산이 물었다.

"그렇습니다. 환희방은 돈이 될 만한 곳이라면 어디든 투자를 합니다. 무엇보다 상계의 눈치를 보지 않을 만한 인물은 항주 바닥에서 그녀밖에 없죠. 하지만 꼭 그것 때문에 만나 보시라고 한 건 아닙니다."

"……?"

"그녀는 돈이 흐르고 모이는 곳을 귀신처럼 압니다. 한마디로 하늘이 낸 상재(商材)라고 볼 수 있죠. 분명 도움이 될 겁니다."

용악산은 고개를 끄덕였다.

과연 일리가 있는 말이었다.

지금 금룡관은 당장 장원을 넓힐 자금도 필요하지만 지속적인 경제 기반을 마련하는 것도 중요했다.

이건 무인들의 일과는 또 다른 측면의 일이어서 이재에 밝으면서도 항주의 상황을 손금 보듯이 알고 있는 사람의 도움이 필요했다.

그런 면에서 환희방주라는 여자는 적당해 보였다.

잠시 후 한 사람이 모습을 드러냈다.

짙은 화장을 한 중년의 여인이었는데 그녀는 채홍만을 보는 한순간 흠칫 놀라는가 싶더니 다시 하풍달을 향해 인상을 찌푸렸다.

"귀수(鬼手), 왜 이렇게 늦었어?"

이번에도 하풍달은 귀수라고 불렸다.

아마 이곳에선 하풍달이라는 이름보다 여전히 귀수로 통하는 모양이었다.

은서령은 눈살을 찌푸렸다. 잊어야 할 하풍달의 과거가 이곳에선 자꾸 되새김질 되고 있었다.

"오다가 잠시 말썽이 있었습니다. 많이 기다리셨습니까?"

"내가 문제가 아니야. 그분을 기다리게 하는 게 문제지."

"하아. 이거 큰일 났군요. 화가 많이 나셨습니까?"

"그분은 약속을 지키지 않는 걸 제일 싫어하셔. 어렵게 만든 자리가 자칫 허사가 될 수 있단 말이야."

"아이고. 이걸 어떡하나."

하풍달은 정말로 곤란해하는 기색이 역력했다.

"어쨌든 누가 그분을 만날 거야?"

"으에? 우리 모두 함께 만나는 게 아니고?"

공춘보가 놀란 눈을 치켜떴다.

그로서는 여자의 얼굴을 보지 못하는 것이 안타까워 미칠 지경이었다.

"루주님, 어렵게 왔는데 인사라도 드리게 해주십시오."

하풍달이 간청했다.

은서령도 똑같은 마음이었다. 애초에 그녀가 이곳까지 따라온 것은 환희방주라는 여자에 대한 궁금증 때문이었다.

은서령도 북망동에 아름다운 외모에 상재까지 뛰어난 여자가 있어 항주의 돈을 쓸어 모은다는 얘기는 듣고 있었다.

그건 자신에게는 없는 재주였다.

이곳까지 오는 동안 하풍달에게 환희방의 탄생 비화를 듣게
되자 그녀에 대한 궁금증이 더욱 일었다.

"독대가 원칙인 거 몰라?"

여자는 눈살을 찌푸리며 말했다.

"휴우. 그럼 어쩔 수 없죠. 저희 대사형께서 가실 겁니다."

하풍달이 용악산을 가리켰다.

第七章

신비한 여자 서문홍주(西門紅蛛)

天山刀客

용악산은 루주를 따라 회랑을 걸어갔다.

주루의 뒤쪽으로 연결된 회랑의 끝에는 어딘가로 연결된 또다른 문이 있었다.

문 앞에서 여자가 말했다.

"내가 해줄 수 있는 건 여기까지예요."

곧 자신은 들어가지 않겠다는 말이었다.

용악산은 천천히 문을 열고 들어갔다.

그러자 이곳 북망동과는 전혀 어울리지 않는 분위기의 아담한 정원이 펼쳐졌다.

정원의 연못가에는 초로인이 기다리고 있었다.

"따라오시오."

노인은 수수한 옷차림에 평범하기 짝이 없는 인상이었다.

노인은 용악산을 장원의 더 깊은 곳으로 데리고 갔다.

평범한 정원이 아니었다.

작은 석탑과 나무의 배치가 일정한 진식에 따라 펼쳐져 있었다.

마도백가의 서고에서 세상의 이름난 진법을 두루 섭렵한 용악산에게도 낯설기 짝이 없는 진식.

누군가 멋모르고 함부로 들어왔다가는 필시 횡액을 당했으리라.

다시금 세상이 넓고도 넓다는 걸 확인하는 순간이었다.

위험은 그뿐만이 아니었다. 사방 곳곳에서 범상치 않은 살기가 느껴졌다.

어림잡아 오십여 명 정도?

그림자들은 나무나 석등과 완벽히 동화되어 정체를 드러내지 않고 있었다.

하지만 용악산에게서 조금이라도 수상한 기미가 포착된다면 순식간에 도검을 들고 튀어나올 게 분명했다.

노인은 일절 말이 없었다.

무인의 걸음을 보면 무공의 깊이를 어느 정도 측량할 수 있는 법인데 노인의 걸음에선 전혀 무공을 닦은 흔적이 느껴지질 않았다.

둘 중의 하나였다.

정말 무공을 모르거나, 아니면 외부로 드러나는 흔적을 완벽하게 갈무리를 할 수 있을 정도의 고수이거나.

정원을 가로질러 간 두 사람은 어느새 작은 문 앞에 도착했다.

사방에 꽃향기가 가득한데 꽃은 보이지가 않았다.

"잠시 몸수색을 해야겠소."

노인이 말했다.

그와 동시에 곳곳에서 살기가 증폭되는 것이 느껴졌다.

만일의 경우를 대비해 긴장을 높인 것이다.

용악산이 두 팔을 들자 노인이 몸을 훑기 시작했다.

양팔을 좌우로 벌리게 한 상태에서 머리끝부터 발끝까지 하나도 놓치지 않고 살폈다.

역시 용악산의 예상대로였다.

노인은 상당한 수준의 무공을 지니고 있었다.

단순히 몸을 더듬는 게 아니라 손등으로 슬쩍슬쩍 부딪치며 공력을 흘려보내고 있었다.

내가고수들은 혈을 잡고 공력을 주입해 상대방의 무공 수준을 알아볼 수 있다.

하지만 단순히 손등을 부딪치는 동작에서 공력을 흘려보내고 또 반탄되는 힘을 감지해 상대의 무공 수준을 가늠하는 것은 내가고수들조차 하기 힘든 범상치 않은 공부였다.

그런데 눈앞의 이 노인이 지금 그걸 하고 있었다.

그저 장원의 허드렛일이나 할 것 같은 이 추레한 몰골의 노인이.

이윽고 숨겨둔 무기가 없음을 확인한 노인이 입을 열었다.

"시간은 일다경이오. 십 장 이하로는 접근하지 말 것이며 두 손은 항상 보이는 곳에 두시오."

"절차가 꽤 복잡하오."

용악산의 태도에 노인이 인상을 찌푸렸다.

"내 말을 믿지 않는군."

"예민하게 반응할 필요 없소. 전장일도 겸한다면 응당 사람이 편하게 오가야 할 터인데 너무 까다로워서 해본 말이오."

사실 용악산은 일부러 노인을 슬쩍 건드려 본 것이었다.

용악산이 보기에 이 노인은 최소한 일류 이상의 무공을 지닌 자였다.

그런 자가 어찌하여 일개 여인의 수발을 들고 있는 걸까?

어떤 식으로든 건드려 보면 반응이 나오기 마련이고 그 반응을 통해 노인에 대해 좀 더 알아보고자 했던 것이다.

하지만 노인에 대해선 아무것도 알 수 없었다.

그는 최대한 반응을 자제했다.

"접주의 부탁이 아니었다면 이런 기회도 주지 않았을 것이오."

*   *   *

"아아, 미치겠네. 왜 이렇게 안 나오는 거야?"

공춘보가 연거푸 술잔을 들이켜며 말했다.

"제발 깝치지 좀 마시오. 들어간 지 얼마나 됐다고 벌써부터 호들갑이오?"

하풍달이 면박을 주었다.

"궁금하니까 그렇지. 에잇. 이렇게 되면 여기까지 따라온 보람이 없잖아."

"그러게 내 뭐랬소. 나랑 자룡이가 대사형을 모시고 단출하게 다녀온다니까."

"그런데 그 여자가 정말 그렇게 예쁘냐? 사매보다 예뻐?"

공춘보가 난데없이 자신을 비교하자 은서령은 당황했다.

그렇지 않아도 기분이 이상하던 차였다.

괜스레 불안하고 섭섭하고……

'아, 내가 왜 이러지?'

"아, 얼마나 예쁘냐니까?"

공춘보가 버럭 소리를 질렀다.

"나도 한 번도 못 봤소."

"뭐?"

"아무나 만날 수 있는 신분이 아니라니까."

"아아, 미치겠네."

궁금함을 견디지 못해 머리를 쥐어뜯는 공춘보의 행동은 거의 발작 수준이었다.

"그런데 하 사형은 환희방의 접주를 어떻게 아세요?"

은서령이 문득 무언가 생각난 듯 물었다.

은서령의 난데없는 질문에 하풍달이 움찔했다.

하지만 곧 차분한 표정으로 말했다. 언젠가는 해야 할 말이
었다.

"가끔씩 못 받은 술값을 내가 해결해 줬어."

"네?"

은서령이 놀란 눈을 치켜떴다.

하풍달이 그럭저럭 무공을 익히긴 했지만 해결사 노릇을 할
정도는 아니었다.

아니, 지금은 그럴 정도가 되었다고 해고 예전에는 그렇지
않았다.

그런데 그가 무슨 수로 못 받은 술값을 받아주었다는 걸
까?

"말썽이 나면 서로 좋을 게 없잖아. 그래서 내가 옛날의 솜
씨를 좀 발휘해서……."

"하 사형!"

결국 배수질을 해서 돈을 빼줬다는 얘기다.

은서령은 배신감에 어쩔 줄을 몰랐다.

이제는 잊은 줄 알았는데, 다 지나간 과거인 줄 알았는데 아
직도 그쪽 세계에 발을 담그고 있다니.

"후레자식이라는 말의 뜻을 알아?"

"……?"

하풍달의 갑작스런 말에 은서령은 의아한 표정을 지었다.

"아버지를 모르는 아이를 일컫는 말이지. 바로 창기의 자식
들 말이야."

"하 사형……?"

하풍달은 잠시 사이를 둔 후에 말을 이었다.

"그런 아이들의 생활은 비참하지. 생각해 봐. 서자로 태어난 것만 해도 차별을 받는 세상인데 아비가 누군지도 모르고, 더구나 천하디 천한 창기의 몸에서 태어났으니 그네들이 받는 대우가 얼마나 모질겠어? 환희방에서 번 돈은 모두 그런 아이들에게 무공을 가르치는데 쓰여. 자식들에게만큼은 자신들의 서러움을 물려주지 않겠다는 창기들의 집념이지."

"굳이 무공일 필요가 있어요? 사서삼경을 가르쳐 벼슬길에 오르게 할 수도 있잖아요."

"너라면… 이해할 수 있을 줄 알았는데."

"……?"

"하다못해 포쾌를 하는데도 신분과 뒷배를 따지는 세상이야. 그런데 창기의 자식들에게 벼슬길에 오를 기회가 있기나 할 것 같아?"

은서령의 눈동자가 가라앉았다.

그녀도 안다. 빌어먹을 세상은 밑바닥까지 악취가 나지 않는 곳이 없다는 걸.

그 밑바닥의 악취를 먹고사는 창기의 자식들이 믿을 수 있는 건 오직 칼밖에 없었다.

칼은 신분을 따지지 않으니까.

힘이 있으면 무엇이든 할 수 있는 게 강호니까.

"탄생한 지 십 년 남짓한 환희방에 고절한 무공비급 같은 게

있을 리 없지. 더구나 처음부터 출중한 한 사람의 무인으로부
터 생겨난 방파도 아니잖아. 그래서 무공비급을 사들이는 데
상당한 재물이 들어가. 하지만 언젠가 아이들이 든든한 재목
으로 크면 하오문으로부터도 독립하는 날이 있겠지. 물론 놈
들이 순순히 놓아주지는 않겠지만."

"전쟁이 벌어지겠군요."

"그렇겠지. 힘이 커진 환희방의 욕망과 그들을 더 이상 놔둘
수 없는 하오문의 아량이 만나는 지점에서 전쟁이 일어날 거
야. 그런 면에서 환희방은 시한부 방파야."

은서령은 하풍달이 환희방에 대해 이처럼 자세하게 아는 이
유를 알고 있었다.

그래서 하풍달을 모질게 다그치지 못했다.

하풍달 역시 '후레자식'이었던 것이다.

비록 환희방도는 아니었지만 그들의 아픔을 뼛속같이 알고
진심으로 잘되기를 바라는 것이다.

그래서 손을 깨끗이 씻었음에도 환희방의 청만큼은 들어줄
수밖에 없었던 것이다.

하풍달의 이야기를 모두 들은 은서령은 슬그머니 손을 뻗어
하풍달의 손등에 자신의 손을 얹었다.

"……?"

하풍달이 고개를 들어 은서령을 물끄러미 보았다.

그녀는 아무 말도 않고 환하게 웃고만 있었다.

말하지 않아도 알 수 있었다. 그녀가 가슴을 통해 전해주는

따뜻한 마음을.

오직 한 사람, 공춘보만이 벌컥벌컥 마시면서 아직도 용악
산이 사라져 간 곳을 눈이 빠져라 바라보고 있었다.

"에잇. 후레자식들. 같이 좀 보내주면 어때서!"

"공 사형!"

은서령이 빽 소리를 질렀다.

"이크, 젊은 아가씨가 목청 한번 크군."

                    *   *   *

문을 열고 들어서자 사방에 꽃 내음이 가득한 화원이 펼쳐
졌다.

향기의 정체는 목련이었다.

새싹을 틔우기도 전에 꽃잎부터 먼저 틔운다는 목련.

정원에는 그런 목련이 백여 그루나 심어져 있었다.

그때 저만치 목련 그늘 아래로 인영 하나가 흐릿하게 보였
다.

문을 열어주었던 노인은 어느새 사라지고 없었다.

용악산은 천천히 인영이 있는 곳으로 걸어갔다.

사방에는 기척을 숨긴 그림자들이 곳곳에 포진해 있었다.

노인과 함께 오면서 마주친 자들과는 차원이 다른 고수들이
었다.

점점 가까이 다가갈수록 여자의 모습이 또렷하게 보였다.

백의궁장을 입은 그녀는 작은 바구니를 들고 무언가를 주워 담고 있었다.

걷어붙인 소매 사이로 우유처럼 하얀 피부가 드러났다.

스물대여섯 살이나 되었을까?

그녀는 은서령이나 공화연과는 또 다른 분위기를 풍겼다.

지적이고 고혹적이면서도 한없이 부드러운 느낌이랄까?

"내가 당신이라면 거기서 멈추겠어요."

그녀의 말이 끝나기가 무섭게 화살 한 대가 파공성을 내며 날아와 용악산의 발 앞에 꽂혔다.

패르르르…….

화살이 길게 꼬리를 떨었다.

평범한 화살이 아닌 철시였다. 철시를 쏜다면 활도 당연히 철궁이어야 했다.

철궁을 당길 수 있는 고수는 많다. 문제는 그것에 얼마나 공력을 실을 수 있느냐는 것.

그래야 철시의 이점을 제대로 살릴 수 있을 테니까.

그런 면에서 철시를 쏜 궁수의 공력은 범상치 않았다.

이런 궁수들이 사방에 깔려 있었다.

의도는 명확했다. 더 이상 접근하지 말라는 뜻.

용악산은 더 이상 접근하지 않고 그녀와 십 장 정도의 거리를 둔 채 서 있었다.

그녀는 나뭇가지 아래를 이리저리 오가면서 계속 무언가를 주워 담았다.

그녀가 주워 담는 것은 땅에 떨어진 꽃잎이었다.

일을 시작한 지 오래되었는지 바구니에는 시든 꽃잎이 한가득이었다.

그녀는 용악산을 그 자리에 세워놓고 가타부타 말이 없었다.

하지만 용악산은 그녀가 이미 말을 걸어왔음을 알고 있었다.

내가 당신이라면 거기서 멈추겠다는 말.

그녀는 용악산에게 개파를 하지 말고 그냥 무관으로 머물러 있으라는 말을 넌지시 전한 것이었다.

용악산은 그녀가 자신이 온 목적을 알고 있다고 확신했다.

이처럼 경계가 철저한 곳이라면 당연히 자신을 만나러 온 사람의 신분에 대해서도 당연히 뒷조사를 마쳤을 것이다.

그렇다면 찾아온 이유도 당연히 짐작하고 있을 터.

어쨌든 그녀의 경고에 대한 대답으로 용악산은 한 걸음을 더 옮겼다.

동시에 철시 한 대가 대기를 가르며 날아왔다.

쐐애애액!

용악산은 슬쩍 어깨를 떨며 두 번째 걸음을 옮겼다.

확고한 의지를 보여준 것이다.

쐐애애액! 쐐애애액!

사방에서 철시가 소나기처럼 퍼부었다.

하나같이 범상치 않은 공력이 담긴 철시였다.

용악산은 소맷자락을 떨쳐 철시를 튕겨냈다.

금방이라도 심장을 꿰뚫을 것 같던 철시가 순간적인 경력을 뚫지 못하고 맥없이 나가떨어졌다.

떨어져 나간 철시가 바닥에 비수처럼 꽂혔다.

파파파팟!

세상에 쏜살을 쳐낼 수 있는 무인은 많다.

하지만 그건 일정한 거리를 두었을 때의 얘기다.

이처럼 가까운 거리에서 공력이 담긴 철시를, 그것도 소나기처럼 퍼붓는 철시를 튕겨낼 무인은 많지 않았다.

상황이 다급하다고 판단했는지 사방에서 그림자들이 하늘로 솟구쳐 올랐다.

순식간에 파란 하늘을 십여 개의 인영이 가득 채웠다.

이번엔 검수들이었다.

동시에 한 인영으로부터 시작된 검은 줄기가 용악산의 머리 위로 좌악 뻗었다.

줄기는 허공에서 사방으로 비산하더니 커다란 그물로 변했다.

용악산은 낚아챈 철시로 그물의 좌우를 길게 찢었다.

까라라라랑!

하지만 강맹한 불꽃만 튀길 뿐 그물은 전혀 잘리지 않았다.

"구혼망(拘魂網)!"

혼백까지 옭아맨다는 강호 십대 기물 중 하나였다.

흑잠사(黑蠶絲)를 씨줄과 날줄로 엮어 그 어떤 도검에도 찢

겨지지 않는다는 기물 중의 기물.

하지만 그게 끝이 아니다. 구혼망을 이루고 있는 흑잠사는 몸에 닿는 순간 피부를 태우면서 눈 깜짝 할 사이에 생살을 파고드는 지독한 물건이었다.

허공에 좌악 펼쳐져 떨어지는 구혼망의 위쪽에도 십여 개의 검수들이 날카로운 검을 준비하고 있었다.

돌연 용악산의 손바닥에서 강력한 바람이 일기 시작했다.

하늘하늘 움직이는 손동작을 따라 바람은 강력한 소용돌이로 변했다.

그 중심은 용악산. 세상의 모든 것을 빨아올릴 듯한 회오리 바람은 한 마리 용이라도 된 것처럼 위용을 뿜었다.

풍룡장(風龍掌)!

마도백가의 무공이었다.

수백 년 전 장법의 새로운 영역을 넓혔다는 평가를 받았던 구유신마(舊遊神魔)의 무학.

하지만 당금무림에서 그것을 알아볼 수 있는 사람은 아무도 없었다.

한 마리 풍룡의 기세에 구혼망은 떨어져 내리지 못했다.

오히려 허공에서 얽혀 들며 검수들의 움직임을 방해했다.

구혼망은 순식간에 용악산의 통제에 들어와 있었다.

그때 여자가 갑자기 손을 들었다.

그러자 동귀어진이라도 할 것처럼 달려들던 검수들이 구혼망을 거두고는 일제히 물러갔다.

"고집이 세시군요."

"경우에 따라."

"홍설주예요. 사람들은 서문홍주(西門紅蛛)라 불러요. 저도 그게 편하고요."

서문은 이곳의 지명이었다.

홍주는 붉은 거미라는 뜻인데 저렇게 아름다운 여자에게 어찌하여 그런 섬뜩한 별호를 안겼을까?

아마 돈이 될 만한 곳이라면 사방팔방에 거미줄처럼 손을 뻗쳐서가 아닐까?

"비파랑이오."

"알고 있어요. 서동에서는 제법 유명하다죠?"

그녀는 슬며시 웃더니 나뭇가지 사이로 걸었다.

걸어가는 와중에도 계속해서 꽃잎을 주워 바구니에 담았다.

용악산도 적당한 거리를 유지한 채 그녀와 함께 걸었다.

"백목련이라는 꽃이에요. 다른 목련보다 한 달 정도 일찍 개화를 하죠. 개화를 막 시작한 지금이 가장 아름다울 때예요."

그녀는 잠시 허리를 펴 이마에 흐르는 땀을 손등으로 닦으며 말을 이었다.

"휴우. 오늘 아침에도 주웠는데 돌아보면 또 이렇게 떨어져 있네요."

말을 하면서 또 살포시 미소를 지었다.

그녀는 놀라운 신분에 걸맞지 않게 소박하고 단아했다.

그러면서도 누구도 흉내 낼 수 없는 묘한 매력을 지니고 있었다.

은서령과 공화연이 막 피기 시작한 꽃이라면 그녀는 이미 활짝 피어 아름다움이 무르익을 대로 무르익은 꽃이랄까?

그 모습 어디에서도 창기의 핏줄이라는 흔적은 찾아볼 수가 없었다.

오히려 명가의 여인처럼 고고한 기품이 흘러나왔다.

물론 창기의 핏줄과 명가의 핏줄이 따로 있는 건 아니었지만.

"꽃잎은 왜 줍는 겁니까?"

용악산이 물었다.

이미 땅에 떨어진 꽃잎을 애써 줍는 이유를 알 수가 없었기 때문이었다.

"피어날 땐 세상에서 가장 아름답지만 지고나면 제일 지저분해지는 게 목련이에요."

용악산은 목련꽃이 어쩐지 기녀들의 일생을 닮았다는 생각을 했다.

인생의 가장 아름다운 순간에 꽃으로 피었다가 한순간 시들어져 버리는.

"개파를 하실 작정이라고요?"

그녀가 정곡을 찌르고 들어왔다.

"그렇소."

"쉽지 않을 거예요."

"알고 있소."

"아뇨, 공자께서는 모르고 있어요."

"……?"

"항주에서 개파를 하기 위해선 두 가지 문제를 해결해야 하죠. 첫 번째는 경제적 문제고, 두 번째는 정치적 문제예요. 하지만 사실 두 개는 한 가지 문제죠. 저를 찾아온 걸 보면 이미 경험하셨을 테죠?"

"그렇소. 어려움도 충분히 알고 있고."

"내가 모른다고 한 건 문제 자체가 아니라 그 문제가 지니고 있는 위험성이에요."

"……?"

"더 이상 나가면 죽어요."

"항주무림이 그렇게까지 경계를 하는 이유가 무엇이오?"

"설마 무관이 서동에만 있다고 생각하는 건 아니겠죠?"

"다른 곳의 무관들도 개파를 원한다는 뜻이오?"

"자신의 미래에 선을 그어놓는 사람은 없죠. 특히 칼에 뜻을 둔 무인들은요."

뜻밖의 이야기였다. 확실히 거기까진 생각해 본 적이 없었다.

다들 힘에 억눌려 현실에 안주하고만 있을 줄 알았는데. 다른 무관들도 개파를 꿈꾸고 있었을 줄이야.

하지만 듣고 보면 충분히 수긍이 가는 이야기였다.

세상에 꿈이 없는 사람은 없으니까. 다만 힘든 현실이 꿈을 꾸지 못하게 할 뿐.

"항주는 군웅들이 웅크리고 있는 곳이에요. 산 하나에 수많은 맹수들이 살고 있는 셈이죠. 항주의 보잘것없는 무관들도 내실을 따지고 보면 범상치 않은 고수들을 품고 있는 곳이 많아요. 그런데 금룡관이 처음으로 개파를 하려고 해요. 기득권을 가진 사람들의 눈에는 나쁜 선례가 남겠죠? 더구나 당신들은 이전의 다른 무관들과 달리 제법 그 가능성이 보여요."

"힘에 굴복해 뜻을 굽히고 싶진 않소."

"당신들이 선택할 수 있는 건 많지 않아요. 둘 중에 하나죠."

"……?"

"그냥 이름난 무관으로 머물러 있던가, 아니면 용무관처럼 바람막이가 되어줄 고목을 찾든가."

"용무관이 힘이 되어줄 문파에 줄을 댔단 말이오?"

"용무관주는 무림맹에 적지 않은 정성을 쏟았어요. 세 아들을 정마대전에 바치고 구문룡을 절강오룡 중 하나로 만든 것만 봐도 알 수 있지요. 항주무림이 아무리 폐쇄적이라고 하지만 정마대전에 공이 큰 무관에게까지 대놓고 핍박하기에는 부담스럽죠. 그건 좀 더 복잡한 정치적인 문제예요. 물론 이제는 소용없는 일이 되었지만."

상황이 정말 복잡했다.

거추장스러울 수 있는 용무관을 제거해 주었으니 오히려 쌍수를 들어 환영해야 옳지 않은가.

하지만 이제는 그 용무관을 제거했다는 이유로 자신들을 경계하고 있었다.

두 사람 사이에 잠시 침묵이 지나갔다.

어떤 면에서 이건 모욕이었다.

개파를 하지 말거나 개파를 하려거든 용무관처럼 뒷배를 빌리란다.

그렇게 되면 금룡관의 정체성은 사라지고 없는 것이다.

"나를 시험하는구려."

"부인하지 않겠어요. 하지만 진심이기도 해요."

"그럼에도 불구하고 개파를 강행한다면 나를 도와주겠소?"

"이건 내게도 상당한 부담이에요. 다른 문파들과의 관계를 악화시키면서까지 당신들과 손을 잡는 것 말이에요."

"내가 그만한 것을 내놓아야 한다는 말이 되겠군."

그때쯤에 그녀는 다섯 번째 나무를 지나고 있었다.

한 나무 아래서 꽃잎을 모두 주우면 다른 나무로 이동하는 식이었다.

"환희방을 되찾아주겠소."

"……!"

서문홍주는 상당히 충격을 받은 듯했다.

여태까지 한 번도 흔들리지 않던 그녀의 눈동자가 흔들렸다.

용악산은 하풍달에게서 환희방의 탄생과 하오문과의 관계를 듣는 순간 그들이 처한 상황을 알아차렸다.

그리고 지금 서문홍주를 만난 후 그녀가 기대했던 것 이상으로 그릇이 큰 여자라는 걸 직감했다.

그녀는 절대 환희방을 하오문의 예하 조직으로 놔둘 위인이 아니었다.

"당신이 지금 한말… 얼마나 위험한 말인지 알고 있나요?"

"두렵소?"

용악산은 오히려 되물었다.

환희방을 되찾는다는 것은 하오문과의 정면 대결을 의미했다.

항주 변두리의 일개 무관 정도는 하루아침에 멸문시켜 버릴 수 있는 저력을 가진 곳이 하오문이었다.

힘이 아닌 다른 방식으로 하자면 중원의 어지간한 문파도 하오문의 눈치를 보지 않을 수 없었다.

그런데 용악산은 오히려 서문홍주에게 두렵냐고 물었다.

자신들의 안위는 전혀 걱정을 하지 않는 말투였다.

"왜 그렇게까지 개파를 하려는 거죠?"

"세상에서 가장 강한 문파를 세울 것이오."

"……!"

그녀는 아무런 말을 하지 않고 계속해서 용악산을 바라보기만 했다.

용악산 역시 그녀의 시선을 피하지 않았다.

그녀의 눈이 용악산의 마음속까지 들어와 모든 걸 읽는 것 같았다.

맹세코 이런 눈빛은 처음이었다.

이윽고 그녀가 입을 열었다.

"하오문에게서 환희방을 독립시키는 건 불가능해요. 마치 손을 대지 않고 이 꽃잎들을 한 곳으로 모으는 것만큼이나 말이죠."

그 순간 놀라운 일이 벌어졌다.

백여 그루의 나무에서 떨어져 있던 꽃잎들이 하나둘씩 허공으로 두둥실 떠오르기 시작한 것이다.

수천수만 개의 꽃잎이 허공을 가득 메우자 정원은 함박눈이라도 내리는 듯 온통 하얀색으로 변했다.

"능공섭물!"

서문홍주가 낮은 탄성을 내질렀다.

세상에 능공섭물을 펼칠 수 있는 고수가 몇 명이나 될까?

사람들은 강호를 저 아래에서부터 그물질하면 무신에 육박하는 은거기인이 열 명은 나올 거라고들 한다.

거기에 구대문파나 오대세가에도 서너 명씩은 있을 것이다.

전통적인 강호의 명가 출신들 중에는 세상을 등지고 초야에 묻혀 사는 장로들도 많으니 어쩌면 더 많을 수도 있었다.

하지만 항주로 국한해서 보자면?

항주무림은 잠룡들이 많이 웅크린 곳이니 다섯은 나오지 않을까?

당장 생각할 수 있는 강자만 해도 구룡장주, 북천문주, 홍인방주, 야천왕 등이 있겠다.

비록 항주인은 아니지만 항주의 정치, 경제에 막대한 영향을 미치고 있는 해왕문의 문주도 가능하지 않을까?

하지만 그런 사람들은 모두가 공력이 일 갑자 이상의 노강

호들이었다.

지금 눈앞에 있는 저런 젊은 청년들 중에는 결단코 없다고 할 수 있었다.

서문홍주가 놀라고 있는 사이 꽃잎은 깃털처럼 고요하게 한쪽 방향으로 움직였다.

그리고 곧 서문홍주의 몸을 에워싸고 돌다가 그녀의 손에 들린 바구니 속으로 빠르게 들어가기 시작했다.

화라라라락…….

순식간에 수북하게 쌓인 꽃잎은 물처럼 넘쳐 바구니 아래로 떨어졌다.

그녀의 주변이 온통 꽃잎으로 쌓였다.

이윽고 작은 소동이 가라앉고 정원은 깨끗해졌다.

"항주제일의 장원을 지어주겠소?"

용악산이 아직도 놀란 얼굴을 거두지 못하고 있는 서문홍주를 향해 말했다.

서문홍주는 잠시 그윽한 눈으로 용악산을 바라보더니 무거운 입을 열었다.

"당신이 꿈꾸는 세상과 내가 꿈꾸는 세상이 같았으면 좋겠군요."

第八章

북망동의 은거고수들

天山刀客

은서령이 한 말을 두고 갑자기 옆 탁자에서 말을 걸어온 사람은 서른 중반 가량의 중년인이었다.

칼자국이 왼쪽 귀밑에서 시작해 콧등을 지나 오른쪽 아래턱까지 이어졌다.

그 때문에 보기만 해도 섬뜩한 인상을 풍겼다.

중년인의 곁에는 그 못지않게 섬뜩한 칼잡이들이 다섯 명이나 더 있었다.

대낮인데도 불구하고 검은 죽립을 눌러쓴 사내들이었는데 그 때문인지 어둡고 침침한 분위기가 폴폴 풍겼다.

그 모습에서 그들이 살아온 세상의 일면을 엿볼 수 있었다.

어둠의 세계에서 온 자들, 무림인들이 흔히 흑도라고 부르는 자들.

하풍달의 예상대로 그들은 진짜 흑도였다.

자칭 흑도랍시고 약자들의 주머니나 터는 주먹패들과는 차원이 다른 고수들.

"아, 죄송합니다."

하풍달이 황급히 일어나서 포권을 했다.

"하하. 뭐 미안할 것까지야. 술이 한 잔 두 잔 오가다 보면 언성이 높아질 수도 있지."

중년인은 의외로 호탕하게 나왔다.

"이해해 주셔서 감사합니다."

하풍달은 연거푸 공손한 태도를 유지했다.

은서령은 불길한 예감이 들었다.

사실 그녀의 말은 그다지 크지 않았다.

처음 이곳에 들어올 때부터 저들은 힐끔힐끔 곁눈질을 하며 자신을 훔쳐보고 있었다.

결국 일부러 말을 붙일 수 있는 빌미를 기다렸던 것이다.

생긴 거나 행색으로 미루어볼 때 여간 위험한 사람들이 아니었다.

"그나저나 못 보던 사람들인걸?"

"서동에서 왔습니다."

"서동? 아, 거기가 요즘 시끄럽다지?"

"……?"

"듣자 하니 코딱지만 한 무관들끼리 칼부림이 있었다던데."

"…그렇다고 하더군요."

"후후. 무관들끼리 칼부림 해봤자 애들 싸움이지. 그건 싸움 축에도 못 껴. 자자, 이렇게 만난 것도 인연인데 내 술 한 잔 받지."

중년인은 술병을 들고 일어나더니 양해도 구하지 않고 덥석 합석을 했다.

곁에서 보고 있던 은서령과 공춘보는 인상을 있는 대로 찌푸렸다.

하풍달도 표정이 굳었지만 사태를 확대시키고 싶지 않은 마음에 술잔을 내밀었다.

돌돌돌…….

한데 술잔에 담기는 술은 평범한 술이 아니었다.

"혈홍주(血紅酒)!"

공춘보의 입에서 신음이 새어 나왔다.

사람의 생피에 칠채금사(七彩金蛇)라는 독사의 독을 섞어 발효시킨다는 선홍빛 술이었다.

한 잔이면 과거를 잊고 두 잔이면 인간사 모든 근심 걱정을 잊는다고 해서 망염주(忘念酒)라고도 불렸다.

근심 걱정은 이성의 영역이다.

그것들이 사라지고 나면 원초적인 본성만 고스란히 남게 된다.

제아무리 선한 사람도 흉폭하게 변하는 것이다.

때문에 흑도방파들은 적대적인 상대 방파와 일전을 겨룰 때 자신들의 피를 섞어 만든 혈홍주로 피의 의식을 치르기도 했다.

혈홍주는 일종의 독주(毒酒)였다.

"이 친구, 생긴 것처럼 술을 좀 아는 군."

중년인이 공춘보를 보며 말했다.

공춘보는 아직도 뜨악한 표정을 감추지 못하고 있었다.

"하하하. 걱정 마시게. 북망동이 아무리 험악한 곳이라고 해도 설마하니 사람의 피를 가지고 만들었겠나."

그러면서도 무슨 피로 만들었는지는 말하지 않았다.

하풍달은 딱딱하게 굳은 표정으로 잠시 술잔을 바라보더니 기어이 단숨에 들이켰다.

지켜보던 사람들의 표정이 일그러졌다.

보기만 해도 비릿한 피 냄새가 풍기는 것 같았다.

술을 넘긴 하풍달은 고통스런 표정을 지었다.

혈홍주는 내공이 약한 사람이 마시면 장기를 태워 버릴 정도로 독한 술이었다.

"하하. 젊은 친구가 생각보다 강단이 있구만. 좋아. 북망동을 찾아올 정도면 그 정도는 돼야지. 난 혼마왕(魂魔王)이라고 하네. 북망동의 형제들이 과분한 별호를 붙여주었지. 저 친구들은 서천오살(西天五殺)이라고 하지. 생긴 건 저래 보여도 순한 친구들이라네. 아, 그러지 말고 자네들도 이리 오지."

중년인의 말에 옆 탁자에 있던 다섯 명까지 합석을 했다.

혼마왕과 서천오살.

그 말을 듣는 순간 사람들은 머리끝이 쭈뼛하지 않을 수 없었다.

혼마왕은 독보강호하던 마인이었다.

세상에 마도가 천마신교만 있나? 서쪽의 고산지대와 북쪽의 대막에서 창궐한 대여섯 개의 마교를 비롯해 중원 전역에는 크고 작은 마도 집단들이 산재해 있었다.

다만 그들은 구파일방과 오대세가로 대표되는 중원의 기존 질서에 위협이 될 정도로 세력이 강하지 않았을 뿐이었다.

그중 혼마왕은 그 어느 쪽에도 속하지 않은 마인으로 주로 서쪽 지방에서 악명을 떨쳤다.

서천오살 역시 마인은 아니지만 잔인한 손속으로 서쪽 일대에서는 악명을 떨친 강자들이었다.

모두 비슷한 시기에 무림공적으로 몰려 한동안 무림맹의 추적을 받는다더니 이곳 북망동에 숨어 있었던 것이다.

빌어먹을 북망동. 이럴 때 보면 세상에서 가장 먼저 없어져야 할 곳이 이곳이지 않나 싶었다.

공춘보는 마른침만 꼴깍꼴깍 삼키고 있었고 은서령은 얼굴에서 핏기가 가셨다.

표자룡은 굳게 다문 입술로 형형한 눈빛을 빛내고 있었다.

오직 순박한 표정의 채홍만만이 호기심 어린 눈빛으로 혼마왕과 서천오살을 구경하고 있을 뿐이었다.

하풍달은 정신이 번쩍 들었다.

지금이라도 저들을 물려야 했다.

"대인, 죄송하지만 저희들끼리 긴한 얘기를 하던 중이라⋯⋯."

하풍달로서는 젖 먹던 힘까지 쥐어짜서 한 말이었다.

"⋯⋯?"

순간 혼마왕의 눈동자에 진한 살기가 생겨났다.

사람들의 등골에 서늘한 한기가 지나가는 것도 동시였다.

하지만 혼마왕은 이내 살기를 거두고 웃으면서 말했다.

"후훗. 알았네. 강호의 선배로서 후배들을 곤란하게 하는 것도 좋은 모습은 아니지."

그는 순순히 받아들이는 듯했다.

하지만 행동은 전혀 그렇질 않았다.

"자자. 그런 의미에서 내 술 한 잔씩들 받으라고. 그냥 가면 내 손이 너무 부끄럽지 않은가. 하하하."

이번엔 은서령을 향해 술병을 내밀며 말했다.

하지만 은서령은 꼭 다문 입술로 술잔을 들지 않았다.

"이런 이런, 젊은 사람이 따라주는 술이 아니라고 괄시를 하는군."

무시를 당했다고 생각했는지 혼마왕의 눈동자에선 은서령으로서는 감당할 수 없을 만큼의 살기가 쏟아져 나왔다.

독사와 맞닥뜨린 개구리처럼 은서령은 혼마왕의 기도에 짓눌려 옴짝달싹할 수 없었다.

그때 표자룡이 손을 뻗어 은서령의 술잔을 가로채며 말했다.

"내가 마시겠소."

혼마왕은 표자룡을 한동안 응시하더니 말했다.

"눈빛이 좋군."

돌돌돌…….

이번에도 선홍빛 혈홍주가 술잔에 가득 담겼다.

표자룡은 일말의 망설임도 없이 술잔을 입안에 탁 털어 넣었다.

술잔을 내려놓는 순간에도 표정은 전혀 변하지 않았다.

하지만 지금쯤 목구멍에선 불이 나고 있을 것이다.

"좋아, 좋아. 모처럼 기백이 있는 친구들을 만났어. 하하하."

그러면서 혼마왕은 남은 혈홍주를 술 병째 들어 벌컥벌컥 들이켰다.

기겁을 할 정도였다.

제아무리 대단한 공력의 소유자라고 해도 저 정도로 마시면 속에서 화기가 잔뜩 끓어오를 것이다.

사람들은 점점 긴장했다.

두 잔만 마셔도 본성이 드러난다는 술인데 한 병을 통째로 비웠으니 그가 어떻게 나올 것인가.

"카아. 오늘 따라 술맛이 좋군. 맘에 드는 젊은이들을 만나서 그럴 거야. 하하하."

아무도 반응을 하지 않았다.

이미 자리를 피해 달라는 뜻은 전했고 그가 알아서 사라져

주기를 바라는 것이다.

어떤 식으로든 반응을 하면 그가 다시 빌미를 잡아 대화를 이어갈 것이므로.

하지만 그가 알아서 피해줄 가능성은 없어 보였다.

"그런데 그거 아나?"

"……?"

"난 다른 사람의 말을 들어본 적이 없어."

말을 하던 혼마왕이 갑자기 허리춤에서 핏빛 혈염도를 뽑아 탁자 위에 올려놓았다.

"지금 뭘 하자는 겁니까?"

표자룡이 착 가라앉은 목소리로 물었다.

"내 평생의 신조를 꺾으려면 그만한 기백을 보여야지 않겠는가? 그래야 북망동 형제들 앞에서 내 체면이 서지."

"대, 대인!"

하풍달이 말까지 더듬으며 나섰지만 소용없었다.

"무인의 기백이란 두려워하지 않는 것이 아니라 두려움을 극복하고 도전하는 것이네. 자, 누가 그런 기백을 보이겠는가? 자네들에게 그만한 기백이 있다면 내 선배 된 도리로 순순히 물러나지."

이건 도리도 뭐도 아니다.

말은 선배가 후배에게 가르침을 주려는 것처럼 번지르르하게 포장을 하지만 감히 자신을 능욕했으니 살려두지 않겠다는 소리였다.

혼마왕은 자신과 싸운 사람을 멀쩡하게 살려서 돌려보내지 않는다는 신조도 있었으니까.

당장에라도 한바탕 싸움이 일어날 듯하자 주루 안의 사람들이 모두 이쪽으로 시선을 주었다.

"대인, 이러실 필요까지는 없지 않습니까? 언짢으신 일이 있었다면 제가 대신 사과드리겠습니다."

하풍달이 다시 자리에서 일어나 공손히 허리까지 굽히며 말했다.

"하하, 이거 왜 이러는가? 누가 보면 내가 어린아이들을 핍박하는 줄 알겠구면."

"쯧쯧쯧. 혀를 잘도 굴리는구나."

"감히 어떤 놈이!"

갑자기 들려온 소리에 혼마왕이 혈염도를 집어 들며 뒤를 돌아보았다.

목소리의 주인공은 비쩍 마른 체형에 기형검을 든 초로인이었다.

그는 막 주루로 들어서던 참이었다.

"고… 선배!"

혼마왕의 표정이 갑자기 어두워졌다.

초로인은 지옥혈마 고독룡이었다.

용악산과 함께 북망동을 들어오다 골목에서 만났던 사람.

"어지간하면 그냥 넘어가지?"

"선배께서 참견하실 일이 아닙니다."

"참견?"

지옥혈마의 표정이 묘하게 뒤틀렸다.

순간 실언을 했음을 깨달은 혼마왕의 얼굴이 딱딱하게 굳었다.

하지만 혈염도를 잡은 손에서 힘을 빼지 않았다.

주루 안에는 지켜보는 사람들이 많았다.

지옥혈마를 두려워하기는 하나 순순히 굴복하지는 않겠다는 뜻이 역력했다.

지옥혈마가 혼마왕을 향해 한 걸음 다가섰다.

혈염도를 쥔 혼마왕의 손에 더욱 힘이 들어갔다.

지옥혈마가 두 걸음을 옮겼다.

혼마왕이 슬쩍 다리를 벌렸다.

"말해봐. 방금 참견이라고 했어?"

"형제들이 보고 있습니다. 제 체면도 좀…….."

"감히 내 앞에서 체면을 말한단 말이지."

말을 하는 순간 지옥혈마와 혼마왕의 거리는 어느새 대여섯 걸음으로 좁혀졌다.

지켜보는 은서령 일행은 심장이 쿵쾅거렸다.

아무리 통제되지 않는 강호의 골칫덩이들이라지만 이 짧은 순간에 이렇게 시비가 격화될 수가 있나.

더구나 자기들끼리는 엄연함 북망동의 한 식구들이 아닌가.

이래서 무림공적이라고 하는 걸까?

저들은 도저히 대화나 타협을 모르는 인간들이었다.

한편 혼마왕은 지금이라도 결정을 해야 했다. 무릎을 꿇을 것인지 아니면 맞서 싸울 것인지.

물론 대화로 해결할 가능성도 있다. 하지만 이곳이 북망동이라는 것을 상기해야 했다.

상식과 예법이 통하지 않는 곳. 막연한 기대감에 시간을 끌었다가는 마지막 기회까지 잃어버릴지 모른다.

마지막으로 자신에겐 서천오살이 있었다.

비록 지옥혈마가 자신보다 윗줄의 고수이기는 하지만 서천오살이 도와준다면 꺾는 것도 무리는 아닐 것이다.

더구나 지옥혈마와는 몇 차례 껄끄러운 일이 있었다.

꼭 이번의 일이 아니어도 둘 중 누가 먼저 뒤통수를 노려도 이상하지 않은 관계.

지옥혈마가 별일 아닌 것에 이렇게 시비를 걸어오는 것도 자신과 똑같은 생각에서일 것이다.

이참에 꺾어야 한다. 그리고 기왕 꺾을 바에야 확실히 명줄을 끊어놓아야 했다.

결국 혼마왕은 후자를 선택했다.

파앙!

핏빛 혈염도가 대기를 찢으며 허공을 갈랐다.

한순간 허공이 붉은 핏물로 가득 찬 것처럼 보였다.

혼마왕의 절기 혈염공(血染功)이 펼쳐지는 순간이었다.

중원 서쪽을 피로 물들였다는 희대의 마공.

핏빛 혈선은 정확히 지옥혈마의 신형을 반으로 갈랐다.

그런데 놀랍게도 지옥혈마는 그대로 혈염도를 관통해 혼마왕을 지나치는 것이 아닌가.

털썩.

바닥에 쓰러지는 것은 혼마왕이었다.

그의 신형이 머리끝에서부터 사타구니까지 두 쪽으로 갈라져 있었다.

찰나의 순간, 일초반식의 공방도 없이 벌어진 일이었다.

"……!"

"……!"

"……!"

은서령 일행은 너나할 것 없이 경악을 금치 못했다.

세상에 이런 무공이 있다는 소리는 듣도 보도 못했다.

혼마왕이… 혼마왕이 단 일 초에 쓰러지다니.

지옥혈마의 가공할 무공에 기가 질려 숨소리조차 제대로 내지 못했다.

특히 표자룡의 경우가 그랬다.

나름대로 환검의 초입을 봤다고 자부했는데 자신이 가야 할 길은 아직 멀고도 멀었다.

일초에 혼마왕을 죽인 지옥혈마가 뒤를 홱 돌아보았다.

뒤에는 혼마왕을 도우려던 서천오살이 검을 반쯤 뽑아 든 채로 서 있었다.

"그거 뽑을 거야?"

지옥혈마의 무서운 목소리가 흘러나왔다.

서천오살은 잠시 갈등했다.

이곳 북망동에서 살아남는 방법은 여러 가지가 있었다.

첫 번째는 강자에게 빌붙어 사는 것, 두 번째는 비슷한 실력을 지닌 자들끼리 어울려 사는 법, 세 번째는 오로지 혼자 살아남는 것.

세 번째의 경우는 당연히 그만한 실력이 뒷받침되어야 가능했다. 최소한 지옥혈마처럼 북망동 십대고수의 반열에 들 정도로 말이다.

서천오살은 두 번째 방법을 택했다.

때문에 혼마왕과 오랜 시간을 함께했지만 그를 위해 목숨을 바치고 싶은 마음은 추호도 없었다.

"저희가 어찌 감히⋯⋯."

서천오살이 동시에 검을 집어넣고 무릎을 꿇었다.

북망동에서 만큼은 강자 앞에서 철저히 굴종해야 천수를 누릴 수 있다.

"버러지 같은 놈들. 저놈이나 데려가."

서천오살은 찍 소리 한번 못하고 쓰러진 혼마왕의 시체를 들고 사라졌다.

그들이 사라지자 구경을 하던 술꾼들도 모두 자리에 앉았다.

이런 일이 비일비재한 듯 사람들은 그다지 놀란 얼굴도 아니었다.

모든 게 생소한 은서령 일행으로선 기가 질릴 뿐이었다.

"감사합니다, 어르신."

하풍달이 지옥혈마를 향해 넙죽 인사를 했다.

어쨌거나 그로 인해 위험한 고비를 넘겼다.

"고마워할 것 없어. 네놈들 때문에 혼마왕을 죽인 게 아니니까."

"……?"

"저 녀석. 전부터 나랑 사이가 안 좋았어. 새파랗게 젊은 놈이 별호에 왕(王) 자를 붙인다는 게 말이 돼?"

"그, 그렇군요."

"한데 여긴 왜 왔지?"

"환희방주를 만나러 왔습니다."

이렇게까지 된 마당에 하풍달은 더 이상 지옥혈마의 눈을 속일 수 없다고 생각했다.

딱히 속일 이유도 없었다.

"환희방주를… 아나?"

지옥혈마는 갑자기 환한 표정을 하며 물었다.

"직접적으로 아는 건 아니지만 어찌어찌 인맥이 닿았습니다."

"호오. 그래?"

지옥혈마는 반색을 하며 의자를 잡아당겨 앉았다.

이번에도 양해를 구한다거나 하는 따위의 예법은 찾아볼 수도 없었다.

지옥혈마는 자신 같은 고수가 동석을 하는 것쯤은 당연하다는 듯 자리를 잡고 물었다.

"그래서 환희방주는 만나 봤고?"

"제가 아니라, 저의 사형께서 지금 접견 중이십니다."

"이런 이런, 내가 한발 늦었군. 이럴 줄 알았으면 아까 자네들을 만났을 때 함께 오는 건데 말이야."

지옥혈마는 무척이나 아쉬워했다.

하풍달은 점점 불안해지는 마음을 떨칠 수 없었다.

그의 불안은 점점 현실로 다가왔다.

"그나저나 환희방주가 오래전 청연이라는 기녀의 혈육이 맞는가?"

"저도 소문으로만 들어서…."

"……?"

지옥혈마의 낯빛이 갑자기 차갑게 굳었다.

"자네 날 경계하고 있군."

"그, 그럴 리가요. 전 다만 확실치 않은 소문이라서 함부로 말씀드리기 어려울 뿐입니다."

지옥혈마는 잠시 의심스러운 눈초리를 하더니 말을 이었다.

"청연은 오래전 나도 한 번 본 적이 있지. 봄바람 같은 그녀의 미소를 보고 있노라면 세상사 모든 부귀영화가 부질없게 느껴졌지. 후훗. 진정 내 평생 그런 여자는 처음이었지. 아아, 그녀를 다시 한 번 볼 수 있으면 좋으련만."

옛 생각이 나는 듯 지옥혈마는 한동안 우수에 잠겼다.

청연이라는 기녀의 미모가 어느 정도였기에 지옥혈마 같은 냉혈한이 저렇게 말을 할까.

사람들은 청연이라는 여자에 대해 궁금해하면서도 한편으로는 저 나이에 젊은 후배들 앞에서 여자 타령이나 하고 있는 지옥혈마가 주책맞게 느껴졌다.

하지만 지옥혈마는 그런 것 따위는 전혀 신경 쓰지 않았다.

그가 갑자기 하풍달을 향해 물었다.

"제 어미를 닮았다면 필시 미인이겠지?"

"그, 글쎄요."

"다리를 놔줄 수 있겠나?"

"예?"

"쓸데없이 말을 여러 번 하게 만드는 습관이 있군."

부드럽게 말을 하다가도 어느 순간 태도가 돌변하는 지옥혈마였다.

동시에 환희방주를 만나게 해 달라는 지옥혈마의 말이 주루 안의 사람들 관심을 단번에 끌어당겼다.

하풍달이 우물쭈물하는 동안 공춘보가 은서령에게 전음으로 물었다.

[다들 왜 저러는 거야? 환희방주를 못 만나서 안달이 난 표정들인데?]

정작 자신이 그러면서도 남들이 그러는 건 이상한 모양이었다.

[환희방주가 비록 이곳 북망동에 있지만 그녀를 본 사람은 몇 명 되지 않아요.]

[응? 아니 왜?]

[나도 잘 몰라요. 소문에는 열 살 이후로는 장원 바깥으로 나온 적이 없대요.]

[이상한 여자네.]

[아마도 청연이라는 여자와 관련이 있지 않나 싶어요.]

그녀는 어렸을 때부터 자신의 어미가 어떻게 죽었는지 귀에 못이 박히도록 들었다.

그래서 그런지 바깥세상으로는 한 발 자국도 나가지 않았다.

많은 사람들이 그녀를 만나기 위해 환희방의 문을 두드렸지만 그녀는 단 한 번도 만나주지 않았다.

일 때문에 만나기를 청한 사람들도 총관 도쟁선을 통해 지시를 하는 경우가 대부분이었다.

견물생심이라고 했다.

아름다운 꽃이 향기를 풍기면 반드시 꺾으려는 자가 생기는 법이다.

더구나 천한 기녀 출신이니 그녀를 꺾으려는 사람이 한둘이겠는가.

무엇보다 그녀는 자신으로 인해 이런저런 탈이 생기는 게 싫었다.

그녀는 어미와 같은 일생을 살고 싶지 않았다.

사정이 그러니 그녀에 대한 소문은 부풀릴 대로 부풀려졌다.

청연을 빼닮았다더라. 아니다, 청연보다 훨씬 더 아름답다

북망동의 은거고수들 219

더라. 사파의 고수가 밤마다 찾아온다더라. 황제의 밀사가 그녀의 미색을 확인하기 위해 다녀갔다더라 등등.

심지어 그렇게 아름다운 여자가 북망동이라는 이 험악한 곳에서 어떻게 아직도 꺾이지 않고 있는지를 두고 의심을 하는 자들도 있었다.

북망동의 사람들은 하나같이 통제되지 않는 물건들.

담장을 넘어도 백 번을 넘었을 사람들이지 않는가.

[환희방주가 야천왕의 여자라는 소문이 있어요.]

은서령이 전음으로 전해준 말이었다.

[으에? 야천왕은 늙은이잖아?]

[그러니까 사내들은 다 똑같다는 거죠. 공 사형은 뭘 안 그런 척하세요?]

[……!]

공춘보와 은서령이 전음으로 대화를 나누는 순간 지옥혈마는 하풍달을 더욱더 구석으로 몰아넣고 있었다.

"그러니까 자네 말은 죽어도 내 부탁을 못 들어주겠다."

"어르신, 거듭 말씀드리지만 그건 제 능력 밖의 일입니다."

"자네 입으로 분명 인맥이 있어 사형을 만나게 해주었다고 말했다. 그런데도 능력 밖이라?"

"그건 사흘 전부터 사정을 하여……."

"자네 나를 아주 몹쓸 늙은이로 만드는구먼."

"그, 그게 무슨……?"

"난 그녀의 어미와 인연이 있었던 사람이네. 그런 내가 그

딸아이를 만나 보고 싶다는 게 그리 흉한 일인가?"

지옥혈마의 목소리가 점점 살기를 띠었다.

심리적으로 은근히 압박을 해오고 있는 것이다.

"그, 그런 뜻이 아닙니다."

하풍달은 사색이 되어 어쩔 줄을 몰라했다.

지옥혈마가 제아무리 포장을 해도 이건 억지였다.

지옥혈마는 한동안 안광을 폭사하며 하풍달을 노려보다가
말을 했다.

"정 그렇다면 할 수 없지."

"이해해 주셔서 감사합니다. 어르신."

"그런데 이 아인 누군가?"

여태 환희방주를 찾던 지옥혈마가 갑자기 은서령에게 호기
심을 보였다.

더욱더 불안해지는 순간이었다.

"저의 사매입니다. 금룡관주의 외동딸이지요."

하풍달은 일부러 금룡관을 팔았다.

함부로 행동하면 무관 전체를 상대해야 할 거라는 은근한
경고.

하지만 지옥혈마는 그런 것 따윈 안중에도 없었다.

"인물이 제법 반반하군."

지옥혈마의 시선이 은서령의 몸을 아래위로 훑었다.

"……!"

은서령의 얼굴이 참혹하게 일그러졌다.

혼마왕을 해결했다 싶더니 이번엔 더 강한 강자가 나타나 은근한 모욕을 주고 있었다.

"이렇게 만난 것도 인연인데 내가 술 한 잔 살까?"

"청은 감사하지만 사양하겠어요. 저희는 기다리는 사람이 있답니다."

은서령이 단호하게, 그러나 예의를 갖춰 거절했다.

"후훗. 제법 튕기는군. 아무렴. 꽃이라면 당연히 가시가 있어야 제맛이지."

이건 숫제 노골적으로 술시중을 들란 얘기다.

이놈의 북망동에는 정말 이런 놈들밖에 없는 걸까?

"어, 어르신. 제 사매는 그런 아이가 아닙니다."

하풍달이 떨리는 목소리로 말했다.

지옥혈마가 혼마왕을 단칼에 죽이는 걸 보고 더욱더 무서움에 떨었다.

"그런 아이 이런 아이가 따로 있나?"

지옥혈마의 낯빛이 차갑게 가라앉았다. 이젠 대놓고 핍박하고 있었다.

환희방주를 만나게 해주지 않으면 단단히 봉변을 줄 참이었다.

"말을 삼가십시오!"

표자룡까지 나섰다.

"말이 많군. 북망동에 들어왔으면 그 정도는 각오했어야지."

차앙!

표자룡이 은서령의 앞을 막아서며 검을 뽑아 들었다.

"에잇. 제기랄. 무슨 동네가 하나같이 이따위야!"

참다못한 공춘보도 칼을 뽑아 들었다.

"껄껄껄, 귀여운 놈들이구나."

지옥혈마의 신형이 순식간에 사라졌다.

표자룡이 그 궤적을 따라 황급히 검을 그었다.

무거운 중검 특유의 파공성이 귀청을 찢었다.

하지만 표자룡은 지옥혈마의 옷자락 하나 건드리지 못했다.

오히려 지옥혈마의 쌍장이 공춘보와 하풍달을 가격했다.

두 사람은 어떻게 맞았는지도 모르게 가슴에 일격을 맞고 나가떨어졌다.

단숨에 세 명을 제치고 은서령을 낚아채려던 지옥혈마를 막아선 사람은 채홍만이었다.

퍼엉!

지옥혈마의 육장을 가슴에 맞고도 끄떡없는 사내.

"……!"

채홍만은 놀란 표정을 짓고 있는 지옥혈마를 향해 씨익 웃어주고는 등에서 대초자곤을 쑥 뽑아 들었다.

그리고는 곧장 지옥혈마를 향해 휘둘렀다.

콰앙!

채홍만의 대초자곤에 탁자가 산산조각이 났다.

콰앙! 콰앙!

요리조리 피하는 지옥혈마를 따라 채홍만은 계속 대초자곤을 휘둘러갔다.

하지만 지옥혈마의 귀신같은 신법을 따라잡진 못했다.

그 사이에 지옥혈마는 세 차례나 연거푸 채홍만의 복부에 육장을 먹였다.

그러나 이 거대한 덩치는 꿈쩍도 하지 않았다.

지옥혈마가 결국 허리춤에서 쇠꼬챙이 같은 기형검을 뽑아 들었다.

표자룡과 공춘보, 하풍달이 협공을 하고 있는 와중에도 지옥혈마는 바람처럼 빠져나갔다.

그리고 기어이 채홍만의 무릎 아래에 기형검을 찔러 넣었다.

정확히 족삼리라는 혈이었다.

사람의 몸이 뼈와 살로 이루어진 이상 축이 무너질 수밖에 없는 요혈.

쿵!

채홍만이 한쪽 무릎을 꿇는 순간 표자룡의 검이 지옥혈마의 머리를 갈랐다.

공춘보와 하풍달은 양쪽에서 지옥혈마의 옆구리를 찔러갔다.

그러나 이번에도 세 사람이 자르고 찌른 것은 허상이었다.

"사매!"

표자룡이 고함을 질렀다.

어느새 은서령의 곁으로 바짝 다가간 지옥혈마가 은서령을 겁박하고 있었던 것이다.

은서령은 필사적으로 저항했다.

지옥혈마는 단칼에 은서령을 죽일 수도 있었지만 그러지 않았다.

그가 원한 것은 시체가 아니었으니까.

덕분에 은서령이 몇 초식이나마 버틸 수 있었다.

쾅!

그때 그림자 하나가 주루의 문을 부수며 날아들었다.

그림자는 눈 깜짝할 사이에 지옥혈마에게 달려들었다.

지옥혈마가 다시 검을 뽑아 들었고 순식간에 두 사람의 공방이 시작되었다.

쒜에애액! 까앙! 까앙! 쒜애애애액!

섬전처럼 빠른 칼과 검이 허공에서 부딪치고 불꽃을 튕겼다.

"대사형!"

지옥혈마에게서 벗어난 은서령이 용악산을 발견하고 소리를 질렀다.

그림자는 용악산이었던 것이다.

"오호, 네놈은 아까 저놈들과 함께 있던 놈이구나!"

"늙은이, 곱게 늙어야지 이렇게 추하게 늙으면 쓰나!"

용악산은 무공을 아끼지 않았다.

항주에 들어오고 난 후 칼을 뽑은 적이 있었던가?

지옥혈마는 중원을 격동시킬 정도의 강자이고 이런 자를 상
대할 때는 칼을 뽑을 수밖에 없었다.

　생각했던 대로 지옥혈마는 강했다.

　십보무적이라는 말이 노름으로 딴 게 아니라는 걸 보여주듯
섬전 같은 검을 구사했다.

　단순히 빠르기만 한 것이 아니라 섬전 속에 현란한 변초를
구사했다.

　검식엔 강기가 어렸고 살점을 저미듯 서늘하게 허공을 저몄
다.

　이미 빠름에 연연하지 않는 경지에 올랐다는 뜻.

　용악산은 패왕벽으로 응수했다.

　마도백가의 무공이지만 세상에 알려지지 않은 도법.

　죽은 대종사의 아홉 가지 절기 중 하나였다.

　마도대종사의 무공 중에 허술한 게 있을 리 있나.

　연이은 쾌도에 담긴 거력을 받아내던 지옥혈마의 낯빛이 굳
었다.

　'어떻게 저 나이에 저런 무공이⋯⋯.'

　"네놈은 도대체 누구냐!"

　"늙은이! 말이 많군!"

　파앙!

　용악산의 대도가 지옥혈마의 옷자락을 서늘하게 베고 지나
갔다.

　후다닥 물러나는 지옥혈마는 당혹감을 감추지 못했다.

"후훗, 모처럼 나를 흥분시키는 놈을 만났군. 좋아, 그냥 보내줄 수 없지."

지옥혈마의 옷자락이 부풀어 올랐다.

순간적으로 공력을 평소의 두 배로 증폭시켜 십 보 이내를 검망으로 쓸어버린다는 지옥혈마의 절기, 폭혈주(爆血誅)가 펼쳐지려는 순간이었다.

용악산이 칼을 수평으로 누이며 칼끝을 지옥혈마에게로 향했다.

칼끝에서 아지랑이 같은 도기가 피어오르며 주변을 찐득찐득한 살기로 채웠다.

저렇게까지 나온다면 단번에 심장을 꿰뚫어줄 수밖에.

그런데 갑자기 지옥혈마의 눈동자가 크게 떠졌다.

그리고 당장에라도 터질 것 같던 그의 옷자락이 푸시시 꺼져 버렸다.

그의 눈빛은 주루의 한쪽 벽에 딸린 객방을 향하고 있었다.

사람들의 시선이 모두 객방을 향했다.

거의 동시에 주루 안은 찬물을 끼얹은 것처럼 살기가 사라졌다.

문이 열린 객방에는 열두 살가량의 소동 하나가 문지방 앞에 서 있었다.

소동의 등장이 사람들을 그렇게 놀라게 한 것이었다.

은서령 일행은 이 사태를 이해할 수 없었다.

소동이 제법 다부진 모습을 하고는 있었지만 그래 봐야 꼬맹이가 아닌가.

한 손에 묵빛의 칙칙한 검초(劍鞘:검집)를 들고 있었지만 전혀 위협이 될 성질의 것이 아니었다.

소동의 짧은 팔로는 저 검을 끝까지 뽑을 수도 없을 것 같았다.

그런데 누군가의 입에서 신음이 새어 나왔다.

"사흔검(死痕劍)!"

동시에 주루 안의 사람들이 앞다투어 소동을 향해 허리를 굽혔다.

정확히 말하면 검을 향해 예를 갖춘 것이다.

가장 놀란 사람은 지옥혈마였다.

그는 갑자기 소동이 서 있는 객방 앞으로 걸어가 소동에게 물었다.

"어르신께서 이곳에 계시느냐?"

소동이 고개를 끄덕끄덕했다.

지옥혈마는 낯빛이 더욱 굳어지더니 객방을 향해 거듭 허리를 숙였다.

"죄, 죄송합니다. 이곳에 계신 줄 모르고……."

안에서는 대답이 들려오지 않았다.

침묵이 길어질수록 지옥혈마는 점점 초조한 모습을 보였다.

이마에선 땀이 흘렀고 혀는 연방 마른 입술을 핥았다.

누구도 상상 못한 광경이었다.

지옥혈마와 같은 강자가 저런 모습을 보일 줄은.

지옥혈마 같은 고수라면 설사 싸우다가 죽을지언정 저런 모습을 보이지 않는다.

무공이 강할수록 자존심 또한 비례해서 높아지는 법이니까.

하지만 상대가 감히 범접하지 못할 만큼의 고수라면?

아니, 지독하기 짝이 없는 천하의 독종이라면?

때로는 무공보다 그 사람에 대한 공포가 투지를 꺾어버릴 수도 있다.

침묵은 아직도 계속됐고 지옥혈마의 얼굴에선 점점 핏기가 사라졌다.

은서령은 그때 알았다.

상대에 따라 침묵이 때로는 가장 큰 고통일 수도 있다는 걸.

한참 만에야 소동은 천천히 문을 닫고 객방 안으로 사라졌다.

그것으로 객방 안에 있는 존재의 뜻이 전달된 셈이었다.

"가, 감사합니다."

지옥혈마는 문 닫힌 객방을 향해 허리가 부러져라 인사를 하고는 주루를 빠져나갔다.

그가 사라지고 나자 금방에라도 끊어질 것 같던 주루의 긴장감도 끝이 났다.

"아까 그 검의 주인이 누군데 그래?"

공춘보가 목소리를 쥐어짜며 하풍달에게 물었다.

"야천왕이오."

항주를 움직이는 세 개의 보이지 않는 손 중 하나, 북망동의 주인이자 항주의 밤을 지배하는 제왕이 객방 안에 있었던 것이다.

第九章

북천방의 방문

天山刀客

"휴우. 식겁했네. 식겁했어."

주루를 빠져나와 금룡관으로 가는 도중에 공춘보가 말했다.

생각하면 생각할수록 아찔했다.

꼭 범의 굴속에 들어가 아가리에 머리를 집어넣었다가 뺀 기분이랄까?

"풍달이, 너 때문에 명이 십 년은 단축된 것 같아."

"그러게 나랑 자룡이가 대사형을 모시고 간다니까. 왜 따라 와 가지고선."

"마, 이렇게 위험한 곳인 줄 알았냐? 휴우. 등잔 밑이 어둡다 더니 항주 바닥에 이런 곳이 있을 줄이야."

"그러게 서푼 재주만 믿고 함부로 설치지 마시오. 항주 하고도 북망동 한 곳만 해도 이럴진대 중원 전역으로 따지면 무서운 인간들이 어디 한둘이겠소? 더구나 마도가 패망한 후 마도의 고수들이 중원 전역으로 흩어졌다는데."

"시끄러. 하여튼, 오늘 사매에게 무슨 일이 있었다면 넌 내 손에 죽었어."

"그나저나 가신 일은 어떻게 됐습니까? 대사형."

"참. 우리가 그것 때문에 왔었지. 어떻소? 소문대로 예쁘오?"

공춘보가 하풍달의 말을 가로채며 보챘다.

지옥혈마까지 나서서 그렇게 설레발을 치는 걸 본 후 더욱 궁금증이 일었다.

하지만 용악산은 묵묵부답이었다.

야천왕이라는 자를 만나고 난 후의 충격 때문이었다.

비록 직접 보지는 못했지만 객방 안에서 흘러나오는 무형의 기운만으로도 충분히 느낄 수 있었다.

그에게서 풍기는 위엄은 죽은 대종사를 제외하고 여태껏 만나 본 사람들 중 최고였다.

항주의 작은 변두리에 그런 강자가 웅크리고 있을 줄이야.

"아이고, 답답해. 말을 좀 해보시오. 얼마나 예뻤소?"

"어떻게 됐습니까? 얘기가 잘됐습니까?"

공춘보와 하풍달이 동시에 물었지만 질문은 각각 달랐다.

용악산은 하풍달의 질문에만 대답을 해줬다.

"풍달이가 큰일을 했다."

"하, 그럼!"

하풍달이 갑자기 걸음을 멈추고 놀란 토끼 눈을 떴다.

하지만 용악산은 계속 걷고 있었고 하풍달은 뒤늦게 쪼르르 달려와 보조를 맞추며 걸었다.

그의 얼굴엔 함박웃음이 터졌다.

하풍달처럼 감정이 겉으로 드러나지는 않았지만 표자룡도 기쁜 기색이었다.

발걸음이 무척 가벼워 보였으니 말이다.

은서령은 어쩐 일인지 용악산과 말을 섞지 않고 한 걸음 앞서 걷고 있었다.

꼭 토라진 사람처럼.

그러거나 말거나 공춘보는 오직 한 가지 궁금증에만 매달렸다.

"아이고 답답해. 도대체 어떻게 생겼느냐니까!"

*   *   *

용악산 일행이 북망동의 서문홍주를 만나고 온 다음날 아침.

은서령은 다루가를 찾았다.

"북망동엘 갔었다면서?"

천 노인이 차를 깨끗한 종이에 싸면서 물었다.

"노야는 항상 이곳에 앉아 있으면서 어떻게 모르는 게 없으세요?"

"껄껄껄. 내 진가를 이제야 알겠느냐?"

"휴우, 말도 마세요. 하마터면 큰 봉변을 당할 뻔했어요."

"그러게 그 흉한 데는 왜 가?"

"노야."

"응?"

"혹 청연이라는 기녀를 아세요?"

"……!"

"모르세요?"

"그… 건 왜 묻느냐?"

"그녀가 그렇게 아름다웠다면서요?"

"나야 뭐 평생 차만 팔았으니 그런 세상 사람들 볼 일이 있 겠느냐. 다만 그때 소문이 대단하긴 했었지."

"전 누굴 닮았어요?"

"밑도 끝도 없이 그게 무슨 소리냐?"

"말씀해 보세요. 전 누굴 닮았어요?"

"그야 네 어미를 쏙 빼닮았지. 관주를 닮았으면 너처럼 어여 쁜 얼굴이 나오겠느냐?"

"딸은 어미를 닮는다는 말이 사실인가요?"

"도대체 하고 싶은 말이 뭐냐?"

"서문홍주가 청연이라는 여자를 닮았으면 엄청 미인이겠 죠?"

"아니라던걸?"

"예?"

은서령의 목소리에 갑자기 활기가 돌았다.

하지만.

"가끔씩 차를 사러 온 기녀들 얘길 들어보면 제 어미보다 훨씬 났다고 하던걸."

"그래도 스물다섯 살이나 먹었다잖아요."

어쩐지 목소리가 앙칼지게 변했다.

"딱 좋지. 열아홉은 솔직히 좀… 어리잖아."

천 노인이 눈을 빠끔히 뜨며 말했다.

"다 쌌으면 이리 주세요."

은서령은 잽싸게 차 봉지를 낚아채서는 다루를 조르르 나갔다.

다루를 구경하고 있던 채홍만이 우당탕탕 소리를 내며 따라나갔다.

"허허, 그 녀석 홍건적이 또 쳐들어왔나 보네."

*　　　　*　　　　*

그날 아침 금룡관은 뜻밖의 사람들로부터 방문을 받았다.

쉰 살가량이나 되었을까?

청수한 수염에 청건을 쓴 사내는 날카로운 눈빛이 인상적인 장년인이었다.

그는 북천방의 총관 호염광이었다.

서동의 상계를 장악하고 있는 북천방에서 호염광은 머리 역할을 했다.

엄청난 양의 재물과 물자가 그의 손을 통해 움직이는 것이다.

하지만 지혜로운 군사보다 이재에 밝은 모사꾼에 가깝다는 것이 세간의 평가였다.

그는 이십여 명 정도의 호위무사들을 대동하고 왔는데 하나같이 덩치가 크고 패도적인 기세를 풍겼다.

호위무사들은 들어오자마자 잔뜩 거만한 시선으로 금룡관의 장원 이곳저곳을 훑었다.

통보도 없이 불쑥 찾아오면서 이토록 많은 무인을 대동하고 온 것은 상당한 실례였다.

여기엔 초장부터 금룡관의 기선을 제압하려는 의도가 분명했다.

그게 마음에 들지 않았던 공춘보는 채홍만을 데려와 연무장에서 난데없이 장작을 쪼개게 했다.

채홍만은 영문도 모르고 장작을 쪼개면 기루에 한번 데려가 준다기에 열심히 쪼갰다.

쾅! 우지끈! 쾅! 우지끈!

어른 허벅지만 한 장작을 도끼도 아니고 쇠몽둥이로 두들기는 모습은 가히 충격적이었다.

장작은 쪼개지는 것이 아니라 짓뭉개져 쩍쩍 벌어지고 있었다.

그 모습을 본 북천방의 호위무사들의 눈동자가 확실히 흔들리고 있었다.

"홍만아, 아작을 내버려. 알았지?"

공춘보가 옆에서 열심히 채홍만을 독려했다.

아랫사람들끼리 그런 신경전이 벌어지고 있는 동안 연무장 한쪽의 누각에는 은도천과 호염광 등이 차를 나누고 있었다.

봄바람이 좋다며 호염광이 굳이 바깥에서 얘기 나누기를 청했기 때문이었다.

남의 문파를 방문한 사람들이 담소를 나눌 장소를 정했다?

사소해 보이지만 이야기의 주도권을 처음부터 쥐려는 의도였다.

"듣자 하니 용무관의 비무행이 도가 지나쳤더군요. 흑도 출신이라는 설도 있고."

호염광이 말했다.

"그런 소문이 있기는 했지요."

은도천이 말했다.

"시절이 어수선하니 이런저런 것들이 분수도 모르고 날뛰는 게지요."

말속에 뼈가 있었다. 북천방의 입장에서는 금룡관 역시 이런저런 것들에 속할 테니까.

"어쨌든 용무관을 친 것은 아주 잘하신 일입니다. 덕분에 금룡관에 대한 항주무림의 칭송이 자자합니다."

"고맙소이다."

은도천이 앉은 자리에서 포권을 했다.

"방주님께서는 이번 일을 두고 크게 기꺼워하십니다. 그렇지 않아도 비무행을 치르면서 보인 용무관의 작태가 도가 지나쳐 언젠가 한번은 집고 넘어가야겠다는 말씀을 하셨거든요."

"작은 무관들이 피해를 많이 입었지요."

"그런데 이처럼 금룡관이 나서서 징치를 했으니 서동의 무관들은 스스로 자정 능력이 있다며 크게 기뻐하셨습니다."

마치 자신들이 서동의 주인이라도 되는 것처럼 말을 하고 있지 않은가.

그래서 아랫것들의 싸움을 저 높은 곳에서 지켜보는 어른의 그것처럼 말을 하고 있지 않은가.

곁에 있던 은서령과 하풍달, 표자룡은 눈살을 찌푸렸다.

용악산은 잠자코 이야기를 듣고 있었다.

하지만 호염광은 용악산을 의식하고 있는 게 분명했다.

애써 눈길을 주지 않음으로써 용악산을 묵살하는 듯한 인상을 주려는 게 보였으니까.

누가 뭐래도 금룡관의 행보에 관심을 가지고 있는 사람들의 최대 관심사는 금룡관 자체가 아니라 새로 흘러들어 와 장제자가 되었다는 천산도객이었다.

"해서 문주님께서는 제게 금룡관에 선물을 몇 개 주고 오라 하셨습니다."

호염광이 눈짓을 하자 호위무사 한 사람이 문서 하나를 목판에 받쳐들고 가져왔다.

"이게 뭡니까?"

"저희 방주님께서 관주께 드리는 선물입니다."

은도천이 문서를 펼쳐 보았다.

놀랍게도 그 속에는 서동에 있는 기루 세 곳의 이름이 적혀
있었다.

북천방이 직영하는 십여 개의 기루들 중 제법 노른자위라고
소문난 곳들이었다.

"이걸 왜……?"

"방주님께서는 기루의 관리를 금룡관에 맡기고 싶어하십니
다."

"……!"

그렇게 찾아다닐 때는 모두가 합심해 발도 못 붙이게 하더
니 이제는 직접 찾아와 기루 세 개의 관리권을 주겠다?

여기서 관리권이라 함은 이런저런 말썽으로부터 기루를 지
켜주고 그 대가로 받는 돈을 말한다.

하지만 그 기루가 북천방에서 직영하고 있는 기루라면 얘기
가 달라진다.

사실상 중요한 관리는 북천방의 무인들이 하고 금룡관은 그
들의 밑으로 들어가 자질구레한 뒤치다꺼리를 하게 된다.

그럼에도 불구하고 제법 고정적인 수입이 되는 곳이긴 했
다.

특히 무공이 변변치 않은 평제자들은 욕심을 낼 만한 자리

였다.

"조건이 있겠지요?"

"하하하. 선물에 조건이 있다면 그게 어디 선물이겠습니까? 편하게 받으십시오. 듣자 하니 사정도 어렵다던데."

"호 총관, 이 나이가 되면 보이는 게 많다오. 솔직히 말해보시오."

호염광은 잠시 은도천의 눈을 응시하는가 싶더니 천천히 입을 열었다.

"그렇게 말씀하시니 편하게 말씀 올리지요. 근자에 금룡관의 제자들이 서문홍주를 만났다지요?"

"그렇소만."

"관주, 내 솔직히 흉금을 털어놓겠습니다. 북천방은 장차 금룡관의 든든한 뒷배가 되어줄 것입니다. 북천방의 후광이라면 금룡관은 서동에서 가장 뛰어난 무관이 될 것입니다. 아니 그렇습니까?"

호염광은 일부러 '관주', '무관' 이라는 말을 되풀이하고 있었다.

결국 더 이상의 욕심은 부리지 말고 무관에서 머무르라는 얘기였다.

그렇게만 한다면 북천방에서 먹고살만큼은 방편을 마련해주겠다는 의미.

하지만 그러면 금룡관은 북천방의 수족을 면치 못한다.

그때 아래 연무장에선 채홍만이 쇠몽둥이로 장작을 부수는 소리가 더욱 크게 울렸다.

콰! 콰! 콰!

"홍만아, 박살을 내버렷!"

사람들의 시선이 잠시 그쪽으로 쏠렸다가 다시 돌아왔다.

은도천이 말했다.

"방주께 마음은 고맙지만 금룡관은 선물을 받지 않겠더라
고 전해주시오."

말을 하며 은도천이 문서를 내밀었다.

"군자도 소낙비는 피해간다고 했습니다."

"비온 후에 땅이 굳어진다는 말도 있지요."

"땅이 굳기 전에 풀이 남아 있지 않을 겁니다."

"금룡관은 소낙비에 쓸려갈 만큼 뿌리가 얕지 않습니다."

"기어이 벌주를 받으시려는 겁니까?"

"결국 본색을 드러내는군."

갑자기 끼어든 사람은 용악산이었다.

"……!"

호염광은 형형한 눈빛으로 용악산을 노려보다가 말했다.

"그대가 서문홍주를 만났다는 사람이로군."

"신경이 쓰이나 봅니다. 그렇게 열심히 뒤를 캔 걸 보면."

"본방의 호의를 거절하지 말게. 그 대가는 아주 비싸다네."

"그리 말씀하시니. 저도 호의를 베풀지요."

"……?"

"장차 금룡관의 대치점에 서지 마시오. 작은 상방이나마 꾸

려나가고 싶다면 말이오."

용악산은 강북상계를 장악하고 있는 북천방을 작은 상방으로 폄하했다.

그래 봐야 항주 아닌가.

자기들끼리 제아무리 날고 긴다고 하지만 그래 봐야 중원 전체로 치면 손바닥만 한 공간이다.

용악산의 한마디는 금룡관의 목표가 항주에 머물러 있지 않음을 넌지시 암시한 것이었다.

결국 북천방 따위는 안중에도 없다는 소리.

호염광은 잔뜩 굳어진 낯빛으로 한동안 용악산을 응시하더니 자리를 털고 일어났다.

그는 마지막으로 금룡관을 한번 쓰윽 둘러본 후 혀를 끌끌 찼다.

마치 앞으로는 이 장원을 볼 수 없을지도 모른다는 안타까운 표정을 하고서.

"괜찮을까요?"

그들이 돌아가고 난 뒤 하풍달이 물었다.

"염려 말거라. 북천방도 정도를 표방하는 방파인데 설마 무리수를 두기야 하겠느냐?"

은도천이 말했다.

"그러니까 더 문제죠. 암중에서 들이대는 비수가 더 무섭다고요."

사람들은 동시에 용악산을 바라보았지만 용악산은 가타부

타 말이 없었다.

저놈의 자물통 입은 도대체 제때에 열리는 법이 없었다.

*   *   *

"이, 이게 무슨 일이오?"

북천방의 호염광이 경고를 하고 돌아간 그날 오후.

갑자기 찾아온 십여 명의 사람들 때문에 금룡관 사람들은 잔뜩 놀라고 있었다.

초로인이 다가와 은도천을 향해 공손히 포권을 했다.

"환희방의 총관 도쟁선이라고 합니다."

"금룡관주 은도천이오. 귀 방에서 우리를 도와주기로 했다는 말은 들었습니다. 어떻게 감사를 드려야 할지."

"방주께서는 저를 보내 장원을 짓는 일에 아낌없는 도움을 주라고 했습니다. 그리고 이들은 인근에서 가장 솜씨가 좋은 대목장들입니다. 우선은 전각을 올리고 연무장을 지을 토목공사를 해야겠습니다. 시일이 촉박하니 당장 시작했으면 합니다."

단지 금전을 보내줄 줄 알았더니 총관까지 보내 장원을 짓는 일을 진두지휘하라고 했단다.

이건 상대적으로 큰 공사에 대한 경험이 없는 금룡관을 배려한 서문홍주의 생각이었다.

서문홍주의 파격적인 배려에 금룡관 사람들은 어리둥절

했다.

그녀가 여걸이라는 소문은 들었지만 이 정도로 배포가 클 줄이야.

"하지만 보시다시피 장원이 좁아서……."

은도천의 말에 도쟁선은 문서 하나를 건네주었다.

은도천이 천천히 문서를 받아 펼쳤다. 그리고 손과 수염이 부르르 떨렸다.

"이, 이건!"

"사부님, 뭔데요?"

공춘보가 은도천의 팔 사이로 고개를 쑥 내밀어 문서를 훔쳐봤다.

그리고 눈이 툭 튀어나오고 입이 쩍 벌어졌다. 함께 본 하풍달도 마찬가지였다.

"뜨아아아!"

"우어어어!"

그건 땅문서였다.

금룡관은 원래 운하를 바라보며 남쪽으로 서 있었고 뒤편에는 천목산이라는 개인 소유의 산이 하나 있었다.

그런데 환희방주는 이웃한 땅을 포함해 천목산 전체를 통째로 사들인 것이다.

그것도 은도천의 이름으로.

용악산으로부터 환희방에서 약간의 도움을 주기로 했다는 얘기는 들었지만 이 정도일 줄은 꿈에도 몰랐다.

"방주께서는 금룡관을 항주 제일의 장원으로 만들라 하셨습니다. 제가 대목장들과 한나절 동안 둘러본 결과 지금의 금룡관을 개보수하는 것으로는 불가능하다는 것이 공통된 생각입니다."

은도천은 금룡관을 부수고 전부 새로 짓자는 말로 알아들었다.

"허허. 말씀은 고마우나 그건 곤란하겠소. 너무 과분한 도움이기도 하거니와 이곳은 내 딸아이의 어린 시절 추억이 고스란히 묻어 있는 곳이라오."

죽은 아내가 살던 전각, 그리고 그녀가 가꾸었던 정원, 은서령이 아장아장 걸음마를 배우던 회랑을 은도천은 부술 수가 없었다.

그런 추억들은 살아온 지난날의 흔적이며 삶의 뿌리였다.

고목은 뿌리를 옮기면 죽는 법이다.

"물론이지요. 지금의 장원은 별원으로 만들어 금룡문의 성지로 보존할 것입니다. 제 말씀은 산꼭대기에 항주 시내를 조망할 수 있는 새로운 대장원을 짓겠다는 뜻입니다. 아마 두 달쯤 걸릴 것 같습니다."

"뜨아아아!"

"우어어어!"

곁에서 공춘보와 하풍달이 또 한 번 괴상한 비명을 질렀다.

은도천은 영문을 몰라 용악산을 바라보았다.

용악산이 고개를 끄덕여 주었다.

"도대체 이게 어떻게 된 건지 원……."

금룡관 사람들이 입이 쩍쩍 벌어진 채로 대목장들을 안내하는 사이 용악산은 도쟁선과 독대를 했다.

"산꼭대기에 장원을 짓겠다는 건 방주의 생각입니까?"

"그렇습니다만… 왜 그러시는지요?"

"아닙니다. 아무것도."

용악산은 신기한 생각이 들었다.

이건 마치 그녀가 자신의 머릿속에 들어왔다 나간 것처럼 진행되고 있지 않은가.

애초 용악산은 서문홍주가 전표를 보내오면 그 돈으로 천목산의 산주를 만나 볼 생각이었다.

그리고 용악산이 굳이 천목산 꼭대기에 장원을 지으려는 건 그만한 이유가 있었다.

혹시 그녀도 자신과 같은 생각을 하고 있었던 걸까?

아니면 자신을 시험하고 있는 걸까?

"화약을 잘 다루는 자를 알고 있습니까?"

용악산이 도쟁선에게 물었다.

도쟁선은 약간 놀란 표정을 짓더니 말했다.

"마침 북망동에 마땅한 사람이 하나 있습니다. 뇌신통(雷神通)이라는 늙은이인데 저와 안면이 좀 있지요."

뜻밖의 대답이었다.

뇌신통은 기행으로 유명한 강호의 노괴였다.

벽력궁(霹靂宮)이라는 곳이 있다.

궁도수를 알 수 없고, 본산의 위치를 알 수 없으며, 어떤 저력을 가졌는지 파악이 되지 않는다는 신비한 불의 문파 벽력궁.

뇌신통은 벽력궁에서 축출당한 사람으로 알려졌다.

세상에서 가장 무서운 화탄을 만들겠다고 온갖 실험을 하다가 벽력궁의 본산을 통째로 날려 먹었다는 후문이 있었다.

강호의 소문이란 게 으레 부풀려지기 마련이어서 어디까지가 사실이고 거짓인지는 알 수 없었다.

다만 그가 숭산 곳곳에 천멸폭을 묻어두고 대환단을 내놓지 않으면 소림사를 파괴시켜 버리겠다고 협박한 일화는 유명했다.

그가 왜 대환단을 구하려 했는지는 알려지지 않았지만 소림사는 순순히 그에게 대환단을 주었다고 한다.

한마디로 그는 미치광이 기인이었다. 그가 북망동에서 살고 있었을 줄이야.

"잘됐군요. 그와 자리를 만들어주십시오."

"한데 뇌신통 같은 인물은 무슨 연유로……?"

"지금은 말할 때가 아닙니다. 그리고 인근에서 질 좋은 목재를 생산하는 곳이 어딥니까?"

장원을 지으려면 무엇보다 목재가 많이 든다.

특히 항주에서 가장 큰 대장원이라면 엄청난 양의 목재가 필요했다.

야산을 벌목해서 얻을 수 있는 성질이 아닌 것이다.

"안휘의 구화산과 황산에서 좋은 목재가 많이 나지요. 산동의 태산에서도 튼튼한 목재가 나긴 합니다만 거긴 조금 멉니다. 아마 열흘은 족히 걸릴 겁니다."

"산동 땅이라면 경항운하를 타고 오겠군요."

"그렇지요. 뗏목으로 엮어 수로를 따라 이곳까지 운송될 겁니다."

"거기가 좋겠군요. 태산에 사람을 보내 목재를 확보해 주십시오. 항주상계가 영향력을 펼치기 전에 최대한 빨리 확보해야 할 것입니다."

"운송비가 배로 들 것입니다. 굳이 그 먼 곳에서 목재를 구입하는 연유를 모르겠군요."

"차차 아시게 될 겁니다."

第十章

미친 늙은이 뇌신통(雷神通)

天山刀客

"클클클, 이거 아주 웃기는 놈이군. 뭐 산꼭대기를 날려 달라고?"

잔뜩 술에 취해 나타난 뇌신통은 무시무시한 별호와는 달리 순박하게 생긴 노인이었다.

누덕누덕 기운 갈옷에 허리춤에는 술 호리병 하나를 떡하니 찼는데 개구쟁이 같은 인상을 주었다.

눈동자는 이미 반쯤 풀려 언제 쓰러져도 이상할 것이 없어 보였다.

"그렇습니다."

"꺼어어억. 그래 산꼭대기를 날려서 뭣에 쓰려누?"

"그곳에 장원을 지을 생각입니다."

"꺼어어억. 장원이 아니라 성을 지을 생각이군."

천목산의 꼭대기는 서쪽을 중심으로 삼면이 깎아지른 절벽이었다.

그곳을 날려 평평하게 만들고 다시 장원을 지으면 앞쪽에만 석벽을 쌓아 천혜의 성으로 만들 수 있었다.

용악산은 그걸 주문하고 있었다.

"하실 수 있겠습니까?"

"클클클, 마음만 먹는다면 지옥도 파낼 수 있는 노부다. 그깟 산꼭대기 하나쯤이야 심심파적도 아니지."

말을 하면서도 뇌신통은 허리춤에 찬 술을 쉴 새 없이 목구멍에 부었다.

그렇게 마실 거면 손에 들고 있을 일이지 그것도 나름대로 규칙이 있는지 한 모금을 마신 후에는 꼭 허리춤에 찼다.

바람에 흔들리는 갈대처럼 이리저리 비틀거리느라 허리춤에 호리병을 꽂는데 시간이 걸리는 게 문제라면 문제였다.

"단 조건이 있습니다."

"……?"

"항주 시내가 쩌렁쩌렁 울리도록 사흘에 나눠 폭파시켜야 합니다."

"클클클, 선전포고라도 하려는 게냐?"

"……!"

"클클클, 재밌겠군, 재밌겠어. 좋아. 내 네놈의 원대로 시원하게 날려주마. 그나저나 잔심부름 해줄 놈이 하나 필요한데……."

뇌신통은 마땅한 사람을 찾기 위해 몸을 돌려 이리저리 살폈다.

그러다 한순간 중심을 잃고 휘청했다.

마침 곁에서 딴청을 피우는 척 두 사람의 대화를 엿듣고 있던 공춘보가 얼른 뇌신통을 향해 손을 뻗었다.

하지만 뇌신통은 거의 쓰러질 뻔하다가도 신기하게 중심을 잡았다.

"꺼어억. 이놈이 좋겠구나. 너 이름이 뭐냐?"

"공춘본데요?"

"커어. 이름 한번 촌스럽다."

"……!"

쾅! 쾅! 쾅!

항주를 쩌렁쩌렁 울리는 폭발 소리가 한나절 내내 들렸다.

놀라웠다. 도쟁선이 항주 제일의 장원을 짓는데 두 달쯤 걸릴 거라고 했을 때 금룡관 사람들은 아무도 믿지 않았다.

하지만 이제는 어쩌면 가능할지도 모른다는 생각이 들었다.

용악산이 설계한 공사 방식은 아주 특이했다.

화약으로 산꼭대기를 날려 버리면 바위며 흙덩이가 천지사방으로 날아가 떨어졌다.

그리고 나면 도쟁선이 데려온 백여 명의 일꾼이 우르르 달려가 수레에 바위며 흙을 바깥으로 날랐다.

그런데 천목산의 산꼭대기는 거의가 암반지대였다.

그 때문에 폭발이 일어날 때는 돌조각들이 금룡관의 장원까지 날아와 떨어졌다.

꽝! 꽝! 꽝!

"으아아악. 대사형, 저거 완전히 미친 영감탱입니다. 사람이 있는지 없는지나 보고 폭탄을 터뜨려야 할 게 아닙니까?"

지금쯤 천목산 꼭대기에서 뇌신통과 폭파 작업에 한창이어야 할 공춘보가 금룡관까지 내려와서 소리를 질러댔다.

도깨비가 따로 없었다.

머리카락은 벼락이라도 맞은 듯 쭈뼛쭈뼛 섰고 얼굴은 온통 시커멓게 그을려 있었다.

옷은 걸레인지 누더기인지 구별이 안 갈 정도였다.

"혹시 공 사형?"

하풍달이 용악산을 대신해 물었다.

"이 자식이, 난 줄 뻔히 알면서 장난치긴."

공춘보가 하얀 두 눈을 끔벅끔벅하면서 말했다.

"행색이 그게 뭐요?"

"말도 마라. 그 미친 늙은이가 나를 아주 죽이려 든다."

"뭘 어떻게 했기에?"

"글쎄, 날더러 요따 만한 철구를 파묻고 오라기에 열심히 땅을 파서 묻고 돌아오는데 갑자기 뒤에서 굉음이 들리면서 땅거죽이 나를 덮치잖아. 아우, 귀야. 아직도 고막이 얼얼하네."

"그래도 용케 살았네?"

"아아, 난 못해. 더는 못해."

그때 저만치에서 시커멓게 그을린 평제자 하나가 내려와 공춘보에게 말했다.

"공 사형, 뇌신통이 빨리 올라오라는데요? 일다경 안에 안 올라오면 입안에… 천멸폭을 처넣는다고……."

평제자는 자신이 말을 하고도 미안한지 말꼬리를 흐렸다.

"저 봐, 저 봐. 아주 미친 늙은이라니까."

"아, 그리고 올라올 때 죽엽청도 몇 병 가지고 올라오랍니다. 안 그러면 입안에 천멸폭을……."

"시끄러!"

공춘보는 어쩔 수 없이 울며 겨자 먹기로 산을 다시 올라갔다.

손에는 죽엽청 다섯 병을 들고서.

폭발음은 약속대로 사흘 동안에 걸쳐 울려 퍼졌다.

이제 항주 사람이라면 누구나 금룡관이 대장원을 짓기 위해 천목산에 대규모 공사를 한다는 걸 알았다.

뇌신통의 말대로 이건 일종의 무력 시위였다.

물론 그 대상은 금룡관의 개파를 못마땅하게 생각하는 항주의 상계였다.

용악산은 그들을 향해 다시 한 번 확고한 의지를 보인 셈이었다.

이렇게 사흘 동안 산꼭대기를 날려 보낸 후에는 땅을 고르는 작업이 진행되었다.

석공과 인부들이 대거 동원되어 바위를 들어내고 바닥을 평평하게 골랐다.

바닥을 고르는 데는 황소가 끄는 철거(石車)도 동원되었다.

육중한 무게의 쇳덩어리가 굴러가면 뾰족뾰족한 돌멩이들이 잘게 부서지는 원리였다.

그렇게 차츰 기둥을 세우기 위한 막바지 작업이 한창일 때 도쟁선은 정체 모를 기관진법가들을 데려왔다.

흑건에 염소수염을 길게 기른 자들이었는데 꼭 저승사자 같은 느낌을 주었다.

역시 북망동 사람들이었다.

그걸 두고 공춘보가 한마디 했다.

"휴우, 그 동네는 도대체 없는 사람이 없네."

기관진법가들은 토질과 산세를 이틀 동안이나 조사를 하더니 금룡관에서 마련해 준 골방에 틀어박혀 나오질 않았다.

어떤 기관진을 설치할지 설계에 들어간 것이다.

그들이 오래전 맥이 끊긴 십지환가(十地幻家)의 후예들이란 사실을 알게 된 건 나중의 일이었다.

십지환가는 마도의 한 갈래로 백여 년 전 기관지학으로 명성을 떨쳤던 마가(魔家)였다.

용악산은 서문홍주의 방대한 인맥을 실감했다.

북망동에 있는 환희방의 장원에서 한 번도 나온 적이 없다는 그녀가 어떻게 이처럼 쟁쟁한 사람들과 인맥을 쌓을 수 있었을까?

도쟁선의 말을 빌리자면 그녀가 한 번씩은 도움을 준 사람들이라고 했다.

그 도움의 성격은 북망동에서 터를 잡고 살아갈 수 있도록 해주는 것일 게다.

사람들은 모두 이처럼 빨리 공사가 진행되는 것에 상당한 놀라움을 표시하고 있었다.

"어쩔 수 없는 선택이었어요. 이런 일은 오래 끌면 좋지 않아요."

서문홍주의 말이었다.

두 달이라는 공사 기간을 한정해 둔 것은 자신의 역량이 대단해서가 아니라 그렇게 하지 않으면 영영 장원을 지을 수 없기 때문이라는 뜻이었다.

쉽게 말해 항주무림이 대책을 세우고 방해 공작을 펼칠 시간적인 여유를 주지 않겠다는 뜻이었다.

그제야 용악산은 그녀가 자신의 힘을 모두 동원했음을 알았다.

그리고 용악산에게 전부를 걸었다는 것도.

"문제는 장원이 지어진 후의 일이죠. 수레를 만들었다고 그것이 혼자 굴러가지는 않으니까요."

지속적인 경제 기반을 말하는 것이었다.

문파의 인원이 오백 명이 되었다고 가정했을 때 그들을 모두 먹여 살리는 것은 여간 힘든 게 아니었다.

오대세가들은 대부분 대규모 농장을 소유한다거나 목장을

만드는 등으로 기반을 유지한다.

가령 모용세가는 북방의 넓은 초원에 대규모 방목장을 마련해 질 좋은 마필을 생산해 냈다.

모용세가의 삼대 지가 중 두 곳이 목장을 운영했으니 말을 기르는 목장은 오늘의 모용세가를 있게 한 기반이랄 수 있었다.

남궁세가는 상계에 집중했다.

강남의 상계 중 이 할을 장악하고 그걸 구룡장을 통해 수입을 내니 남궁세가의 기반은 상업이었다. 물론 그 대규모의 토지는 기본이었다.

사천당문은 의술에 주목했다.

원래 독과 약은 둘이 아니다.

강호인들은 사천당문하면 독을 떠올리지만 일반 양민들에게는 천하제일의 의가로 유명했다.

사천당문이 있는 당가타에는 당문에서 직영하는 의원이 수십 곳이나 되었다.

한마디로 당가타라는 마을 전체가 중원 곳곳에서 돈을 싸들고 찾아온 환자들로 가득 찼다.

당연히 객잔이 생기고 다루가 생기고 여곽이 생겨 당가타는 작은 도시를 방불케 했다.

구대문파들도 사정은 마찬가지였다.

이들은 오대세가처럼 혈족으로 이루어진 가문이 아니었다.

즉, 처음부터 선대에게 물려받은 대규모 장원이나 토지가 있었던 것이 아니었다.

오로지 무에 뜻을 둔 고수가 문파를 세웠고, 그 후에 사람들이 하나둘씩 찾아온 경우였다.

그리고 오대세가가 지가를 두는 것처럼 중원 곳곳에 속가를 두어 그들로부터 수입을 창출하게 했다.

소림사나 화산파 같은 종교적인 문파는 사정이 좀 달랐다.

그들은 가만히 앉아 있어도 돈을 싸들고 오는 참배객들이 끊이지 않았다.

특히 거상이나 대부호들이 그들과 관계를 돈독히 하기 위해 큰돈을 쾌척하기도 했다.

이처럼 사례는 다르지만 중소 문파로 머물지 않고 거대한 문파로 거듭나는 경우엔 모두 공통점이 있었다.

바로 돈이다. 써도 써도 마르지 않는 큰돈.

그에 비해 금룡관은 이제 시작이랄 수 있었다.

서문홍주의 도움으로 장원은 마련했으니, 어떻게 이것을 지속시키며 제자들을 기를 것인가.

하지만 그 해법을 마련하기도 전에 문제가 나타났다.

"총관 어른, 큰일 났습니다. 목공들과 석공들이 일을 못하겠다고 합니다."

공사는 원래 여섯 구역으로 나누어 동시에 진행되었다.

그중 한 곳을 책임진 감독관이 찾아와 도쟁선에게 한 보고였다.

"어제까지 아무 일 없던 사람들이 왜 갑자기 일손을 놓는단 말이냐?"

"임금을 올려달랍니다. 그것도 세 배로 말입니다."

"뭐라?"

일을 급하게 진행하는 만큼 도쟁선은 임금에 인심을 아끼지 않았다.

평소보다 두 배는 많이 주었는데도 불구하고 저런 사태가 나온 것이다.

"주동자가 누구야?"

"악평이라는 작자와 칠오라는 놈입니다. 힘이 장사인데다 말주변이 좋아 사실상 목수들과 석공들을 장악하고 있는 자들입니다. 자를 수도 없습니다. 놈들을 자르면 인부들이 모두 들고 일어설 것입니다."

"놈들이 언제부터 우리 일을 시작했지?"

"처음부터였습니다."

"으음…. 북천방의 짓이야. 놈들이 뒤에서 사주를 했어."

그때 저만치에 또 한 사람이 헐레벌떡 달려와 보고를 했다.

"총관 어른, 큰일 났습니다. 산동에서 출발해 경향운하를 타고 목재를 가져오던 사람들이 정체불명의 괴한들에게 습격을 당했다는 소식입니다."

"뭣이!"

놀란 도쟁선이 두 눈을 치켜떴다.

이건 인부들이 집단으로 저항을 하는 것보다 훨씬 어려운 문제였다.

경향운하를 통해 들어오기로 한 목재는 모두 십만 냥 어치.

웅장한 전각 오십여 채를 올릴 만큼의 양이었다.

"목재는 모두 어떻게 되었느냐?"

"모두 탈취당했습니다. 행방을 알 수가 없습니다."

"그게 무슨 헛소리냐? 목재의 양이 엄청날 터인데 그걸 어떻게 몰라!"

"야밤에 습격을 당한데다 놈들의 솜씨가 워낙 귀신같았다고 합니다."

"이런……!"

도쟁선의 얼굴이 흉악하게 일그러졌다.

목재는 장원 건축의 중심이 되는 재료였다.

인부들의 집단 반발에 이어 가장 중요한 목재의 공급까지 막히자 공사 역시 중단되었다.

환희방이 아무리 현금을 많이 보유했다지만 더 이상 자금을 쏟아부을 수도 없었다.

막대한 금전적인 손해로 인해 사면초가에 빠진 상태.

*　　　　*　　　　*

"북천방 놈들이 수적들을 시켜 사주한 게 틀림없소. 후레자식들!"

검게 그을린 머리카락이 아직 가시지 않은 공춘보가 이를 으드득 갈며 말했다.

"휴우, 이렇게 치사하게 나올 줄은 몰랐습니다."

하풍달이 말했다.

"이제 어떡하죠? 여기서 멈추면… 정말 대책이 없어요. 환희방에서 빌린 엄청난 자금하며……."

은서령은 기가 막혀 말을 잇지도 못했다.

"은서령, 잘 보았겠지?"

용악산이 뜬금없는 말을 했다.

"예?"

"이게 강호야. 음모와 모략이 판치는 곳."

"……?"

"하지만 난 이렇게 썩은 곳에서도 반드시 묵묵히 맑은 물로 흐르는 사람들이, 그런 문파가 있다고 믿는다. 항주가 저들만의 것은 아닐 테니까."

"사형……."

"우리 무관은 그런 사람들의 희망이 되었으면 한다. 그게 우리가 포기하면 안 되는 이유다. 그리고 지금은 한숨을 쉴 때가 아니라 웃을 때야."

"예?"

은서령에 이어 하풍달과 공춘보가 각각 말을 했다.

"그게 무슨 말씀입니까? 대사형?"

"대체 뭔 소린지."

가만히 지켜보고 있던 표자룡이 눈빛을 빛내며 물었다.

"혹, 저들이 저렇게 나올 줄 예상을 하셨습니까?"

"가만, 그러고 보니 도 총관이 군이 먼 산동에서 경향운하를 타고 목재를 운송하라는 이유를 알 수 없다며 투덜거리더니……?"

하풍달이 말끝에 용악산을 뚫어져라 바라보았다.

다른 사람들도 마찬가지였다.

확실히 뭔가 있었다. 용악산은 이렇게 될 줄 미리 알고 있었다.

"아이고 답답해. 알고 있었다면 어째서 당한 것이오?"

공춘보가 가슴을 쾅쾅 치며 물었다.

"명분을 위해서지."

"명분이라고요?"

"개파만 한다고 모든 게 해결되지는 않아. 진짜 문제는 개파 그 이후야. 지속적인 수입을 만들면서 금룡관을 유지시킬 수 있는 방법은 하나밖에 없어."

"……?"

"저들의 명줄을 오히려 우리가 틀어쥐는 거지."

"수로!"

용악산의 말끝에 은서령이 비명을 질렀다.

"옳거니!"

하풍달이 맞장구를 쳤고 표자룡이 씨익 웃었다.

공춘보만이 퉁방울 눈을 뒤룩뒤룩 굴리면서 은서령과 표자룡, 하풍달을 차례로 보았다.

"으아아아, 답답해. 도대체 뭔 소리들을 하는 거야!"

*   *   *

경향운하가 항주의 남과 북을 가로지른다면 전단강은 동과 서를 가로지른다.

저 북쪽의 경사에서 시작해 황하, 회하, 장강이라는 세 개의 거대한 강을 통과하는 경향운하에 비해 그 길이는 채 이 할도 되지 않는다.

하지만 항주에서만큼은 전단강의 위용을 경향운하가 따라가지 못했다.

강폭이 워낙 넓기 때문이었다.

전단강의 특징은 또 하나 있었다.

바로 중원을 통틀어 가장 큰 조수 간만의 차이를 보인다는 점이었다.

때문에 바다와 가까운 전단강 하류는 물이 빠지고 나면 십 리에 달하는 개펄이 펼쳐지기도 한다.

어둠이 내린 전단강 하류.

한 무리의 사람들이 강가 갈대숲에 몸을 숨기고 있었다.

물이 빠진 갈대숲은 바닥 전체가 갯벌이었다.

사람들은 모두 갯벌의 진흙을 온몸에 바른 채 숨죽여 무언가를 기다리고 있었다.

이윽고 저만치 갈대숲이 흔들리는가 싶더니 진흙을 뒤집어쓴 그림자 하나가 낮은 포복 자세로 엉금엉금 기어왔다.

두 눈을 끔벅거리며 코를 벌름거리는 모습이 꼭.

"망둑어가 따로 없네."

하풍달의 말이었다.

망둑어는 바닥에 길게 자국을 남기며 용악산의 앞에까지 기어왔다.

망둑어 인간 공춘보는 손가락으로 한쪽 코를 막아 '큥' 하고 진흙을 한차례 토해낸 후 말했다.

"히야. 귀신이야, 귀신. 정말로 갈대숲에 숨겨 놓았더라고."

"아……!"

하풍달, 표자룡, 은서령 등은 공춘보의 말에 감탄을 금치 못했다.

그리고 이 모든 걸 예측한 용악산을 신기한 눈으로 바라보았다.

갈대숲에는 서문홍주가 보내준 환희방의 일급무사 십여 명도 함께 있었다.

도쟁선과 환희방의 무사 십여 명도 묘한 시선으로 용악산을 바라보았다.

애초 사람들은 괴한들이 탈취했다는 목재들의 행방을 수소문했다.

놈들은 그 많은 목재들을 어디로 빼돌렸을까?

금은보화와 달리 건축자재로 쓸 목재는 부피가 워낙 커서 찾는 건 일도 아니었다.

하지만 아무도 그걸 봤다는 사람이 없었다.

그야말로 운하 위에서 흔적도 없이 사라진 것이었다.

그런데 그걸 유추해 낸 사람이 용악산이었다.

용악산은 목재를 탈취당한 것이 운하 위라는 것에 주목했다.

그 엄청난 양의 목재를 숨길 만한 곳이 어디 있을까?

육지로 옮겨 어딘가에 숨겨두면 좋겠지만 그럴 경우 반드시 사람들의 눈에 띄게 된다.

그렇다고 목재를 실은 배를 그대로 강물 위에 띄워 놓을 수도 없다.

그건 내가 '강도요' 하고 소리 지르는 것밖에 되지 않기 때문이었다.

결국 놈들은 물에서 가까운 어딘가에 숨겨 두었다가 인적이 드문 시간을 이용해 어딘 가로 옮길 거라는 게 용악산의 생각이었다.

그게 바로 갈대숲이 우거진 이곳 전단강 하류였다.

"도대체 그걸 어떻게 알았지? 대사형이 그렇게 영리한 사람인 줄 내 처음 알았소."

공춘보가 두 눈을 끔벅거리며 말했다.

"영리하다가 뭐요?"

하풍달이 핀잔을 주었다.

"영리해서 영리하다는데 또 뭐가 불만이야?"

"그럴 때는 보통 천재라거나 머리가 뛰어나다고 하잖소."

"그거나, 그거나."

"딱히 잘못된 건 없지만 뭐랄까… 촌스럽잖소."

"이 자식이 이젠 별걸 다 가지고 시비네."

"다들 조용히 하세요!"

은서령이 호통을 치자 두 사람이 찔끔해서 멈췄다.

은서령이 다시 용악산에게 물었다.

"이제 어쩌실 작정이에요?"

"기다려야지. 놈들이 나타날 때까지."

"놈들이 위험을 무릅쓰고 이걸 수거해 갈까요?"

"당연히 수거해 가겠지. 그렇지 않다면 이런 곳에 숨겨뒀을 리가 없으니까."

사람들은 기다렸다.

그리고 시간이 삼경을 지나 사경으로 넘어갈 무렵 썰물이 빠지고 밀물이 들어오기 시작했다.

"대사형……?"

공춘보가 나지막이 용악산을 불렀다.

"기다려."

"하, 하지만 이대로 있다간 우리가 물에 잠길 텐데……."

"……!"

"끄응. 뭐 꼭 안 하겠다는 건 아니고. 풍달이 너 이 자식. 저

리 안가? 좁아 죽겠는데 왜 이렇게 찰싹 달라붙어서 지랄이
야!"

"으으으. 추워서 안 그렇소. 봄이 왔다고는 하지만 아직은
물이 찬데."

시간은 계속해서 흘렀고 급기야 갈대숲에까지 물이 차올랐
다.

그리고 놀라운 일이 벌어졌다.

물이 차오르면서 갈대밭 속 갯벌에 여기저기 흩어져 박혀
있던 통나무들이 하나둘씩 떠오르기 시작한 것이었다.

배가 나타난 것도 그 무렵이었다.

이른 새벽의 어둠과 동화되어 흐릿하게 보이는 배는 제법
커다란 돛을 단 범선이었다.

이처럼 어두운 시각에 배를 운항할 때는 다른 배들과의 충
돌을 방지하기 위해 갑판을 따라 일정한 거리를 두고 등롱을
내거는 게 관습이었다.

더구나 저렇게 큰 배를 운항할 때는 더욱더.

하지만 배는 유령선이라도 되는 듯 돛도 펼치지 않은 상태
에서 은밀하게 갈대숲으로 다가왔다.

"어떤 놈들인지 알아보겠어?"

용악산이 물었다.

"교룡방(蛟龍幇) 놈들입니다. 항주상계가 교룡방을 움직였
을 줄이야."

하풍달이 말했다.

목재 운반선이 괴인들의 습격을 받았다는 얘기를 들었을 때부터 단순한 수적들의 소행이 아닐 줄은 알았지만 교룡방이 개입했을 줄은 꿈에도 몰랐다.

"교룡방은 어떤 곳이지?"

용악산이 물었고 하풍달이 다시 설명을 해주었다.

"수로에 기생해 먹고사는 방파는 조방(漕幇), 강하방(江河幇), 해사방(海沙幇) 등이 있죠. 조방은 조운의 권리를, 강하방은 나룻배의 권리를, 해사방은 소금 밀매의 권리를 독점하고 있습니다. 자기들끼리 똘똘 뭉쳐 다른 사람들이 밥상에 젓가락을 놓을라치면 무섭도록 징치를 하지요. 그중에서도 교룡방은 항주에서 조운의 권리를 독점하는 조방의 한 곳입니다."

강호엔 많고 많은 방파가 있다.

저런 형태의 방파를 생업방파라 부르는데 거대 방파에 비해 상대적으로 힘이 약한 사람들이 똘똘 뭉쳐 자신들의 생업을 사수하고 권익을 보호하는 것이다.

말이 생업방파이지 사실은 방파와 흑도의 중간이라 볼 수 있었다.

"한데 교룡방은 생업방파라고 보기도 어렵습니다. 사실상 일개 가문의 소유거든요."

"……?"

용악산은 하풍달의 마지막 말을 이해할 수가 없었다.

조방은 원래 수로와 수로 사이를 오가며 물자를 실어다 주고 돈을 받는 무리였다.

즉, 크고 작은 물자를 나를 수 있는 배를 가지고 있는 사람들이 모여서 방주를 뽑고 방파를 운영하는 것이 조방의 정석이었다.

그래야 생업방파라 할 수 있지 않은가.

그런데 하풍달은 교룡방이 일개 가문의 소유란다.

"독점이 낳은 폐단이죠. 교룡방도 처음엔 배를 가진 선주와 뱃사람들이 뭉친 집단이었습니다. 그때까지만 해도 방도들이 방주를 선출해 이끌어왔죠. 하지만 십여 년 전 산서에서 육(陸)씨 성을 쓰는 일족이 항주로 들어오면서 사정이 바뀌었습니다."

"육씨 일족? 그럼 항주 토박이들이 아니었단 말이야?"

하풍달의 말에 점점 호기심을 느낀 공춘보가 물었다.

"토박이들도 아닐 뿐더러 배를 부리는 일에는 문외한인 무인들이었소."

"하아, 그래서?"

"그들은 처음에 전단강 근처에 도박장을 열었지. 뱃일은 예나 지금이나 거칠기 짝이 없소. 일거리가 없는 날에 교룡방의 방도들은 주로 술을 마시거나 노름을 하면서 시간을 때웠지. 그런데 도박장이 생기면서 심심풀이 삼아 하던 노름이 더 이상 노름이 아니었던 거요."

노름 얘기가 나오자 공춘보는 갑자기 딴청을 피웠다.

"육가는 교룡방의 방도들에게 고리채를 놓았고 배를 하나씩 사들이면서 교룡방의 이권을 잠식해 들어갔지. 그리고 몇

년이 채 흐르지도 않아 교룡방의 배들 중 칠 할이 육가의 수중에 떨어졌지. 그러니 사실상 육가의 소유물이 아니고 뭐겠소?"

"뱃사람들이 가만있지 않았을 텐데?"

"물론이죠. 처음엔 피를 많이 흘렸습니다. 뱃사람들은 원래 기질이 거칠고 겁이 없기로 유명합니다. 하지만 무공을 익힌 사람들에게는 당할 수가 없지요. 게다가 육가의 귀문도법(鬼門刀法)은 한다 하는 무림인들조차 두려워할 정도로 고강했소."

"그래서 어떻게 됐어? 뱃사람들은 모두 쫓겨났나?"

"일부는 고기잡이로 나섰고 일부는 강하방에 들어가 나룻배를 부렸죠. 하지만 대부분은 머리를 숙이고 육가의 밑으로 들어가 싼값에 뱃일을 하고 있습니다. 굳이 비유를 하자면 지주와 소작농의 관계랄까요."

"항주에 그런 일이 있었어? 햐. 역시 항주 출신은 달라. 넌 어째 모르는 게 없냐?"

공춘보가 하풍달을 보며 혀를 내둘렀다.

"휴우, 안타까운 일이죠. 과거 항주에는 기선 한 척만 있으면 일가족을 먹여 살리던 시절이 있었습니다. 젊은 뱃사람들은 모두 배를 사서 조운을 하는 것이 꿈이었죠. 배를 가진 사내들은 장가도 잘 들었습니다. 아무리 흉년이 들어도 굶어 죽는 법이 없었으니까요. 하지만 이제 모두 옛말이 되어버렸습니다."

용악산은 절로 인상이 찌푸려졌다.

아무리 강호가 치열한 곳이라지만 민초들의 터전인 이런 밑바닥에서까지 무인들이 횡포를 부릴 줄이야.

환희방도 그렇고 교룡방도 그렇고. 이런 일을 겪으면 겪을수록 세상의 가장 낮은 곳으로 흘러가라던 대종사의 말이 생각났다.

"항주에도 정파가 있었을 텐데 그대로 두고만 보았다는 거야?"

용악산이 물었다. 그는 그게 가장 이해가 되질 않았다.

"그건 정치적인 시각에서 바라봐야 하오."

이번에 말을 한 사람은 도쟁선이었다.

사람들의 시선이 모두 도쟁선에게로 쏠렸고 그가 말을 이었다.

"앞서 귀수도 비슷한 말을 했지만 수로는 예로부터 각종 시비가 끊이지 않는 곳이오. 그런 차에 교룡방이 수로를 완전히 장악했으니 힘이 있는 자들에겐 오히려 떨거지들을 청소해 준 격이지."

"늑대를 키워 들개의 난동을 막는다는 뜻이군요."

은서령이 말했다.

"적절한 비유요."

"이런 후레자식들을 봤나. 대사형, 지금 칩시다!"

성질 급한 공춘보가 말했다.

당장에라도 칼을 뽑아 들고 뛰쳐나갈 기세였다.

"기다려."

"대사형."

"놈들이 외통수에 걸려들 때까지 기다린다."

"끄응."

용악산의 거듭되는 거절에 공춘보도 분을 삭일 수밖에 없었다.

범선에서는 이십 명 정도의 사람들이 타고 있었다.

물이 조금 더 차오르자 갑판에서부터 아래로 줄이 흘러내렸다.

그 줄을 타고 사람들이 새까맣게 내려왔다.

하나같이 어깨에는 굵은 동아줄을 멘 상태였다.

놈들은 갈대숲을 헤집고 다니며 물 위로 떠오른 통나무를 바깥으로 꺼냈다.

그리고 다시 그것들을 하나로 묶어 길고 거대한 뗏목으로 엮었다.

그 과정이 반 시진 정도 지속되었다.

뱃사람들이어서 그런지 손에 익을 대로 익은 솜씨였다.

마침내 뗏목이 완성되자 범선의 꽁지와 뗏목을 밧줄로 연결했다.

모든 일을 마쳤음에도 불구하고 범선은 어쩐 일인지 그 자리에서 꼼짝을 않고 있었다.

"뭐 하는 거지?"

공춘보가 말했다.

"글쎄올시다. 꼭 뭔가를 기다리는 거 같은데?"

하풍달이 말했다.

"바람을 기다리는 거야."

용악산이 말했다.

"엥? 바람? 무슨 바람?"

"썰물이 밀물로 바뀌고 난 후 한 시진쯤 후에 바다에서부터 불어오는 해풍이 최고조에 이르지. 놈들은 그 바람이 가장 세질 때를 기다려 최대한 짧은 시간에 전단강을 거슬러 오르려는 거야."

"그런 건 또 어떻게… 햐. 역시 영리하다니까! 영리해!"

공춘보가 퉁방울눈을 굴리며 감탄했다.

다른 사람들 역시 신기한 마음을 감출 수 없었다.

대사형이 무공이 센 줄은 알았지만 이토록 치밀하게 주변을 살피는 능력이 있는 줄은 몰랐다.

자신들은 이곳 항주에 살면서도 그것까지는 생각해 본 적이 없었으니 말이다.

특히, 용악산의 옆모습을 바라보고 있는 도쟁선의 눈동자에는 점점 짙은 호기심이 어리고 있었다.

과연 잠시 후 해풍이 점점 거세지기 시작했다.

그때쯤 범선의 돛이 차르르륵 소리를 내며 올라갔다.

돛은 주 돛을 포함해 모두 세 개가 있었고 놈들은 그 세 개를 모두 펼쳤다.

바람을 한껏 머금은 돛이 금방에라도 찢어질 듯 부풀어 올랐다.

　꾸드등…….

　용골이 뒤틀리는 소리와 함께 배가 강의 상류를 향해 움직이기 시작했다.

　밧줄이 탱탱하게 당겨지고 뗏목이 빠른 속도로 끌려갔다.

第十一章

교룡방(蛟龍幇)의 비사

天山刀客

교룡방의 십인장 진초는 뱃머리에 서서 전단강을 바라보고
있었다.

　　어렸을 때부터 선주였던 아버지를 따라 수천 번을 오르내렸
던 강.

　　"이제 반 시진 후면 장원에 도착하네."

　　누군가 곁으로 다가와 말을 했다.

　　홍인상이었다. 진초와는 어려서부터 함께 자란 사이.

　　두 사람은 전단강에서 태어나고 자랐다.

　　그들의 아버지도 그랬고 아버지의 아버지도 그랬다.

　　강은 거짓말을 하지 않았다.

　　일한 만큼 대가를 주었고 거기서 나온 돈으로 식구들을 먹

여 살렸다.

지금도 먹고사는 일에는 문제가 없었다.

배를 부리는데 관한한 그들에게 강은 무한히 베풀어주는 어머니였다.

"자네와 했던 약속 못 지키겠어."

홍인상이 말했다. 진초가 고개를 돌려 그를 보았다.

"……?"

"절강 제일의 조방을 만들자고 했던 것 말일세."

"……!"

"이번 임무를 마지막으로 교룡방을 나갈까 하네."

"무슨……?"

"작은 어선을 한 척 사놨어. 바닷가로 이사를 갈 참이네. 바다는 강과는 다르겠지만 그래도 우리 세 식구 먹고사는 덴 지장이 없을 거야."

"인상!"

"오늘 아들놈이 친구의 구슬을 훔쳐 왔더군. 눈물이 쏙 빠지도록 매질을 하긴 했는데… 내가 과연 그럴 자격이 있을까?"

"……!"

진초는 아무 말 할 수 없었다.

전단강은 살아 있는 거대한 용이다.

큰비가 오고 나면 강바닥이 뒤집혀져 물길이 수시로 바뀐다.

없던 수중 언덕이 생기는가 하면 골짜기와 계곡도 생긴다.

평탄하던 바닥이 갑자기 쑥 꺼지면서 소용돌이가 생기기도 한다.

곳곳에 솟아 있는 암초와 무서운 강심도 문제다.

이런 곳에 멋모르고 화물선을 띄웠다간 물 한가운데 갇히거나 수장되기 십상이다.

하지만 그들은 언제 어떻게 물길이 바뀌는지, 어디에 암초가 있는지 훤히 알고 있었다.

전단강에서 배를 부리는 일에 관한한 그 누구에게도 앞자리를 양보하고 싶지 않았다.

사람들은 뱃일이 거칠고 천하다며 괄시했지만 진초와 홍인상은 자신들의 일에 자부심이 있었다.

그런 자부심을 가지게 해준 재주가 도둑질을 하는데 쓰이다니.

수백 년을 이어온 교룡방의 명성을 육가가 장악하면서 더럽히고 있었다.

배는 계속해서 상류로 향하다 운하로 접어들었다.

거기서 다시 한참을 올라간 배는 마침내 어느 장원으로 연결된 갑문에서 멈췄다.

"아무튼 고생하세."

홍인상이 진초의 어깨를 툭 치고 물러나더니 횃불을 집어들었다.

허공에서 크게 원을 그리자 잠시 후 갑문이 스르륵 열렸다.

배가 통과한 후 갑문은 다시 닫혔다.

장원에서 대기하고 있던 오십여 명의 장정이 우르르 달려와 배에 연결한 뗏목의 밧줄을 끊고 통나무를 나르기 시작했다.

장원의 한쪽에는 배를 건조하거나 수리하는 선거(船渠:도크)가 있었다.

선거의 양쪽 야적장에는 배의 건조에 필요한 목재들이 가득히 쌓여 있었다.

뗏목을 만들어 끌고 온 목재는 바로 그 야적장에 다른 목재들과 함께 섞이고 있었다.

이로써 심야의 작전은 완전 범죄로 끝난 것이다.

"하하하, 수고했네. 역시 자네들 솜씨는 알아줘야 한다니까."

교룡방의 총관 육모쌍이 호탕한 웃음으로 마중을 나왔다.

그는 교룡방주 육산개의 장자이자 차기 교룡방을 이끌 후계자로 유력한 인물이었다.

"이런 일은 이번이 마지막이었으면 좋겠습니다."

진초가 무거운 목소리로 말했다.

"하하하, 많이 긴장한 모양이군. 자자, 이걸로 목이나 축이고 들어가게."

육모쌍은 말을 하면서 은전 꾸러미를 진초에게 건네주었다.

못해도 스무 냥은 되는 돈이었다.

아무리 숙련된 뱃사람이라고 하더라도 반년은 일해야 벌 수 있는 큰돈.

일의 경중도 그렇지만 심리적인 보상 차원에서 주는 돈이었다.

진초가 그걸 모를 리 없었다.

진초는 고개 숙여 인사를 하고는 뒤로 돌아섰다.

남의 물건을 약탈한 대가로 받은 돈을 집에 있는 마누라에게 가져다주고 싶은 생각은 추호도 없었다.

"거기 서!"

육모쌍의 목소리가 갑자기 서늘해졌다.

진초가 그 자리에 멈췄다.

툭!

"주워."

육모쌍이 은전 꾸러미를 진초의 발밑에 던지며 말했다.

진초는 눈썹을 꿈틀거리며 분노한 표정을 지었다.

순간 육모쌍의 신형이 번쩍하더니 다섯 걸음을 날아가 주먹을 뿌렸다.

퍼억!

진초가 복부를 움켜쥐며 앞으로 고꾸라졌다.

하지만 그는 쓰러지지 않고 버텼다.

퍽! 퍽!

육모쌍이 반장 정도 솟구치더니 구부러진 진초의 등에 발등을 꽂았다.

"커헉……!"

"진초! 진초!"

저만치에서 목재를 나르는 일을 감독하던 홍인상이 황급히 달려왔다.

　하지만 그는 육모쌍을 둘러싼 십여 명의 호위무사에게 둘러싸여 더 이상 다가오지 못했다.

　"진초, 괜찮아?"

　"으으… 괜찮아."

　진초는 육모쌍에게 지기 싫은 듯 억지로 몸을 일으켰다.

　그리고 육모쌍을 똑바로 노려보며 말했다.

　"돈은 필요없으니 그냥 돌아가게 해주시오."

　"흥, 꼴에 자존심은 있다 이거지. 네놈들이 왜 교룡방을 장악할 수 없는지 알아? 바로 그 심약한 마음 때문이야."

　"그런 식으로 교룡방을 얻고 싶지 않소."

　"그거 알아? 도둑질도 천하를 훔치면 영웅이란 소리를 들어. 내가 저깟 목재 몇 개가 탐이 나서 이 일을 했다고 생각해? 천만에. 그런 건 중요하지 않아. 중요한 건 이 일로 우리가 서쪽으로 가는 항주상계의 상행을 일 년간 독점할 수 있다는 거지. 네놈들 머리론 평생을 굴려도 그게 무엇을 의미하는지 모를 거다. 멍청한 놈들!"

　"진짜 멍청한 놈은 너야."

　낯선 목소리가 들려온 것은 서쪽이었다.

　닫힌 갑문의 위쪽에서 넙데데하게 생긴 괴인이 훌쩍 뛰어내리고 있었다.

　그가 들창코를 벌름거리며 말했다.

"그것 때문에 쫄딱 망하게 될 줄도 모르고."

"웬 놈이냐!"

육모쌍이 인상을 구기며 소리를 질렀다.

동시에 진초의 호위무사들이 일제히 도검을 뽑아 들었다.

"나? 대금룡관의 둘째 제자 공춘보다. 이 후레자식아아아아!"

다다다다!

퍼억! 퍽! 퍽!

공춘보는 용악산의 명령을 기다리지도 않았다.

몽둥이 하나 들고 성난 멧돼지처럼 무섭게 돌진하더니 육모쌍의 수하들을 향해 우악스런 몽둥이질을 해댔다.

순간 열대여섯 개의 인영이 장원으로 날아들었다.

"풍달, 춘보를 도와 육모쌍을 사로잡아라!"

"내가 못산다니까. 진짜!"

하풍달도 달려가며 합공을 했다.

낯선 자들의 침입으로 목재를 나르던 뱃사람들이 모조리 병장기를 꼬나들고 달려왔다.

일꾼에서 순식간에 무인으로 바뀌는 순간이었다.

"서령, 정문을 맡아라. 한 놈도 빠져나가지 못하게 해. 홍만은 뱃사람들을 맡는다. 자룡은 교룡방주를 잡아 내 앞에 데려와라!"

"예, 대사형!"

은서령과 표자룡이 동시에 대답을 하고 흩어졌다.

은서령은 정문으로 달려가더니 칼을 뽑아 들고는 매서운 눈길로 좌중을 쏘아봤다.

누구든 탈출하려는 자가 있다면 이 칼로 용서하지 않겠다는 듯이.

표자룡은 야조처럼 날아 장원의 안쪽으로 사라졌다.

교룡방주를 잡으러 간 것이다.

채홍만은 거대한 대초자곤을 뽑아 들고 칼잡이로 변한 뱃사람들을 향해 무서운 속도로 달려갔다.

"우어어어어!"

저 깊은 뱃속에서부터 우러나오는 괴성에 교룡방의 무사들은 흠칫 놀랐다.

그들의 놀람은 곧 경악으로 바뀌었다.

"우어어어어!"

무식하게 휘둘러대는 거대한 쇠몽둥이 대초자곤에 서너 명이 한꺼번에 나가떨어졌다.

몇몇 빠른 자들이 일검을 부딪쳐 보지만 도저히 그 어마어마한 힘을 견디지 못했다.

칼이 부러지거나 초식이 무용지물이 되며 그대로 엎어터졌다.

초식이라는 것 자체를 무용지물로 만들어 버리는 궁극의 괴력!

단 한 명이 닥치는 대로 설치고 다니는데도 교룡방의 사람들은 털끝 하나 건드리지 못했다.

이건 마치 개 떼 사이로 뛰어든 맹수 같았다.

도쟁선도 십여 명의 검수를 데리고 날아다녔다.

서문홍주가 내어준 검수들의 실력은 기대 이상이었다.

은밀하고 쾌속한 신법에 검은 정교하고 빨랐다.

무엇보다 손속에 인정이 없었다.

도쟁선은 직접 싸움의 한복판에 말려들기보다는 이리저리 뛰어다니며 놈들의 맥을 끊고 있었다.

수하들로 하여금 실전의 경험을 쌓게 하려는 의도가 분명했다.

하지만 용악산은 판세를 읽는 도쟁선의 안목이 범상치 않음을 느꼈다.

다수의 접전은 반드시 흐름이 있게 마련이고 그 흐름을 어떻게 통제하고 의도한대로 움직이느냐에 따라 승패가 갈린다.

채홍만이 적들을 유린하며 두서없이 휘젓고 다닌다면 도쟁선은 그 여파로 생겨나는 파장을 정확히 감지하고 수하들을 부렸다.

마치 많은 전투를 치러본 군문의 장수처럼.

잠시 후 장원 안쪽에서 소란을 듣고 달려온 무인들이 가세했다.

대략 오십여 명 정도 되어 보였는데 그 기세가 앞서 목재를 나르던 자들과는 차원이 달랐다.

"감히 여기가 어디라고! 한 놈도 살려두지 마라! 뒷일은 내가 모두 책임진다. 모조리 죽여라! 죽여 없애라!"

달려나온 사람들 중 누군가가 일갈을 터뜨렸다.

지금 공춘보와 하풍달의 합공을 힘들게 받아내고 있는 육모쌍을 쏙 빼닮은 얼굴이었다.

그런 얼굴은 십여 명 정도 있었다.

그들은 다른 칼잡이들과 확연히 구분되는 솜씨를 지녔는데 옷차림 또한 화려했다.

"육가의 혈족들이다! 저놈들을 쳐라!"

혼전 중에 도쟁선이 환희방의 무사들을 향해 목소리를 높였다.

백병전이 한창 벌어지는 동안 용악산은 당황한 얼굴로 서 있는 진초와 홍인상에게로 걸어갔다.

그 순간 교룡방의 칼잡이 두 명이 용악산을 향해 달려들었다.

파앙! 파앙!

용악산은 걸어가는 속도를 늦추지 않은 채 두 놈의 어깨를 부숴 버리고는 칼을 빼앗아 들었다.

눈 깜짝할 사이에 벌어진 일이었다.

놀란 진초와 홍인상이 한 걸음 뒤로 물러났다.

용악산이 칼 두 자루를 두 사람의 앞에 꽂으며 말했다.

"......?"

진초가 놀란 눈을 치켜떴다. 용악산의 의도를 읽지 못한 탓이다.

"자신의 운명을 타인에게 맡기지 마시오. 그런 자는 꿈을 꿀

자격이 없소."

"......!"

"......!"

용악산은 두 사람을 뒤로하고 격전이 벌어지고 있는 곳으로
달려갔다.

진초는 용악산의 뒷모습을 한동안 바라보더니 손을 뻗어 칼
을 뽑았다.

"진초!"

"절강 최고의 조방을 만들자던 그 약속. 아직 잊지 않았겠
지."

"진초, 오래전 그때처럼 수많은 형제들이 피를 흘릴 수도 있
어!"

"어쩌면 이번이 마지막 기회일지도 몰라."

홍인상은 잠시 진초를 바라보다 고개를 끄덕였다.

그리고 손을 뻗어 마지막 남은 칼을 뽑아 들었다.

"좋아, 해보자고."

두 사람이 동시에 고함을 지르며 격전 속으로 뛰어들었다.

그러자 여태 금룡관과 환희방의 무사들을 향해 공격하던 칼
잡이들 사이에서 이상한 기류가 흘렀다.

그들 중 상당수는 진초나 홍인상과 마찬가지로 뱃사람들이
었다.

한 다리만 건너면 모두가 지연, 혈연으로 이어진 토박이들.

진초가 그들을 향해 외쳤다.

"난 대수룡(大水龍) 진갑용의 아들 진초요! 오늘부로 나와 우리 집안은 더 이상 육가의 개 노릇을 하지 않겠소! 누구든 육가를 도와 싸우는 자 나의 적이오!"

대수룡은 진초의 아버지 진갑용의 별호로 뱃사람들 사이에선 입지적인 인물이었다.

전단강의 물길 지도를 완성한 사람이며 전대의 교룡방 방주였던 사람.

혼전이 멈추며 잠시 술렁임이 번졌다.

그리고 누군가가 군중을 비집고 진초의 곁으로 다가오며 말했다.

"저잣거리에서 동냥이나 하고 있던 날 대수룡께서 거두어 일가족을 먹고살게 해주셨지. 뭐가 옳고 그런지는 난 잘 몰라. 하지만 그분의 아들을 향해 칼을 들 수는 없지."

그러자 여기저기서 이런저런 말들이 터져 나왔다.

"젠장, 저 새끼는 나랑 불알친구야! 불알친구랑 싸울 수는 없잖아!"

"진초, 내 여동생이 네놈을 좋아하는 거 알고 있지? 나중에 모르는 척하면 재미없다!"

"에잇. 이웃사촌이 뭔지!"

사람들이 삽시간에 진초의 곁으로 우르르 건너갔다.

졸지에 싸울 상대를 잃어버린 채홍만은 머리를 벅벅 긁으며 어리둥절한 표정을 지었다.

당황한 사람들은 육가의 혈족과 그들을 따르는 무인들이

었다.

뱃사람도 되었다가 칼잡이도 되었다가 하는 어중이들과는 차원이 다른 진짜 칼잡이들.

그들은 토박이 뱃사람들을 억누르고 부리기 위해 육가에서 고용한 무사들이었다.

하지만 그들의 갈등은 오래가지 않았다.

"버러지 같은 놈들! 모조리 쓸어버려라!"

                    *   *   *

표자룡은 장원의 가장 깊숙한 전각에서 교룡방주 육산개와 마주하고 있었다.

잠을 자고 있던 육산개는 바깥에서 들리던 소란에 칼을 들고 나오다 표자룡과 마주쳤다.

덕분에 그는 고립된 상태에서 표자룡을 상대하게 된 셈이었다.

"네놈은 금룡관의 제자로구나!"

육산개는 단번에 장원을 습격한 자들이 누구인지 알아봤다.

표자룡은 대답하지 않았다.

검을 가슴에 세운 채 그 특유의 서늘한 눈빛으로 육산개를 노려보고 있을 뿐이었다.

육산개는 거대한 비곗덩어리였다.

손에는 두터운 대도가 들려 있었는데 도신은 정체를 알 수 없는 역린으로 번뜩거렸다.

"내 네놈의 사부조차 안중에 두지 않거늘. 감히 혼자서 나를 상대하러 왔다니. 오냐, 잘됐다. 이참에 금룡관의 씨를 말려주마!"

파앙!

파공성이 머리 위에서 작렬했다.

빗나간 대도가 기둥을 통째로 잘랐다.

무시무시한 힘이었다.

표자룡은 여러 번의 기회가 없을 것임을 알았다.

항주 십대방파의 한 곳인 교룡방의 방주라는 것을 감안하면 육산개의 무공이 어느 정도인지는 능히 짐작하고 남았다.

특히 육가의 귀문도법은 일절이라는 소문이 있었다.

그 귀문도법을 가장 정통하게 구사하는 고수가 바로 지금 표자룡의 눈앞에 있었다.

파앙!

또다시 대도가 허공을 갈랐다.

마치 거칠 것 없다는 듯 표자룡의 천령개를 수직으로 자르고 들어왔다.

표자룡은 허리를 살짝 숙여 육산개의 안쪽을 파고들었다.

그렇게 공격적으로 나올 줄 몰랐는지 육산개가 약간 놀라는 기색을 보였다.

하나 그것도 잠시.

"감히 어딜!"

육산개는 돌연 방향을 바꾸어 표자룡의 등을 쪼겠다.

순간, 육산개의 대도가 무수히 많은 역광을 토해냈다.

도신에 붙어 있던 역린이 달빛에 반짝이면서 칼의 형체를 찾을 수 없었다.

일종의 환영도(幻影刀)!

넓게 보자면 환검, 환도의 영역이다.

극쾌의 빠르기가 아닌 기병의 이점에 기대어 펼친다는 것이 다를 뿐.

이거였구나. 굳이 자신에게 육산개를 잡아오라고 명령한 것은 또 다른 영역의 환검을 보여주기 위한 것이었구나.

대사형은 이미 귀문도법에 대해 알고 있었던 것이다.

'대사형……!'

표자룡은 용무관에서 있었던 구문룡과의 싸움을 수십 번도 더 복기했었다.

북망동에서 만났던 지옥혈마는 그에게 환검의 또 다른 경지가 있음을 보여 주었다.

그런 경험들이 하나씩 쌓여 그는 점점 높은 곳으로 나아가고 있었다.

그리고 오늘 육산개와의 싸움은 그에게 또 다른 가르침을 주게 될 것이다.

물론 살아남는다면.

바람이 된 표자룡의 신형이 정수리 위로 떨어지는 육산개의 대도를 피해 오른쪽으로 빠져나갔다.

써엉!

표자룡이 빠져나감과 동시에 육산개의 아랫배에 길게 혈흔이 지나갔다.

표자룡은 놀라움을 금할 수 없었다.

분명 생살을 베는 촉감을 느꼈는데 육산개는 멀쩡했다.

그가 벤 것은 아랫배의 비계일 뿐 내장을 자르지 못한 것이다.

표자룡이 그걸 계산에 두지 않았을까?

천만에. 노련한 검수는 검의 깊이를 일촌 일푼까지 계산한다.

"외공을 익혔군!"

"크크크. 네놈이 금부투왕을 꺾었다는 소문은 들었다. 하지만 모든 무공엔 천적이 있는 법. 쾌검의 치명적인 약점은 경(輕)에 있지."

말과 함께 육산개의 대도가 또다시 허공을 쪼개고 왔다.

"공 사형, 지금이오!"

"뒈져 버렷!"

퍼억!

하풍달이 뒤에서 육모쌍의 등을 공격하는 순간 공춘보의 몽둥이가 육모쌍의 어깨를 후려쳤다.

"커허억!"

등에 이은 어깨의 타격으로 육모쌍은 칼을 놓쳐 버리고 비틀비틀 물러났다.

한 쪽 손으로 부서진 어깨를 부여잡는데 고통스런 표정이 역력했다.

"역시. 우리 둘이 합공을 하면 적수가 없을 거라더니. 대사형 말이 맞았소!"

항주 십대방파 중 하나인 교룡방의 최고수 육모쌍을 쓰러뜨린 기쁨에 하풍달이 외쳤다.

하지만 공춘보는 아쉬워하는 얼굴이었다.

"에이. 머리통을 노렸는데. 젠장!"

입술에 침을 바르며 입맛을 다시는 것이었다.

그리고 다시 몽둥이로 육모쌍의 머리통을 후려치려는 찰나.

"져, 졌소이다!"

"몰라. 안 들려!"

처퍽!

공춘보는 기어이 육모쌍의 머리통을 후려쳤다.

하지만 찰나의 순간에 육모쌍이 신형을 비틀면서 이번에도 몽둥이는 어깨를 부수고 말았다.

이번에는 반대쪽 어깨라는 것이 다르면 달랐다.

육모쌍은 지독한 고통을 이기지 못하고 픽 쓰러졌다.

입에서 게거품이 흘러나오는 걸로 보아 제대로 실신한 모양이었다.

"하아, 이 자식 엄청 날래네."

아무리 인정사정없기로 쓰러진 사람을 또다시 두들겨 팰 수는 없었다.

하지만 이미 육모쌍과 그의 수하들의 합공에 육장을 다섯 대나 맞은 공춘보였다.

공춘보는 주변을 슬그머니 둘러보더니 보는 사람이 없자 쓰러진 육모쌍의 머리통을 발로 꾹꾹 밟았다.

대사형에게 배운 천근추로 슬쩍 무게를 가미하자 우두둑 소리와 함께 육모쌍의 하악골과 이빨이 나가는 소리가 들렸다.

"어허. 이제야 속이 좀 풀리네."

"참 잘하는 짓이오."

하풍달이 옆에서 면박을 주었다.

"시끄러. 개싸움에 규칙이 어딨어!"

육모쌍이 무너지자 더 이상은 덤벼드는 놈이 없었다.

육가의 다른 혈족들은 모두 환희방의 무인들에게 패해 쓰러져 있었다.

육가에서 고용한 칼잡이들도 진초가 이끄는 뱃사람들에게 둘러싸여 이미 도검을 버린 상태였다.

그들이 물러나게 된 결정적인 이유는 육가의 혈족이 무너져서가 아니었다.

직접 손속을 부딪쳐 본 금룡관의 제자들이 너무나 강했기 때문이었다.

특히, 하늘에서 떨어진 듯한 저 대초자곤을 든 거인의 완력은 기가 질릴 정도였다.

"춘보, 풍달, 교룡방 사람들은 한 명도 빼놓지 말고 한 곳으로 모아라."

용악산이 명령했다.

"자 다들 들었지. 혈족은 왼쪽, 칼잡이들은 오른쪽."

공춘보는 하풍달과 함께 몽둥이를 들고 다니며 사람들을 두 분류로 나누어 정렬을 시켰다.

단순히 정렬만 시키는 것이 아니라 땅바닥에 무릎을 꿇게 했다.

아무리 승자라 하지만 이건 무인에 대한 모욕이었다.

몇몇 칼잡이들이 눈을 치켜떴다.

하지만.

빠악!

"눈깔아! 이쉐!"

공춘보의 몽둥이가 한 방이면 찍소리 없이 고개를 숙였다.

"어지간히 하시오. 이미 전의를 상실한 놈들이오."

하풍달이 말했다.

"모르는 소리 마. 이런 놈들은 내가 잘 알아. 철저하게 힘을 보여주지 않으면 금방 뒤에서 칼을 쑤신다고. 이것들 반은 흑도야, 흑도."

"알았소. 마음대로 하시오."

"그나저나 자룡이는 왜 안 나오는 거야? 당한 거 아냐?"

"그러게. 아무래도 가봐야 하는 거 아냐."

하풍달이 근심스런 얼굴을 하며 장원 안쪽을 보는데 마침 표자룡이 걸어나왔다.

"헉, 저게 뭐냐."

공춘보의 눈이 툭 튀어나왔다.

표자룡이 한 손으로 누군가를 끌고 오고 있었는데 그 덩치가 장난 아니었던 것이다.

축 늘어진 육산개는 표자룡이 이끄는 데로 땅바닥에 질질 끌려나왔다.

육산개의 몸은 성한 데를 찾아보기 힘들 정도로 칼로 난자되어 있었다.

그런데도 출혈은 그다지 많아 보이지 않았다.

워낙 비계가 두꺼운데다 외공까지 익힌 덕분이었다.

육산개를 쓰러뜨린 최후의 한 수는 안면을 격중시킨 주먹이었던 것 같았다.

함몰된 안면으로 그걸 알 수 있었다.

"어떻게 된 거야?"

공춘보가 물었다.

"검수라고 꼭 검만 쓰라는 법 있소?"

표자룡의 대답이었다.

표자룡은 말을 하면서 용악산을 슬쩍 보았다.

마치 사부가 내어준 어려운 과제를 해결하고 돌아온 사람처럼.

하지만 용악산은 무서우리 만치 냉정한 얼굴로 서 있을 뿐이었다.

잠시 후 교룡방주 육산개를 포함한 육가의 혈족 이십여 명이 용악산의 앞에 끌려나왔다.

육산개와 육모쌍은 실신 상태에서 아직도 깨어나지 못하고 있었다.

공춘보와 하풍달이 수로에서 찬물을 길러다 육산개와 육모 쌍에게 퍼부었다.

촤아아아.

"으으으으……."

"끄으으으……."

두 사람이 신음을 내며 눈을 떴다.

"누가 시켰소?"

용악산이 물었다. 목재를 중간에서 탈취한 과정에 관해 묻고 있는 것이다.

"말할 수 없다."

육산개가 말했다.

"기회는 한 번뿐이오."

"죽여라!"

"원한다면."

용악산이 두말도 않고 공춘보를 보았다.

"으에. 제, 제가요?"

공춘보가 놀란 눈을 치켜떴다.

사실 도검을 들고 백병전을 치렀지만 오늘 이 싸움에서 죽어나간 사람은 아직 없었다.

치명상을 입고 물러나면 더 이상 공격을 하지 말라는 용악산의 엄명이 있었기 때문이었다.

공춘보가 육모쌍에게 몽둥이로 머리통을 후려칠 때도 진짜로 죽일 생각까진 안 했다.

그랬다면 지금쯤 머리통이 썩은 수박처럼 터져 나갔을 것이다.

"대사형, 이건 아무래도 좀……."

하풍달까지 나서서 말렸다.

놈들이 한 짓이 괘씸하기는 하지만 대놓고 살인을 하기에는 마음이 편치 않았다.

은서령도 똑같은 생각이었다.

그녀는 용악산과 시선이 마주치자 딱딱한 표정으로 고개를 저었다.

'죽이진 마세요. 그럴 필요까진 없잖아요.'

그녀의 표정은 그렇게 말하고 있었다.

사람들의 안색을 읽은 육산개는 더욱 기고만장했다.

"죽일 테면 죽여라! 내 뒤에 누가 있는 줄이나 아느냐! 네놈들은 결코 살아남지 못하리라!"

고래고래 고함을 지르는 것이었다.

"홍만."

용악산이 채홍만을 불렀다.

채홍만은 머리를 한번 긁적긁적하더니 대초자곤을 들고 왔다.

"……!"

"……!"

엄청난 덩치와 거대한 쇠뭉둥이에 두 사람은 기겁을 했다.

"한 번에 고통없이."

용악산의 주문이었다.

끝까지 단호하기 이를 데 없는 음성.

채홍만은 고개를 끄덕이더니 손바닥에 침을 퉤 뱉었다.

그리고 대초자곤은 머리 위로 높이 치켜들었다.

키가 얼마나 큰지 대초자곤이 까마득히 높은 하늘에 떠 있는 것 같았다.

저 대초자곤에 한 방 맞으면 머리통은 수박처럼 깨질 것이다.

아니, 그러고도 힘이 죽지 않아 어깨며 몸통이 으스러질 게 분명했다.

그만큼 채홍만과 대초자곤이 뿜어내는 기도는 무서웠다.

"꿀꺽!"

육산개가 마른침을 삼켰다. 동그랗게 뜬 눈에선 공포가 어렸다.

하지만 이때까지도 육산개는 진짜로 자신을 내려칠 줄은 몰랐다.

마음속에는 '설마' 하는 한가닥 희망이 있었다.

그렇기도 한 것이 이건 상당히 민감한 문제였다.

최초의 잘못은 자신들이 했다고 치더라도 격전 중에 죽는 것과 이렇게 무방비 상태에서 매를 맞아 죽는 건 달랐다.

금룡관은 무인으로서 최소한의 도의를 망각하고 무방비 상태의 사람을 때려죽였다는 소리를 듣게 될 것이다.

그렇게 되면 혹도와 다를 게 무엇인가.

결국 항주무림이 금룡관을 칠 빌미를 주게 되는 것이다.

그런데.

"으아아아아!"

괴성과 함께 거대한 채홍만이 대초자곤을 내려쳤다.

놀란 사람들이 일제히 고개를 돌렸다.

눈앞에 펼쳐질 끔찍한 광경을 차마 볼 수 없었던 것이다.

콰앙!

찰나의 순간에 육산개는 신형을 비틀었다.

그건 거의 본능적인 움직임이었다.

아슬아슬하게 빗나간 대초자곤은 반 뼘 두께의 청석판을 박살 내고도 땅에 한 자나 깊이 박혔다.

땅이 움푹 파였고 파편이 되어 나가떨어진 청석판의 쪼가리들이 육가의 혈족들을 때렸다.

육모쌍은 그 파편에 맞아 코피를 쏟을 정도였다.

"이번에도 실패하면 밥 안 준다."

용악산이 말했다.

화들짝 놀란 채홍만이 대초자곤을 다시 치켜들었다.

그런데 이번에는 자리를 옮겨 옆으로 비스듬히 섰다.

"뭐, 뭐 , 뭐 하는 거요?"

육산개가 말까지 더듬으며 목소리를 쥐어짰다.

하지만 대답해 주는 사람은 아무도 없었다.

대초자곤이 채홍만의 어깨 뒤로 돌아갔다.

머리 위에서 내려치려는 게 아니라 옆으로 휘둘러 머리통을
부서버릴 참이었던 것이다.

이렇게 되면 위에서 내려치는 것 보다 훨씬 정교하게 타격
을 가할 수 있었다.

무서운 인상의 채홍만이 눈썹을 씰룩하는 사이.

"북천방이오!"

육산개가 고함을 질렀다.

하지만 그때는 채홍만의 대초자곤이 포물선을 그리고 난 후
였다.

"살려!"

짧게 끊어지는 용악산의 한마디가 있었고.

부웅!

채홍만의 대초자곤이 아슬아슬하게 육산개의 머리 위를 스
쳐 갔다.

그 강맹한 바람에 육산개의 머리카락이 한순간 허공으로 빨
려 올라갔다.

지켜보던 교룡방 사람들은 모골이 송연해졌다.

금룡관에 천산에서 흘러들어 온 도객이 하나 있어 범상치
않은 무공을 지녔다는 얘기는 들었지만 이 정도로 독심이 깊
을 줄이야.

육가의 혈족들은 그제야 자신들이 벌집을 건드린 줄 알았다.

"좋아, 사주를 한 놈들은 알겠고. 이제 우리 물건을 훔친 대가를 받고자 하는데. 뭐가 좋을까?"

"원하는 것은 모두 주겠소. 제발 목숨만은 살려주시오!"

육산개가 이제는 체면도 생각지 않고 빌었다.

북천방은 멀고 이들의 몽둥이는 당장 현실적인 문제였다.

"교룡방을 내놓으라면?"

"그, 그것은!"

육산개의 얼굴에서 핏기가 사라졌다.

이건 의향을 묻는 말이 아니었다.

자신이 어떻게 대답을 하던 이들은 교룡방을 빼앗을 것이다.

교룡방이 어떤 곳인가.

상업의 도시 항주에서 수로를 통한 조운의 권리를 장악한 곳이다.

만약 교룡방이 금룡관의 손에 들어가면 결국 수로를 통해 물자를 운송하는 항주상계의 명줄을 틀어쥘 수도 있게 된다.

자신들이 다소 무리한 일을 해도 북천방을 비롯해 항주의 상계들이 두고만 본 것은 교룡방이 그들을 대신해 이곳 수로를 지켜주었기 때문이었다.

'원하는 게 이것이었던가? 수로를 장악해 상계의 명줄을 틀어쥐는 것.'

육산개는 비로소 자신이 함정에 빠졌다는 걸 깨달았다.

더불어 금룡관이 단순한 무관이 아니라는 것까지.

"당신들이 싸워야 할 적들은 생각보다 강하오!"

"그건 당신이 알 바 아니고."

"……!"

육산개는 눈을 감고 침묵했다.

이건 쉽게 대답할 수 있는 문제가 아니었다.

오늘의 교룡방을 일구기 위해 얼마나 많은 피를 흘렸던가.

그런데 하루아침에 빼앗기다니. 그것도 눈길 한번 준 적 없는 변두리의 작은 무관에게.

하지만 이제 기울어진 대세임을 안다.

육산개는 마침내 눈을 떴다.

"조건이 있소."

"……?"

"나와 일족들의 목숨을 보장해 주시오."

"아버지!"

"백부님!"

육가의 혈족들에게서 말들이 쏟아졌다.

"여기서 개죽음을 당할 수는 없지 않느냐!"

"하, 하지만……!"

"미련을 버리거라. 가문은 언제든 다시 일으키면 그만이다."

육산개는 다시 고개를 들어 용악산에게 말했다.

"나 육산개는 오늘부로 교룡방이 지니고 있던 수로에 대한 모든 관리권을 금룡관에 넘기는 바이오."

"틀렸소."

"......?"

"내가 아니라 저 친구들에게."

용악산이 말을 하면서 진초와 홍인상을 가리켰다.

사람들의 시선이 일제히 자신들에게 쏠리자 두 사람은 깜짝 놀랐다.

그들의 곁에는 다른 동료들도 함께 있었다.

사람들은 모두 똑똑히 들었다. 금룡관이 교룡방을 차지하겠다는 것이 아니라 자신들에게 수로의 권한을 넘기겠다고 하는 것을.

"비 공자!"

침묵하고 있던 도쟁선이 갑자기 용악산을 불렀다.

"이건 상계의 명줄을 틀어쥘 수 있는 절호의 기회요!"

"교룡방은 원래 우리 것이 아닙니다."

"무슨 걱정을 하는지 잘 알고 있소. 하지만 어차피 육가도 힘으로 빼앗았소이다. 작은 과는 큰 공으로 가려지는 법이오. 차후 뱃사람들에게 육가보다 더 좋은 대우를 해주면 될 일이오."

"남의 것을 힘으로 빼앗을 수는 없지요."

"어허, 내 말을 못 알아듣는구려. 저들 뱃사람들만의 힘으론 교룡방을 유지할 수 없소이다. 틀림없이 수로의 이권을 노리고 있던 다른 세력들이 물어뜯어 결국엔 또 다른 자의 손에 넘어갈 것이오."

"그게 저들의 운명이라면 어쩔 수 없지요."

"허허, 이렇게 되면 작전을 펼칠 보람이 없는데……."

하지만 도쟁선은 용악산의 고집을 꺾지 못했다.

그날 밤 육가의 혈족들은 그들을 따르던 칼잡이들과 함께 죽엽선 몇 척에 나눠 타고 교룡방을 떠났다.

사실상 빈손으로 쫓겨난 것이다.

토박이 뱃사람들은 한동안 만세를 부르더니 빠르게 장원을 정리해 갔다.

"대사형, 아까 정말로 육산개를 죽일 작정이었소?"

사람들이 흩어졌을 때 공춘보가 다가와 물었다.

은서령과 하풍달도 호기심 어린 표정으로 용악산을 바라보았다.

용악산은 아무런 대답도 하지 않았다.

"하아. 또 나왔다. 저 자물통 입!"

궁금한 걸 못 참는 공춘보가 이번에는 채홍만에게 다가가 물었다.

"너 진짜 죽일 작정이었냐?"

채홍만은 머리를 긁적긁적하더니 말했다.

"밥을 안 준대서……."

"……!"

사람들은 할 말을 잃었다.

하지만 표자룡만은 속으로 생각했다.

'채홍만이 그를 죽이려 했다면 처음에 실수를 했을 리가 없지.'

적어도 표자룡의 눈에는 그랬다.

이 엄청난 덩치의 거인이 둔한 듯해도 대초자곤을 휘두르는 속도가 범상치 않다는 걸 그는 알고 있었다.

그때 저만치에서 진초와 홍인상이 다가왔다.

"이 은혜를 어떻게 갚아야 할지……."

"기뻐하기엔 아직 이르오. 교룡방을 되찾는 것보다 지키는 것이 훨씬 어려울 테니까."

"명심하겠습니다. 그리고 잃어버린 목재들은 저희가 책임지고 금룡관까지 운송해 드리겠습니다."

"당연히 그래야지. 그럼 우리더러 저걸 나르라고 할 작정이었단 말이야!"

옆에서 공춘보가 빽 소리를 질렀다.

"하하. 아무렴요. 확실하게 운송해 드리겠습니다. 앞으로도 운송이 필요한 일이 있으면 저희들에게 말씀만 하십시오. 배가 갈 수 있는 곳이라면 중원 어디든 운송해 드리겠습니다. 저희가 해드릴 수 있는 건 그것밖에 없습니다."

홍인상이 옆에서 사람 좋은 얼굴을 하고 말했다.

"무관이 물건을 운송할 일이 뭐가 있다고. 정 고마우면 술값이나 좀 내놓든가. 험험."

"한 가지 청이 있습니다."

진초가 착 가라앉은 목소리로 용악산에게 말했다.

"……?"

"아시다시피 저희들은 태생이 뱃사람입니다. 과거엔 칼을 다룰 줄 아는 사람들도 제법 되었지만 육가놈들과 오랜 시간 싸우면서 모두들 죽거나 항주를 떠났지요."

"그래서 뭘 어쩌자는 거요"

옆에서 공춘보가 대신 물었다.

"아시다시피 수로를 통한 물자 운송은 상당히 위험한 일입니다. 반드시 칼을 잘 다루는 무인들의 호위가 필요하지요. 앞으로 교룡방에서 하는 모든 화물 운송의 호위를 금룡관에서 맡아주십시오."

"뜨아!"

"허걱!"

공춘보와 하풍달이 동시에 놀란 비명을 토했다.

놀라긴 은서령과 표자룡도 마찬가지였다.

교룡방의 화물 운송량은 막대하다. 항주의 상계 중 그 어느 곳도 교룡방에 화물 운송을 맡기지 않는 경우가 없었다.

백마표국 따위와는 비교도 할 수 없을 정도의 큰 거래.

이렇게 되면 지속적인 경제 기반이 없다는 금룡관의 고질적인 문제가 단번에 해결되는 것이다.

더불어 교룡방으로서는 금룡관이라는 든든한 뒷배를 가지게 된 것이다.

사람들의 시선이 동시에 용악산에게로 향했다.

용악산의 한마디에 금룡관의 미래가 달려 있었다.

"그건 내 사매와 이야기하시오. 금룡관의 모든 살림은 그녀가 맡아서 하니까."

*   *   *

도쟁선의 보고를 받은 서문홍주는 웃기만 했다.

"방주, 웃고만 계실 일이 아닙니다. 수로는 항주 상업의 핏줄과 같은 곳입니다. 상계의 명줄을 틀어쥘 수 있는 모처럼의 기회를 놓쳤어요. 공명정대함도 좋지만 상대는 그렇지가 못합니다. 전술도 상대를 봐가면서 펼쳐야지요."

"노야는 수로가 많이 아까운 모양이군요."

"단지 수로가 아까워서 만은 아닙니다. 방주께서 모처럼 판을 벌려주었는데도 그 답답한 인사가 명분에만 집착해 제 몫을 챙기지 못하니 안타까워서 그런 거지요."

"아니에요. 그는 제 몫을 제대로 챙겨갔어요."

"네?"

"명분과 실리까지 모두. 내가 사람을 제대로 본 것 같아요. 호호호."

第十二章

금룡문의 탄생

天山刀客

용악산은 북천방을 찾아가 따지지 않았다.

교룡방을 움직여 항주상계의 물자 운송을 좌지우지하지도 않았다.

그런데도 변화가 일어났다.

처음의 변화는 농성을 벌이던 인부들의 해산이었다.

그들은 누가 뭐라고 하지 않았는데도 알아서 일을 시작했다.

교룡방은 약속대로 목재를 금룡관에서 가장 가까운 곳까지 배로 운송을 해 와서는 땅에 부려주었다.

그걸로도 모자라 공사가 진행 중인 산꼭대기까지 날라다 준다는 걸 은서령과 은도천이 말렸다.

교룡방을 재정비하기에도 바쁠 텐데 그렇게까지 성의를 보일 필요가 없다는 것이 두 사람의 말이었다.

대신 교룡방은 장원을 짓는 데 필요한 석재들을 공사가 끝날 때까지 무상으로 운송해 주겠다고 했다.

그것만큼은 은도천도 거절할 수 없었다.

진초와 홍인상은 흩어진 선주와 뱃사람들을 모아 교룡방을 재정비하는데 전력을 기울였다.

그들은 육가가 장악하고 있을 때와 달리 운송비를 절반으로 줄였다.

육가의 혈족들이 커다란 장원을 짓고 칼잡이들까지 부려가며 호의호식하던 비용이 고스란히 빠진 결과였다.

그리고 그 혜택은 고스란히 항주의 작은 상방들에게 돌아갔다.

항주에는 구룡장, 북천방, 홍인방만 있는 게 아니었다.

가족끼리, 혹은 동료들끼리 상방을 꾸려 나가던 작은 상방들은 교룡방의 재탄생을 쌍수를 들어 환영했다.

항주의 가장 낮은 곳에서부터 금룡관을 지지하는 사람들이 늘어나고 있었다.

용악산은 고래의 명줄을 틀어쥐는 데는 실패했지만 그보다 훨씬 더 많은 숫자인 새우들의 인심을 얻는데 성공한 것이다.

상황이 이렇게 되자 항주상계도 더 이상 금룡관의 행보를 막지 못했다.

그리고 두 달 후 항주 시내가 훤히 내려다보이는 천목산 꼭대기에는 성을 방불케 하는 웅장한 장원이 서서히 그 형체를 드러냈다.

완벽한 장원의 모습을 갖추기에는 아직 많은 공사가 남아 있었지만 모두가 불가능할 거라고 했던 일이 현실로 이루어지는 순간이었다.

다시 한 달 후, 장원 중심부에 위치한 대전의 대들보를 올리고 상량식(上梁式)을 하던 날 금룡관의 관주 은도천은 많은 사람들이 지켜보는 가운데서 개파를 선언했다.

금룡문의 탄생이었다.

*　　　*　　　*

어둠이 내리기 시작한 저잣거리.

자릿세를 달라는 주먹패들을 피해 한적한 곳에 돗자리를 깔았던 노복자(老卜者:점치는 노인)는 자리를 챙겨 일어섰다.

이제는 오가는 사람도 보이질 않으니 오늘 장사는 여기까지인 모양이었다.

그러나 잠시 후 노복자는 서둘러 돗자리를 다시 깔았다.

막 자리를 뜨려고 할 무렵 찾아온 한 사람 때문이었다.

"복채는 선불이라오. 젊은이."

사내의 등에 가로질러 매달린 칼 때문일까?

노복자는 우선 복채부터 요구했다.

무림인들은 상대하기가 까다로워 점괘가 마음에 들지 않는다고 강짜를 놓으면 낭패였다.

황소 같은 체격에 죽립을 눌러쓴 사내는 군말없이 한 냥을 툭 내던졌다.

노복자의 입이 귀에 걸렸다.

젊은 사내가 내놓은 것은 달빛처럼 은은하게 빛나는 은자였다.

혀만 잘 굴린다면 몇 푼 더 뜯어낼 수도 있을 터. 노복자는 만물의 이치를 모두 꿰뚫어 본다는 듯한 얼굴로 물었다.

"그래, 젊은 협객께서는 무엇이 답답해서 오셨소?"

일단 호칭부터 달라졌다.

"사람을 찾고 있소."

짝!

노복자가 갑자기 손뼉을 마주치며 말했다.

"그렇다면 제대로 온 거요. 집나간 여편네부터 시작해 전쟁통에 잃어버린 자식새끼까지. 생사를 불문하고 실종된 사람을 찾아주는 것이 바로 내 전문이라오. 껄껄껄."

노복자는 나이답지 않게 호들갑을 떨더니 산통(算筒)을 쥐고 흔들기 시작했다.

"그래, 찾는 사람이 뉘시오?"

"멸천대주 장산벽……."

"……!"

순간 산통을 쥔 노복자의 손이 그대로 멈추더니 동공까지

급격히 팽창했다.

그는 받은 은자를 서둘리 돌려주고는 공포에 질린 얼굴로 부랴부랴 짐을 챙겼다.

"잘못 찾아왔소이다. 나 같은 변두리 복자가 어찌 무림대사를……."

땡그랑!

노복자가 막 몸을 일으키려는 찰나 다시 한 냥이 발치에 떨어졌다.

이번엔 황혼의 이글거리는 태양빛을 닮은 누런색이었다.

"멸천대주의 얼굴을 보았다고 들었소."

사내의 말에 노복자는 눈동자가 잠시 흔들렸지만 이내 고개를 세차게 저으며 말했다.

"어디서 무슨 말을 듣고 왔는지 모르겠지만 모두 헛소문이오."

툭!

이번에 던져진 것은 두툼한 주머니였다.

슬쩍 열린 입구 사이로 누런빛이 번쩍이는 걸 보니 모두가 금자다.

시내 중심가에 번듯한 점포를 내고도 남을 만큼 큰돈.

노복자는 금전 주머니와 죽립 아래로 반쯤 드러난 사내의 턱을 번갈아 보더니 결국엔 털썩 주저앉고 말았다.

"빌어먹을! 이놈의 욕심 때문에 내 언젠가 비명횡사하고 말지."

순식간에 주머니를 게 눈 감추듯 감춘 노복자는 주변을 한 차례 둘러보며 낮게 속삭였다.

　"대신 조건이 있소."

　"......?"

　"지금부터 보고 들은 것에 대해 누구에게도 발설하지 않겠다고 약조해 주시오. 자신의 얼굴을 아는 이가 있다는 걸 알면 그 무시무시한 지옥귀가 내 목을 따러 오지 않는다고 누가 장담하겠소? 안 그렇소?"

　"지옥귀?"

　죽립 아래로 드러난 사내의 입꼬리가 살짝 뒤틀렸다.

　노복자는 사내의 시큰둥한 반응에 인상을 찌푸리며 말했다.

　"보아하니 그를 죽여 무명(武名)을 얻으려는 무림초출인 듯한데. 젊은이, 세상은 그리 만만한 게 아니라오. 멸천대가 몇 개만 더 있었어도 정마대전의 승자는 정파무림이 아니라 마도였을 거라는 소문을 정녕 듣지 못했단 말이오?"

　"소문은 원래가 부풀려지기 마련이지."

　"허허. 젊은 무인의 객기는 내 알 바 아니나 어쨌든 굳은 약조를 해주지 않으면 내 입도 열리지 않을 것이오."

　"노인장의 품속으로 들어간 돈이 다시 나오는 건 더욱 어려울 듯싶소만."

　노복자는 헛기침을 하더니 결국 천천히 얘기를 들려주기 시작했다.

　확실히 품속에 한 번 넣은 돈을 다시 꺼내 놓기는 어려운 법이었다.

"키는 육 척이 넘고 눈동자에서는 불똥이 튀었지. 곰처럼 큰 체구에 어울리지 않게 눈매는 조각난 검편을 붙여놓은 듯 날카로웠고, 눈썹은 비상하는 용의 꼬리처럼 창공을 향해 날렵하게 뻗었으며……."

말을 하면서 노복자는 자신이 보았다는 멸천대주의 얼굴을 종이 위에 세세하게 그려갔다.

마침내 그가 붓을 놓았을 때는 두 눈을 부릅뜬 채 누군가를 잡아먹을 듯 노려보는 괴인이 그려져 있었다.

아마도 공포에 질린 노복자의 심리가 그대로 투영된 탓일 게다.

하지만 사내는 노복자가 그린 그림 따위는 안중에도 없었다.

"용모파기 따위로는 그를 찾을 수 없소. 보다 구체적인 특징이 있어야 하오. 다른 사람과 확연히 구분되는."

애써 그린 용모파기가 소용없게 되자 노복자는 잠시 얼굴을 찡그렸다.

그러나 사내의 말은 백 번이고 옳았다.

사는 사람이 빤한 시골 저잣거리에서 발생한 살인사건 용의자를 찾는 것도 아니고, 전 중원을 무대로 하는 마도의 고수를 찾는 일이라면 용모파기는 전혀 도움이 안 된다.

설사 원숭이를 그려놓고 닮은 사람을 찾으라고 해도 수백 명은 나올 것이다.

세상에 원숭이처럼 생긴 사람이 한둘인가 말이다.

"아, 그러고 보니 손목에 문신이 하나 있었소. 보기만 해도 섬뜩한 마수(魔獸)의 문신이었는데 나도 생전 처음 보는 짐승이었지."

"마수라… 두루뭉술한 용모파기 보다는 확실히 났군. 하지만 멸천대 무인들의 왼쪽 손목에 마수 문신이 새겨져 있다는 건 천하가 다 아는 사실이 아니오?"

"……!"

"품속으로 들어간 금자에 비해 입으로 나오는 정보가 영 부실한 듯싶소만……."

허리를 꼿꼿이 세우고 앉은 죽립의 사내는 팔짱을 낀 채 목소리를 깔았다.

"용모파기도 싫다, 문신도 싫다. 그럼 나보고 대체 어쩌란 말이오!"

노복자는 행여 먹은 돈을 도로 뱉어내라고 할까 봐 오히려 역정을 냈다.

"그를 언제 만났소?"

"마도패망의 분수령이 되었던 신산대전투가 벌어진 직후였소."

"계속해 보시오."

"험, 그때 당시 나는 천산 기슭의 작은 마을에서 화전을 일구고 살았는데 어느 날 시커먼 무인 백여 명이 들이닥쳤소. 무기라곤 멧돼지 사냥을 할 때에 들어본 죽창이 전부인 마을 사람들에게 진검을 든 채 피를 흘리는 무인들은 공포 그 자체였지. 그들의 눈을 똑바로 쳐다보는 것만으로도 온몸이 난자당하는 것 같았소. 아아, 내 평생 그렇게 무서운 광경은 정녕 처음이었소."

"노인장의 하소연을 듣고자 온 것이 아니오."

"알았소, 알았어. 그렇지 않아도 그자에 대해 얘기하려던 참이었소. 어쨌든 그들은 누군가에게 쫓기는 듯 몹시 서둘렀소. 겁에 질린 마을 사람들은 그들이 시키는 대로 밥을 짓고 상처를 치료할 약초를 구해다 줬지. 그러던 중 나는 가장 부상이 심한 한 사람의 상처를 돌보게 되었소. 그런데 어느 순간 누군가가 그자를 대주라 부르는 걸 듣게 된 거요. 조장 급으로 보이는 자가 재빨리 수하의 실수를 책망했지만 이미 늦었지. 나는 직감적으로 그들이 나를 살려두지 않을 것이라는 걸 알았소."

"후후, 노인장의 눈치가 예사롭지가 않소이다. 그려."

"늙어서 느는 거라곤 주름살과 눈치밖에 없다오. 여하튼 나는 어떻게든 결정을 해야 했소. 이대로 내뺄 것인가. 아니면 추격대가 와서 구해줄 때까지 기다릴 것인가."

"도주를 선택했소?"

"천만에. 놈들의 눈을 피해 도주한다는 건 불가능했소. 하지만 내 예상은 맞았소. 척후병이 돌아와 무림맹 추격대가 가까이 왔다는 보고를 하자 놈들은 남녀노소를 막론하고 마을 사람들 전부를 한 곳에 모아놓고는 도륙했지. 특히 나를 찾기 위해 갖은 애를 썼지만 시간이 촉박하여 그냥 떠날 수밖에 없었소. 그때 나는 우물 속에 숨어 있었기 때문에 용케 목숨을 건질 수 있었다오."

거기까지 말을 한 노복자는 갑자기 다탁 밑에서 호리병 하나를 꺼내 들었다.

목이 타는지 숨도 쉬지 않은 채 내용물을 들이켜더니 잠시 후 입가에 묻은 술지게미를 소매로 쓰윽 닦으며 사내에게도 내밀었다. 한 모금 하겠냐는 뜻이었다.

"사양하겠소."

노인은 호리병의 마개를 닫아 다시 다탁 아래에 넣어두면서 한층 낮아진 목소리로 말했다.

"우물 속에서 죽어가는 마을 사람들의 비명 소리를 듣는 건 정말 고역이었소. 정말… 몸서리치도록 무서운 광경이었지."

"그들이 바로 멸천대였다?"

"그렇소. 내가 치료해 준 그 작자가 바로 마도의 악명 높은 멸천대주였다는 걸 훗날 알게 되었소. 아아, 그날 이후 나는 밤마다 놈들이 찾아오는 악몽을 꾸며 숨어 지내고 있다오."

노복자는 지금도 몸서리가 치는지 어깨를 한차례 부르르 떨었다.

"자, 내 얘기는 여기까지요. 내 젊은 협객에게 충고하는데 허명에 너무 집착하지 마시구려. 이름을 떨치는 것도 살았을 때 얘기지 죽고 나면 아무 소용 없다오. 암, 그렇고말고."

말과 함께 노복자는 쓸모가 없어진 용모파기를 끝에서부터

돌돌 말았다.

얘기가 모두 끝났으니 한시라도 빨리 자리를 뜨고 싶은 것이다.

그때 사내가 손을 뻗어 반쯤 말린 종이를 탁 덮으며 말했다.

"노인장의 말은 세 군데에서 오류가 있소."

"……?"

"첫째, 멸천대는 적을 눈앞에 두고 도망간 적이 없소."

"거, 거, 무슨……?"

노복자의 눈동자가 부릅떠졌다.

"둘째, 멸천대는 죽이기로 작정한 사람을 놓친 적이 없소."

"도, 도대체 무슨 말을……?"

"셋째, 멸천대주는 한 번도 패한 적이 없소. 따라서 누군가에게 쫓길 만큼 부상을 당한 적도 없지."

"……!"

노복자의 눈동자는 이제 커지다 못해 쑥 빠질 것처럼 튀어나왔다.

"따라서 노인장의 말은 모두 거짓이오. 자, 이제 말해보시오. 멸천대주의 얼굴을 보았다고 거짓 소문을 퍼뜨린 진짜 이유가 무엇이오. 도백(賭伯) 추도명!"

도백, 도박의 신이라는 뜻이다.

도백 추도명은 강북의 도박사들 사이에서 신화적인 인물이었다.

특히, 투전에 탁월한 재능을 보였는데 무림인들의 생사결을 두고 승부를 예측하는 것에 관한한 단 한 번도 빗나간 적이 없었다.

그는 하오문의 정보력을 이용해 무림인들의 무공 수준을 사전에 철저히 조사하는 것으로 유명했다.

하지만 그런 일들도 이젠 시시해졌다.

어지간한 무인들의 생사결은 성에 차지도 않고 흥미를 끌지도 못했기 때문이었다.

그런 그에게 최근 새롭고 재밌는 일들이 생겼다.

바로 마도패잔병들을 유인해 죽이고 현상금을 타는 것.

그는 유인할 사람과 유인하는 방법, 그리고 덫에 이르기까지 모든 과정을 설계했다.

그렇게 해서 사로잡은 마인들이 벌써 수십 명이었다.

현상금은 평생을 쓰고도 남을 만큼 쌓였지만 모처럼 찾은 이 재밌는 일을 그는 멈출 수가 없었다.

노복자, 아니, 도백 추도명의 시선은 사내의 손목에 꽂혀 있었다.

살짝 당겨 올라간 소매 사이로 선명하게 보이는 마수 문신.

"쿡쿡쿡. 드디어 찾아왔군. 장산벽."

"역시, 나를 기다리고 있었나 보군."

슬그머니 상체를 일으켜 팔짱을 끼는 멸천대주 장산벽은 태연자약했다.

그에 반해 추도명은 흥분을 감추지 못하는 얼굴이었다.

"자네를 만나기 위해 자그마치 여섯 달이나 기다렸네."

"이익이 없는 곳에 움직일 도백이 아니고… 아마도 현상금이겠군."

"그대의 목에 은자 십만 냥이 걸려 있다는 걸 아는가?"

두 사람 사이에는 산통과 지필묵을 올려놓은 작은 다탁이 전부였다.

일장을 뻗으면 그대로 상대의 심장을 가격할 수도 있을 만큼 가까운 거리.

그러나 두 사람은 그런 멍청한 짓을 하지 않았다.

이처럼 정면으로 마주한 상태에서의 일격은 반드시 허점을 동반하기 마련.

일격에 상대의 목숨을 틀어쥐지 못하면 내가 당하는 것이다.

"십만 냥이라……. 생각보다 적군."

장산벽은 여전히 팔짱을 풀지 않고 심드렁하게 대답했다.

"쿡쿡쿡, 광오한 놈. 네놈이 과연 십만 냥의 자격이 있는지 본좌가 시험해 보겠노라."

"늙은이 혼자서 나를 잡겠다고 이리 설치지는 않을 터. 동료가 있다면 부르시오."

"쿡쿡쿡. 좋아, 좋아. 알고서도 찾아왔다 이거지?"

응원군이 더 있음을 장산벽이 눈치채고 있음에도 불구하고 추도명은 전혀 놀라지 않았다.

그가 한 손을 들어 손짓하자 인적이 드문 저잣거리 여기저기에서 인영들이 하나둘씩 모습을 드러냈다.

"생각보다 젊은 친구군."

가장 먼저 모습을 드러낸 자는 전신에 귀기(鬼氣)가 감도는 꼽추 노인이었다.

뼈만 남은 앙상한 몰골에 양손에는 손잡이가 짧은 도끼 두 자루를 들고 있었다.

저 작은 체구의 노인이 어떻게 저것을 휘두를 수 있을까 싶을 정도의 중병기였는데 강호인들은 이것을 아미관(蛾眉鑵) 혹은 봉두부(鳳頭斧)라 불렀다.

광산의 암반 지대에서 사용되던 굴삭용 공구였다가 훗날 백병전의 무기로 발전된 병기.

꼽추 노인은 강북십대 살문 중 하나인 지저곡(地底谷)의 곡주 냉자량이었다.

"그래도 근골은 탁월한 것 같소이다."

두 번째 나타난 사람은 정체 불명의 어피로 만든 갑옷을 입고 있었다.

그 역시 도백이나 냉자량과 마찬가지로 칠순을 바라보는 노인이었다.

손에는 철심이 박힌 접선을 들고 있었는데 그가 부채질을 할 때마다 은은한 유황 냄새가 풍겼다.

살문으로서는 드물게 불과 폭약을 사용하는 뇌정곡(雷霆谷)의 곡주 강황이었다.

역시 강북십대 살문 중 한 곳의 문주.

"거 빨리빨리 합시다."

세 번째 모습을 드러낸 사람은 한 마리 야수 같은 기운을 풍기는 중년인이었다.

담벼락에 비딱하게 기대 선 그는 허리춤에 큼지막한 대도를 차고 있다는 것 외에 달리 특별한 점이 없었다.

그나마 제일 평범한 외모를 가진 축에 속한 그가 사실은 당금무림에서 혜성처럼 떠오르는 전설적인 낭인 공야도(空野刀)라는 걸 아는 사람은 그리 많지 않았다.

그가 명성을 떨친 것은 도백과 함께 마인 사냥에 나선 후부터였다.

마지막으로 이들이 이끌고 온 지저곡과 뇌정곡의 살수, 그리고 공야도를 따르는 낭인고수 백여 명이 장산벽을 에워쌌다.

무려 백 명이나 되는 살수와 낭인들이 자신을 에워싸고 있음에도 장산벽은 여전히 태연했다.

팔짱을 낀 채 도백과 마주 앉은 상태에서 일체의 미동도 없었던 것이다.

"떠돌이 칼잡이에 땅귀신, 불귀신까지 모두 끌어모았군."

"쿡쿡쿡. 어떤가. 이만하면 멸천대주의 이름값치곤 제법 후한 대접이 아닌가?"

도백은 슬그머니 자리에서 일어나 뒤로 빠지면서 장산벽과 일정한 거리를 두었다.

이제 곧 한바탕 칼부림이 벌어지려는 찰나였다.

그때 장산벽이 물었다.

"한 사람도 빠짐없겠지?"

누구에게 묻는 것인지 몰라 다들 어리둥절해 하는데 대답은 뜻밖에도 엉뚱한 곳에서 나왔다.

"저들이 전부입니다."

목소리가 들려온 것은 저만치 저잣거리의 초입에서였다.

상당한 거리가 있음에도 불구하고 목소리는 지척에서 난 것처럼 또렷했다.

냉자량과 강황은 일이 잘못되었음을 직감적으로 알았다.

사람들은 거의 동시에 똑같은 생각을 떠올렸다.

"설마… 멸천대?"

"이럴 수가. 멸천대는 해산한 걸로 알고 있는데. 빌어먹을 도백, 도대체 어떻게 조사를 한 거요!"

냉자량과 강황이 거의 동시에 고함을 질렀다.

"큭큭큭. 아무렴 멸천대주 하나를 잡으려고 두 분까지 초빙했겠습니까?"

"하면… 멸천대가 올 것을 알고 있었단 말이오?"

"염려 마십시오. 두 분께서 도와주신다면 구 할의 승리를 자신합니다."

도박사들의 구 할이라는 말은 십 할이라는 말과 같다.

마지막 일 할은 천재지변과 같은 경우를 대비한 경우의 수.

그것이 강북 제일의 도박사 도백의 말이고 보면 틀림없는 사실일 것이다.

"멸천대 무인 한 놈당 금자 일천 냥씩이니 횡재한 거요."

공야도는 여전히 시큰둥한 태도로 일관했다.

그 무렵 장산벽도 천천히 몸을 일으켰다.

"청소들 해."

…라는 말과 함께.

순간 저만치에서 시커먼 복장을 한 무인 이십여 명이 흙먼지를 일으키며 질풍처럼 달려왔다.

"겁낼 것 없다. 저들도 칼에 찔리면 죽는 사람이다. 소문을 믿지 마라!"

냉자량이 고함을 질렀다.

지저곡과 뇌정곡의 고수들이 동요하고 있다는 것을 본능적으로 알았기 때문이었다.

그들 역시 멸천대에 관한 소문을 귀가 따갑게 들었다.

저승사자다. 지옥의 악귀들이다…….

정마대전 당시 차라리 역병이 창궐하는 것이 났다는 말이 있을 만큼 멸천대가 지나간 곳에는 아무것도 남지 않았다.

그리고 무인의 직감은 반드시라고 해도 좋을 만큼 맞아떨어진다.

스캉!

"커헉!"

"으아악!"

"크윽!"

어느새 자욱하게 깔린 저녁 안개는 흑의무복을 한 멸천대의 움직임을 은밀하게 만들어주었다.

안개 속에서 뻗어 나온 은빛의 검영들은 소나기처럼 빠르게, 그러면서도 잘 짜인 거미줄처럼 촘촘하게 살수와 낭인들을 베어나갔다.

검영이 미치는 곳마다 불꽃이 튀고 천둥소리가 났다.

천둥소리는 뇌정곡의 살수들이 만들어내는 것이었다.

특히 뇌정곡주 강황의 접선이 춤을 출 때마다 시뻘건 화염이 집어삼킬 듯 덤벼들었다.

놀랍게도 흑의무복의 멸천대 무인들은 그 화염을 가르고 뇌정곡주 강황을 베었다.

뇌우(雷雨)!

남만의 묘족들은 그것을 뇌우라고 부른다.

천둥 번개와 비바람을 동반한 돌풍이 갑자기 불다가 또 갑자기 사라지는 것을.

멸천대는 뇌우를 닮았다.

한차례 뇌우가 불어닥치고 난 후에 남은 것은 즐비한 시체뿐이었다.

"으으… 어, 어떻게 이럴 수가……. 멸천대 모두가 나타난다 해도 충분하다 여겼거늘……."

생의 마지막 남은 숨 한줌을 힘들게 몰아쉬고 있던 도백 추도명이 말했다.

"소문은 믿을 게 못된다니까."

멸천대가 백여 명의 살수와 낭인들을 도륙하는 동안에도 팔짱을 풀지 않았던 장산벽이 낮게 중얼거렸다.

그의 뒤로 죽립을 쓴 또 다른 무인 한 명이 다가와 부복을 했다.

"일조 조장 도귀. 대주를 뵙습니다."

그의 뒤를 이어 이십여 명의 흑의무인들이 동시에 부복을 하며 한목소리로 외쳤다.

"대주님을 뵙습니다!"

장산벽은 도귀가 이끄는 멸천대의 조원들을 천천히 둘러보며 말했다.

"다른 조장들은 아직 가세를 하지 않았나?"

"이조와 삼조는 하남에서 달려오고 있고 사조와 오조, 육조 조장도 각각 사천, 호광 등지에서 달려오고 있습니다. 머지않아 예를 받으실 수 있을 겁니다."

장산벽은 죽립을 들어 창공을 올려다보며 말했다.

"날씨가 좋군."

『천산도객』 2권 끝

저작권 보호!!
장르문학의 성장에 힘이 되어주십시오.

저작물의 무단 전재와 복제, 불법 다운로드!
이것은 관심이 아니라 무관심입니다!

작가님들은 창의적 열정과 시간을 투자해 자신의 꿈과 생계를 유지합니다.
한 권의 책을 만들어 많은 사람들은 자신의 인생과 미래를 설계합니다.

저작물 속에는 여러 사람의 노력과 희망이
담겨 있습니다!

저작물의 무단 전재와 복제, 불법 다운로드는 여러 사람들의 꿈과 생계를
위협함으로써 장르문학을 심각한 상황에 빠뜨리고 있습니다.

이제는 무관심이 아니라 관심으로 장르문학의
성장에 힘이 되어주세요.

[도서출판 **청어람**은 항시적인 저작권 보호를 통해 장르문학과
여러분의 희망을 지키겠습니다.]

도서출판 **청어람**

화공도담
畵工 道談

촌부 新무협 판타지 소설

예(禮)와 법(法)을 익힘에 있어
느리디느린 둔재(鈍才).
법식(法式)에 얽매이기보다 마음을 다하며,
술(術)을 익히는 데는 느리지만
누구보다 빨리 도(道)에 이를 기재(奇才).

큰 지혜는 도리어 어리석게 보이는 법[大智若愚]!

화폭(畵幅)에 천지간(天地間)의 흐름을 담고
일획(一劃)에 그리움을 다하여라!

형식과 필법을 익히는 데는 둔하나
참다운 아름다움을 그릴 수 있게 된
화공(畵工) 진자명(陳自明)의 강호유람기!

유행이 아닌 자유추구 -
WWW.chungeoram.com
Book Publishing CHUNGEORAM

閻王眞武

염왕진무

김석진 新무협 판타지 소설

"그, 그럼 어디서 오셨습니까?"
무심하게 고개를 돌리며 진무가 속삭이듯 말했다.

……지옥에서.

인간이라면 절대 익힐 수 없다는 강호삼대불가득!
그것에 얽힌 비사를 풀기 위해 그가 강호로 나섰다!
피처럼 붉은 무적의 강기, 혼돈혈애를 전신에 두르고
수라격체술과 염왕보로 천하를 질타하는 쾌남아, 진무!
염왕의 진실한 무학을 발현하여 무림삼패세와 고금십대천병을
이겨내고 속세의 악업을 심판하는 진정한 염왕이 되어라!

이제 강호는 진무의
일거수일투족에 열광한다!

유행이 아닌 자유추구 ―
WWW.chungeoram.com
Book Publishing CHUNGEORAM

은하의 계곡

무천향
武天鄉

허담 新무협 판타지 소설

뿌리를 찾아가는 목동 파소의 여행.
그 여정의 끝에서
검 든 자들의 고향 대무천향 (大武天鄉)을 만난다.

검객 단보, 그는 노래했다.

…모든 검 든 자들의 고향 무천향.
한 초식의 검에 잠든 용이 깨어나고, 또 한 초식의 검에 잠든 바다가 일어나네.
검의 흐름을 따라가다 보면 어느새, 세월도 잊어버리고, 사랑도 잊어버리고,
무공도 잊어버려……
결국에는 자신조차 잊어버리는……

은하의 가장 밝은 빛이 되어버린다는
그 무성(武星)들의 대지(大地).

아, 대무천향(大武天鄉)이여!

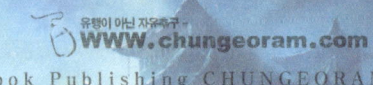
낭ㅇ왕 狼王

별도 新무협 판타지 소설

살내음 나는 이야기에 여러분은 가슴 졸인 적이 있는가?
남들이 볼까 두려워하며 책을 가리면서 읽었던 구절을 몇 번이나 반복하며
읽은 적이 없는가?

구무협의 향수를 그리워하던 별도가 결국은
〈무협의 르네상스〉를 부르짖으며 직접 자판 앞에 앉았다.

"제가 무협을 쓰기 시작한 이유는 더 이상 읽을 책이 없었기 때문입니다."

모든 일은 4년 전부터 시작되었다.
살인사건을 배경으로 펼쳐지는 음모와 배신, 사랑과 역공작,
그리고 정사!

우리 시대의 이야기꾼, 별도의 새로운 글, 〈낭왕狼王〉!
〈천하무식 유아독존〉, 〈그림자무사〉, 〈검은여우黑狐狸〉에
이은 그의 또 하나의 역작!

화공
畵工 道談
도담

촌부 新무협 판타지 소설

예(禮)와 법(法)을 익힘에 있어
느리디 느린 둔재(鈍才).
법식(法式)에 얽매이기보다 마음을 다하며,
술(術)을 익히는 데는 느리지만
누구보다 빨리 도(道)에 이를 기재(奇才).

큰 지혜는 도리어 어리석게 보이는 법[大智若愚]!

화폭(畵幅)에 천지간(天地間)의 흐름을 담고
일획(一劃)에 그리움을 다하여라!

형식과 필법을 익히는 데는 둔하나
참다운 아름다움을 그릴 수 있게 된
화공(畵工) 진자명(陳自明)의 강호유람기!

유행이 아닌 자유추구
WWW.chungeoram.com
Book Publishing CHUNGEORAM

狂龍記
광룡기

장담 新무협 장편 소설

미친 바람이 동해에서 불기 시작했다!
둥지를 떠난 광룡(狂龍)이 강호에 나타났다!

내가 가고 싶은 대로 간다.
내가 하고 싶은 대로 한다.
누구도 내 앞을 막지 마라!

한겨울, 마침내 광룡의 전설이 시작되고,
천하가 광룡과 빙심에 뒤집어졌다!

유행이 아닌 자유추구 -
WWW.chungeoram.com

Book Publishing CHUNGEORAM